KB037345

정현웅 장편소설

일본군 위안부

❸

정현웅 장편소설

일본군 위안부

③

좋은 책 좋은 독자를 만드는 —
㈜신원문화사

차례

일본군 위안부

❸

제15장

부대장 이시가와 소장은 무엇이 즐거운지 히죽히죽 웃으며 공문 서류를 들여다보고 있었다. 호출을 받은 진옥이 안으로 들어섰다. 부대장은 그녀에게 손짓하며 자리에 앉기를 권했다.

"무슨 일이에요?"

"여보, 괜찮은 봉이야."

부대장은 혀로 입술을 축이며 서류를 보였다. 그것은 통신대가 올린 전문이었다. 진옥은 서류는 보지 않고 자리에 앉으며 말했다.

"부대 전문을 내가 봐서 뭘 해요?"

"우리 일이야. 계산을 해 봐. 한 시간 후에 제424부대 이천 명의 병사가 우리 부대를 지나게 되지."

"통과 부대 말씀이군요?"

그제야 진옥은 부대장이 호들갑을 떨며 좋아하는 이유를 알 수 있었다. 가끔 통과 부대가 있었다. 작전에 투입된 부대 병사들을 위해 작전지로 가는 도중에 위안부가 있는 부대에 들러 몸을 풀게 해 주는 일이 있었다. 해당 부대에 위안부들이 있는 경우가 있어도 그 수가 모자라서 해결하지 못하거나, 아예 위안부가 없는 부대는 타 부대를 지나면서 몸을 풀었던 것이다. 외곽지역 도시에 유곽이 있었으나 이천 명의 병력을 그곳으로 내보낼 수 없었기 때문에 이웃 부대의 위안부를 빌렸다. 몸값은 부대 병참부에서 지불했다. 제25사단 부대장이 즐거워하는 것은 이천 명의 화대를 머릿속에 계산해서였다. 그 돈이 곧 부대장의 수익이었다.

"얼마인지 계산해 봐요."

이시가와 소장은 종이에 숫자를 쓰면서 싱글싱글 웃었다. 이천 명이 오 원씩을 내면 일만 원이었고, 그중에 사 할을 떼면 사천 엔의 수익이었다.

"사천 엔이오. 그것도 단 두 시간에 벌어들이는 셈이지."

"이천 명을 두 시간에 받아요? 애들을 죽일 셈이에요?"

"처음 있는 일도 아닌데 뭘 그래?"

쉰 명의 여자들이 이천 명의 병사를 두 시간에 받으려면 병사 한 명당 삼 분을 초과할 수 없었다. 한 명의 위안부가 두 시간 동안 마흔 명을 받아야 했던 것이다. 진옥이 날카롭게 쏘아붙였다.

"이천 명을 두 시간에는 안 돼요. 한 명의 여자가 두 시간 동안 마흔 명을 받아야 된다는 계산인데, 그건 무리예요."

"이 전문을 봐요. 제424부대 군인들에게는 두 시간밖에 시간이 없다고 하오. 해가 지기 전에 작전지에 당도해야 되는가 봐. 아이들에게 준비시켜요.”

“전 몰라요.”

진옥이 돌아앉았다. 부대장은 히죽거리며 진옥의 옆으로 가서 그녀의 몸을 안았다.

“싫어요.”

“허허허, 이봐. 빨리 수익을 올려야지 내가 로비를 할 수 있잖아.”

“각하는 다른 부업도 하잖아요. 왜 하필 이곳의 일에서 돈을 구하려고 해요?”

“다른 수익처가 있지만 그곳은 그곳대로 쓰일 데가 많지. 어쨌든 제424부대 장병이 오는 것은 기정사실이니 알아서 하라고.”

부대장 이시가와는 진옥의 허리를 끌어안더니 일본 옷 속으로 손을 넣어 그녀의 젖무덤을 만졌다. 진옥이 몸을 빼었다.

“부대장실에서 뭐하는 거예요?”

“내가 하는 일에 잔소리할 놈은 없어.”

“하긴, 당신이 제일 높은 놈이니까.”

이시가와 소장은 진옥의 옷을 벗겼다. 진옥이 간지럼을 타며 몸을 빼었다. 소파 위에 진옥의 몸을 눕혔다. 진옥은 부대장이 하는 대로 두었다. 이시가와 소장은 진옥의 다리를 핥다가 발을 집어 들고 버선을 벗기고 이빨로 깨물었다. 그러자 진옥은 자지러지는 비명을 질렀다. 비명 소리를 듣고 부관실에서 니시다 대위가 뛰어들어 왔다.

니시다 대위는 소파 위에서 벌어지고 있는 광경을 보고 놀라며 우뚝 섰다. 그러나 부대장이 부른 걸로 착각하고 부동자세로 서서 물었다.

"각하, 부르셨습니까?"

"군은 뭐하는 거야? 나가라."

부대장이 소리 지르자 니시다 대위는 밖으로 나갔다. 대위는 문을 닫기 전에 소파 쪽을 한 번 더 쳐다보았다. 진옥은 완전히 알몸이 되어 소파 등받이에 늘어져 목을 뒤로 젖히고 있었다. 그녀의 하얀 피부와 동그란 젖무덤이 유난히 눈에 띄었다.

부대장 이시가와는 진옥의 몸을 혀로 핥으며 더듬다가 갑자기 유아 심리로 바뀌면서 동요를 흥얼거렸다. 목욕탕에서 즐겨 부르는 이시가와의 노래였다.

"뒤뜰로 나가 보자. 배나무 세 그루 있네. 삼나무도 세 그루. 모두 모두 여섯 그루네. 밑에선 까마귀 집을 짓고 있네. 위에선 참새가 집을 짓는구나. 숲 속의 귀뚜라미 뭐라고 지저귀나. 오스기의 친구 무덤 성묘 가세 성묘 가세."

"좀 조용히 하세요. 부관실에 있는 부하들이 듣잖아요."

"들으면 어떤가?"

"여기서 이러지 마세요. 원한다면 관사로 가요."

진옥은 부대장의 몸을 밀어내고 옷을 입었다. 뒤로 벌렁 주저앉은 이시가와 소장은 다시 진옥에게 달려들려다가 멈칫하면서 무엇인가를 생각하더니 히죽 웃었다. 부대장은 일어나서 방 안을 서성거리며 지껄였다.

"두 시간이면 끝나는 일이야."

부대장은 문 쪽을 돌아보더니 부관을 소리쳐 불렀다.

"니시다!"

문이 열리며 부관 니시다 대위가 들어섰다. 진옥은 옷을 입다가 드러난 몸을 황급히 가렸다.

"조금 있으면 제424부대에서 이천 명이 온다. 위안소에 연락해서 준비시켜라."

"하이."

부관이 방을 나가자 부대장은 다시 서성거리며 즐거워했다. 진옥은 옷을 입고 밖으로 나갔다. 그녀는 의무관실로 들어가 부상 입을 여자들을 위해 대비하도록 했다.

"모리다 대위는 어디로 갔나?"

의무관실에 있는 위생병에게 물었다. 그녀는 안을 둘러보았다. 군의 장교 모습은 보이지 않고 두 명의 위생병만 앉아 있었다. 위생병들은 진옥이 들어서자 일어서서 부동자세로 섰다. 그중에 키가 작은 병장이 대답했다.

"대위님은 외출 중이고, 소위님들은 출장 중입니다."

"외출은 뭐고, 출장은 뭔가? 그렇다면 군의 장교들은 모두 나갔단 말인가?"

"하이."

"불러들여. 조금 있으면 타 부대 병사 이천 명이 온다. 그들이 두 시간 동안 휩쓸고 가면 반드시 부상당하는 여자들이 생긴다. 내 말뜻을 알겠나, 위생병?"

"하이, 그렇지만……."

"뭐가 그렇지만 인가? 불러들이라니까."

"불가능합니다. 모리다 대위님은 하이라얼로 나갔는데 어디 있는지 모릅니다. 요시다 소위님과 모리가와 소위님도 하이라얼 육군병원에 갔지만 연락이 불가능합니다."

"육군병원에 가서 찾아봐."

"저녁에는 들어옵니다. 저희들이 찾아가는 시간에 들어올 것입니다."

그러나 하이라얼의 육군병원에 가도 두 소위를 만나기 어렵다는 것을 진옥은 알고 있었다. 군의관들은 육군병원에 간다는 출장계를 내고는 실제 도시로 나가 개인 볼 일을 보는 경우가 많았던 것이다.

"나카에 에이코는 어디 갔느냐?"

진옥은 간호사를 찾았다. 그녀의 모습도 눈에 띄지 않았다.

"모리가와 소위님하고 출장 중입니다."

"함께 나갔느냐?"

"하이."

"둘이 연애 산책하러 간 것이 아닌가?"

"하이."

"사실이 그렇다는 거야?"

"아닙니다, 마님."

얼떨결에 대답했던 키 작은 병장이 당황하며 부인했다.

"너희들도 위생병으로 있으니까 응급조치할 줄은 알겠지?"

"하이."

"준비하고 대기해라. 짧은 시간에 많은 병사를 받게 되면 반드시 부상당하는 여자가 생기는 것이 전례를 보더라도 확실하니 대기하고 있어. 위생병 일부는 위안소 밖에서 대기하고 있다가 부상 입은 여자를 들것에 실어 나른다. 대부분 하복부 출혈이 있을 테니 지혈시키는 일을 해야 한다. 알겠나?"

"명심하겠습니다, 마님."

"위생반장은 어디 갔나?"

"외출 중이십니다."

"개새끼들, 전부 놀러만 다니고 있구나."

진옥은 의무관실을 나와 위안소 관리실로 갔다. 부대장 부관으로부터 연락을 받은 관리실은 타 부대 장병을 받기 위해 분주한 모습이었다. 여자들을 잠시 쉬게 하기 위해 부대의 병사들을 더 이상 받지 않고 있었다. 잠깐 틈을 내어 위안소에 들렀던 병사들이 입을 삐죽거리며 불평했다. 모처럼 오 원을 마련하여 위안소에 찾아온 병사는 매표구에서 전표를 팔지 않자 돌아가지 않고 계속 서성이며 불평했다.

"이천 명이 두 시간 안에 끝내야 한다고 하는데 무리인 것 같습니다, 마님."

다무라 다카스케 위생중사가 재미있다는 듯 웃음을 흘리며 말했다. 그는 실제 무리라고 걱정을 하는 것이 아니고 진옥의 태도를 보기 위해 떠보는 말이었다.

"받는 데까지 받고는 보내는 수밖에 없어요."

"부대장님의 지시가 내렸습니다. 한 명도 남기지 말고 모두 받도록 하라고 했습니다."

"돈독이 올랐군."

"네? 무슨 말씀입니까, 마님?"

"아니요, 당신보고 한 말이 아니오."

진옥이 준비하는 과정을 지켜보고 있을 때 부대 헌병대 한 개 소대 병력이 위안소 쪽으로 구보해 왔다. 아베 헌병 중위가 말을 타고 따라왔고, 선두에 스미요시 헌병 하사가 구령을 외치며 뛰어왔다. 타부대 병사들이 위안소에 올 때마다 헌병들이 파견되어 질서를 지키게 했던 것이다. 한 개 소대 병력은 위안소 입구에 오더니 제자리걸음을 뛰면서 멈추었다. 스미요시 하사가 각 분대의 배치를 알려 주었다. 관리실 앞 입구에 한 개 분대가 포진하고, 두 개 분대 병력이 창고 안으로 들어가 여자의 방 앞에 섰다. 나머지 두 개 분대는 창고 밖을 둘러싸며 예비 병력으로 남았다. 아베 중위가 관리실 안으로 들어서며 진옥에게 경례를 붙였다. 아베 중위는 제1284부대에서 진옥이 헌병 대위의 빰을 칠 때 현장에서 목격했던 장교였다. 그 후 그 헌병 대위는 오지 전선으로 전임이 되어 제1284부대를 떠났다. 그래서인지 진옥을 볼 때마다 그녀의 손을 힐끗 쳐다보는 것이었다. 그 손이 언제 자기에게로 향할지 모른다는 공포를 느끼고 있었다.

"중위, 서둘 필요는 없소."

"아닙니다. 오고 있다는 보고가 왔습니다. 지금쯤 도착할 시간입니다."

아베 중위의 말이 채 끝나기도 전에 밖에서 트럭 엔진 소리가 울렸다. 수십 대의 군용 트럭이 병사들을 가득 싣고 들어와 창고 밖에 섰다. 트럭은 그치지 않고 계속 와서 창고 밖을 에워싸다시피 했다. 트럭에서 내린 병사들은 하사관들의 지휘를 받으며 정렬했다. 병사들은 모두 완전 군장을 하고 있었다. 전투복 차림의 그들이 창고 밖에 운집하자 위안소의 여자들은 더욱 바빠졌다. 마찰을 줄이거나 통증을 없애기 위해 음부에 연고를 바르는 여자의 모습도 보였고, 어느 여자는 얼굴에 바르는 크림을 그곳에 발라 대었다. 창고 밖은 시장바닥처럼 호각 소리와 떠드는 소리로 가득했고, 한쪽에서 정렬하고 있는 동안에도 트럭은 먼지를 일으키며 와서 멈추었다.

한꺼번에 이천 명의 병사들이 위안소 앞에 몰렸다. 그렇다고 해서 이천여 명이 모두 여자를 가지는 것은 아니었다. 병사 가운데 생각이 없는 사람은 대열에서 빠졌다. 장교들도 거의 빠져서 대열에 서는 일은 없었다. 그러나 여자를 포기하고 빠지는 병사는 그렇게 많지 않았고, 소대에 따라서는 빠지려고 하는 신참을 고참들이 윽박질러 강제로 참여시켰다. 위안소에서 그러한 일을 가장 잘 처리하는 책임자인 다무라 중사는 싱글싱글 웃으며 도열하는 타 부대 병사들 앞으로 갔다. 새로운 트럭들이 와서 멈추자 그 차량이 몰고 온 먼지가 창고 밖을 온통 뒤엎었다. 군장한 병사들은 먼지 속에 줄을 지어 서면서 모두 들떠 있었다. 여자를 안는다는 사실이 그들을 기쁘게 하고 있었다.

지프차를 타고 온 장교들은 위안소로 오지 않고 본부 건물 쪽으로 빠졌다. 주로 사병들로 이루어진 이천 명은 대충 줄을 서자 시간을 절약하기 위해 일을 시작했다.

다무라 중사가 병사들을 세워 놓고 말했다.

“모두 들어라. 나는 이곳 위안소 관리 실무책임자 위생 중사 다무라 다카스케다. 귀 부대에 배정된 시간은 약 두 시간 정도다. 쉰 명의 여자 봉사대가 있으니 한 방에 마흔 명씩 줄을 지어 들어간다. 대충

일 개 소대가 한 명의 여자에게 배당된다고 생각하면 된다. 한 병사가 삼 분 이내에 일을 끝내야 한다. 삼 분을 초과하는 병사는 퇴장이다. 명심하기 바란다. 위안소 복도가 비좁기 때문에 선두 열 명만 안으로 들어간다. 나머지는 밖에서 대기하거나 구보한다."

다무라 중사의 말이 떨어지자 선두 열 명씩 줄을 끊어 창고 쪽으로 들어갔다. 그러나 오백 명이 모두 창고 안으로 들어갈 수 없었기 때문에 후미는 창고 밖으로 밀려났다. 그들은 트럭이 서 있는 사이에 서서 선망의 눈으로 창고 쪽을 바라보았다. 군화에 밟혀 마른 땅의 먼지가 뽀얗게 일어났다. 햇빛에 비친 병사들의 표정은 지치고 거칠었으며 불안했다. 그러나 창고를 바라보는 시선은 욕망으로 번쩍였다.

창고 안 통로는 줄을 서서 대기하고 있는 병사들로 가득 찼다. 방안으로 들어간 병사는 삼 분이라는 제한된 시간을 의식하지 않아도 시간을 길게 끌지 못했다. 여자는 옷을 모두 벗고 다다미방에 요를 펴고 누워서 기다렸다. 머리맡에는 휴지와 쓰레기통이 있었고, 그 옆에 고무 샤쿠(콘돔)를 넣어둔 통이 있었다. 샤쿠는 대부분 한 번 사용했던 것을 빨아서 말려 놓은 것들이었다.

군화를 벗고 안으로 들어온 병사는 혁대를 풀어 바지를 내리고 훈도시를 풀었다. 그리고 들고 있는 샤쿠를 발기한 자신의 성기에 끼우고, 누워 있는 여자 몸 위에 엎드리는 것이었다. 배낭과 총은 트럭에 풀어 놓고 왔으나, 군도와 수통이 그대로 허리춤에 매어 있고, 더러는 가슴에 수류탄이 달려 있기도 했다. 그 쇠붙이가 벗은 여자의 가슴에 닿았기 때문에 이불자락으로 가슴을 가리기도 했다. 대부분의 병사는 삽입하면 단번에 배설했는데, 그들 가운데 일부는 시간을 길게 끌었다. 십여 분 이상 지체하는 경우도 있었다.

한 번 여자를 안았던 병사가 창고를 나가는 척하다가 다시 섰다. 그럴 경우 후미에 서 있던 병사가 고자질해서 헌병에게 끌려 퇴장 당했다. 그러한 눈속임이 성공하여 그대로 서 있는 병사도 있었다. 여자들은 처음이 아니고 나름대로 숙달되어서 비교적 순탄하게 진행되었다. 그러나 삼십여 분이 지나면서 아픔을 호소하기 시작했다.

여자의 성기가 찢어져서 그 고통으로 삽입을 거부하는 방이 생겼고, 그곳에서 소란이 일어났다. 삽입을 거부하자 병사가 여자의 몸을 구타했다. 문 밖에 있던 헌병이 뛰어 들어가 병사를 끌어내었다.

"저 쌍년이 손으로 구멍을 막고 못 넣게 하잖아. 이건 규칙 위반이야."

병사는 끌려 나가면서 헌병에게 소리쳤다. 그 방에 다른 사병이 들어갔으나 마찬가지 일이 벌어졌다. 여자의 하복부에서 피가 흘러나와 이불을 적셨다. 그것을 보면서도 방으로 들어간 병사는 바지를 내리고 자신의 성기에 샤쿠를 끼웠다. 그리고 엎드렸으나 여자가 몸을 뒤척이면서 한 손으로 음부를 가렸다. 음부를 가린 여자의 손에 피가 묻었다. 여자의 음부가 많이 찢어져 있었다.

"나만 하고 위생병 불러라. 나랑 하자."

병사가 사정하면서 몸을 짓눌렀다.

"안 돼."

그러나 병사는 여자 팔을 위로 젖히고 무릎으로 그녀의 허벅다리를 쳤다. 그 충격으로 여자는 비명을 지르며 다리의 힘을 뺐다. 그 순간 병사는 피가 흐르는 여자의 성기에 삽입시켰다. 그리고 정신없이 흔들었다. 여자는 찢어지는 비명을 토해 내었다. 고통으로 몸이 오그라드는 것같이 등이 굽었다.

여자의 비명은 사방에서 울렸고, 심하게 지르는 비명이라고 해도 싸우는 것이 아니면 헌병은 방 안으로 들어가지 않았다. 일을 마친 병사는 머리맡의 휴지를 집어 사타구니에 묻은 피를 닦아 내고 바지를 입고 나갔다. 여자는 고통으로 울었다.

다음에 다른 병사가 들어왔을 때 그녀는 일어나 앉으며 거부했다. 다음에 들어온 병사는 나이가 비교적 어린 신병이었다. 여자의 사타구니를 힐끗 보더니 놀라면서 멍하니 서 있다가 밖으로 나갔다. 그 신병은 밖에 서 있는 헌병에게 여자가 출혈하고 있다고 말했다. 그러나 헌병은 못 들은 척했고, 그 사이에 줄을 서 있던 다른 병사가 방 안으로 들어갔다. 신병은 고개를 설레설레 흔들고는 창고를 빠져나갔다.

건강용희라는 이름표가 있는 그 방뿐만이 아니라 여러 곳의 방에서 비명이 터졌다. 여자들의 부상은 주로 음부가 파열되는 경우였다. 그곳이 찢어져서 피가 흐르기 전에는 그렇게 비명을 지르지 않았다. 어지간한 아픔은 참아 내었던 것인데, 찢어져서 고통스러운 것은 참지 못했다. 피를 흘리며 비명을 지르다가 기절하는 여자도 있었다.

여자가 기절해 있어도 병사들은 삽입하고 배설했다. 그러한 경우에 대부분 신참 병사가 발견하고 밖에 있는 헌병에게 알려 주었다. 비명을 지르는 것은 못 본 척했으나, 기절한 여자는 위생병에게 알려야 했다. 헌병은 대기하고 있는 위생병에게 알리고, 두세 명의 위생병이 들것을 들고 뛰어와 여자를 싣고 의무관실로 가는 것이었다. 그렇게 되면 그 방 앞에 줄을 서 있던 병사들은 심한 불평을 했고, 헌병들의 인솔로 다른 줄에 나누어 섰다.

"여자들은 부대의 귀중한 물자다. 귀군들은 여자들을 심하게 다루어 부상 입히지 마라."

비좁은 통로를 다니며 위생 중사 다무라가 병사들에게 훈시했다. 옥경의 방에서 새로운 소란이 일어났다. 옥경의 방에 들어온 병사가 그녀의 의족을 보고 변태적인 행동을 했다. 의족을 뽑아내고 앉아서 행위를 하려고 하자 옥경이 그것을 거부했다. 그러자 병사가 뽑아낸 의족으로 옥경을 후려쳐서 옥경의 이마에 피가 흘렀다. 이마에 피가 흐르는 것을 알고 옥경은 악에 받쳐 소리를 질러대며 울었다.

"이놈아, 왜 치니. 이놈아, 날 죽여라. 이놈아, 왜 때리니. 이놈아, 왜 치니. 아이고, 아이고."

조선말로 소리쳤으나, 싸움이 일어난 것으로 알아차린 헌병이 방 안으로 뛰어 들어왔다. 헌병이 병사를 끌어내었다. 병사가 나갔지만 옥경은 다다미방을 치면서 소리를 질렀다. 그러한 소란에도 다음 차례였던 병사가 들어갔다. 그 병사는 신참 일등병이었다. 내키지 않았으나, 뒷사람이 빨리 들어가라고 재촉해서 방 안으로 들어섰던 것이다. 한쪽 다리가 없는 옥경이 발가벗고 주저앉아 울고 있는 것을 보자 일등병은 몸을 움츠렸다. 그는 바지를 벗을 생각도 못하고, 서서 옥경을 내려다보았다. 옥경의 이마에서 계속 피가 흘러내렸다. 그 피가 얼굴에 흘러 그녀의 모습은 끔찍했다. 일등병은 몸을 부르르 떨면서 진저리를 치고는 밖으로 나갔다. 그다음 병사가 방 안으로 들어왔다. 그는 고참의 나이 든 병장이었다.

여자가 불구자라는 것을 알자 병사는 히죽 웃었다. 불구자와 잠자리를 가지면 전투에 나가서 부상을 입지 않는다는 미신을 믿고 있는 병사였다. 옥경의 이마에서 피가 흘러내리는 것을 아랑곳하지 않고 병사는 혁대를 풀고 훈도시를 내리더니 사쿠를 끼웠다. 그리고 앉아 있는 옥경을 쓰러뜨렸다. 옥경이 저항을 했다.

"잠자코 있어, 병신아."

병사의 주먹이 옥경의 머리를 쳤다. 그녀는 현기증을 느끼며 정신이 흐려졌다. 그러나 그녀는 가물거리는 의식 속에서도 두 허벅다리를 오므렸다. 그러자 발기된 성기를 삽입시키려다 실패한 병사는 주먹으로 옥경의 몸을 구타했다. 그렇게 정신을 빼고는 일을 시작했다.

이마에 터진 피와 눈물이 뒤섞여 얼굴을 뒤덮은 채 옥경은 누워 있었다. 그녀는 자포자기한 상태로 낙지처럼 누워 멀거니 천장을 바라보았다. 병사는 옥경의 몸 위에 엎드려 장난을 했다. 시간을 끌자 문밖에서 소리쳤다.

"뭐하나, 빨리 끝내라. 십 분이 지났다."

"십 분이 뭐냐, 이십 분이 지났다."

줄을 지어 서 있는 병사들의 충동으로 헌병이 들어섰다. 문이 열리는 기척이 들리자 옥경의 몸 위에 있던 병사는 재빨리 배설을 시도했다. 거의 동시에 헌병이 그의 목덜미를 잡아 일으켰다. 그러자 배설하고 있던 사내의 성기가 빠졌다. 사쿠가 끼워 있는 사내의 그것이 허공에서 꿈틀거렸다. 헌병은 다다미방에 떨어져 있는 훈도시를 집어 병사에게 쥐어 주며 문 밖으로 내몰았다. 바지를 채 입기도 전에 밖으로 밀려난 사내는 소리를 질렀다.

"왜 이래? 옷이라도 입어야지."

"옷 입을 시간도 아깝다. 밖에 나와서 입어라."

줄을 지어 서 있는 어느 병사가 지껄이자 옆에 있던 다른 병사들이 그 말에 동감이라는 듯 웃음을 터뜨렸다.

"안에 있는 년은 한쪽 다리가 없다. 오늘 그년과 한 놈은 무사생환할 것이다."

바지를 추켜 입으면서 병사는 말했다. 그 병사는 창고를 빠져나갔다. 그러는 사이에 상병 한 명이 옥경의 방에 들어가 일을 치르고 나왔다. 앞서 일을 끝낸 병사가 바지를 추켜올리고 혁대로 매는 사이에 이미 일을 치른 것이다. 그 상병은 일 분도 소요되지 않았다. 삽입하는 순간 배설한 것이었다. 들어갔다 바로 나오자 지켜선 병사들이 키득거리고 웃었다.

"나는 깊게 하는 데 소질이 있지. 나를 만난 여자들이 미치지."

사병들은 기다리는 동안 음탕한 말을 지껄여 흥을 돋우었다. 기다리는 무료함을 음담패설로 달래었다.

"너는 오래 끄는 데 소질이 있느냐? 나는 한 번 끼고 세 번, 네 번 쌀 수 있다. 여자들이 더 미친다."

"거짓말 마라. 남자의 생리로는 한번 배설밖에 못한다."

"거짓말이 아니다. 언젠가 기회 있으면 보여 주지."

"구멍에 들어가 있는 것을 어떻게 볼 수 있느냐?"

병사들이 웃음을 터뜨렸다. 방문 앞에 서서 지키고 있던 헌병도 따라 웃었다.

한 시간 정도 경과되자 또 다른 여자가 기절을 하여 들것에 실려 갔다. 정신을 잃기 전에는 의무관실로 보내지 않았다. 음부가 찢어져 피가 흘러도 그대로 진행했고, 여자가 아픔을 호소하는 것은 아랑곳하지 않았다.

임신한 덕순은 제외됐고, 장교용 여자는 본인의 의사에 따라 사병을 받고 안 받고 결정했는데, 다른 두 명의 장교용 일본 여자는 피했으나, 마흔한 살의 일본 여자 키노시다는 병사를 받기로 했다. 그녀는 계산을 해 보더니 병사를 받을 결심을 했던 것이다. 그녀는 다른 여자보다 요령이 있어 잘 처리했다. 여자가 거부하려고 하고, 남자가 성급하게 달려들어서 찢어지는 경우가 발생한다는 것을 그녀는 알고 있었다. 그래서 그녀는 병사가 들어오면 부드럽게 받아들이고, 남자가 성기를 삽입하려고 하면 엉덩이를 추켜들면서 불편하지 않게 해주었다. 그리고 신음 소리를 묘하게 토해서 늙은 고참 병장도 빨리 배설하도록 유도했던 것이다. 그녀는 병사가 성교를 끝내고 나갈 때마다 인사하는 것을 빠뜨리지 않았다. 다무라 중사가 고안해 낸 군가의 가사처럼 그녀는 낙지처럼 늘어져 휴지로 그곳을 닦아 내면서, 바지를 올리며 나가려고 하는 병사에게 말하는 것이다.

"훌륭하게 전사해 주세요."

규슈 토박이 발음이었으나 조선 여자의 일본말이 아닌 것을 알면, 병사들은 나가려다가 다시 한 번 돌아보며 씨익 웃었다.

"그래, 수고했다." 하는 병사도 있고, "뭐, 죽으라고? 이년아, 난 안 죽어."라고 말하는 병사도 있고, "아주머니, 고맙소."라고 말하기도 했다.

✣

"하나, 둘, 셋, 넷, 알짜만 골라 낸 정열적인 미녀들이래. 게다가 토치카처럼 튼튼하대."

다무라 중사가 후미에 대기하고 있는 병사 오백여 명을 데리고 연병장을 구보했다. 다무라 중사의 선창을 따라 부르며 병사들은 싱글싱글 웃었다.

"하나, 둘, 셋, 넷, 아흔아홉 번 박아 주니 미녀가 말했네. 아유, 한 번만 더, 한 번만 더."

그들이 우렁차게 부르는 군가가 연병장에 울렸고, 부대 안을 흔들었다. 제25사단 병사들이 연병장을 바라보며 휘파람을 불거나 히죽히죽 웃었다.

"하나, 둘, 셋, 넷, 우리는 돌격 1번대. 철모를 깊이 쓰고 돌진하네. 낙지처럼 늘어진 여자가 누워서 전송하네. 훌륭하게 전사해 주세요."

해가 어느 정도 기울자 연병장을 구보하는 병사들의 그림자를 길게 늘였다. 다갈색 하늘은 늦여름을 보내고 있었다.

"하나, 둘, 셋, 넷, 낙양에 돌입하면 나는 한 손에 옥수수를 거머쥐고 한꺼번에 처녀 셋을 강간해 줄 작정이네. 선두야, 빨리 해치워라. 뒷사람이 지쳐 있다."

진옥은 위안소 관리실에 앉아 연병장의 풍경을 지켜보고 있었다.

그녀의 귓전을 울리는 연병장의 군가 소리가 위안소의 웅성거림에 뒤섞였다.

위안소에서는 이따금 여자의 비명이 터져 나왔다. 이따금 터지는 것은 큰 소리였고, 신음은 방마다에서 울렸다. 여자들의 그 비명은 대기하고 있는 병사들을 더욱 들뜨게 하고 있었다. 그 비명 소리는 흥분으로 인한 신음이 아니고, 하복부의 고통을 호소하는 아픔의 비명이었지만, 병사들은 자기 나름대로 상상하면서 입가에 음흉한 미소를 머금었다.

예정된 소요 시간보다 한 시간이 지연되었으나, 통과 부대장의 명령으로 욕망을 푸는 작업은 계속되었다. 드디어 일을 마친 제424부대 장병들은 트럭에 분승하여 제25사단을 떠났다. 그들이 탄 트럭이 먼지를 일으키며 부대를 빠져나갔다. 시끄러운 엔진 소리와 그들이 부르는 군가 소리가 탈진한 위안소의 여자들 귓전을 울렸다. 먼지와 소음을 남기면서 이천 명의 병사들이 떠난 후 위안소는 고요했다. 서너 명의 여자들이 의무관실로 갔다가 간단한 처치를 받고 돌아왔다. 밑이 찢어졌지만 의무관들이 없어서 꿰매지 못하고 소독약만 발랐을 뿐이었다. 여자들 일부는 저녁 내내 누워서 일어나지 못했다. 일부는 대야에 찬물을 떠다가 사타구니를 담그고 앉아 있었다. 물이 닿자 헌 피부가 쓰라렸다. 그러나 여자들은 참아내면서 찬물 찜질만을 할 뿐이었다.

더러는 대야의 차가운 물위에 앉아 사타구니를 식히면서 세 시간 동안 받은 병사들의 수를 손꼽아 세어 보았다. 그리고 계산을 해 보는 것이다. 쓰레기통에는 고무 사쿠를 사용하고 버린 것이 가득 담겨 있었다. 그 고무 사쿠를 기념으로 간직하거나, 전투에서 콘돔을 몸에 지니면 저격을 모면한다는 미신을 믿는 병사도 있어서 더러는 버리지 않고 가져간 경우도 있었다.

특히 통과 부대가 지나가고 나면 위안소에 분실물이 많았다. 헌병이 문 앞에 지키고 있었지만, 품속에 숨기고 가져가서 알 수 없었다. 여자가 기진하여 축 늘어져 있는 틈에 병사는 여자의 브래지어나 팬티, 또는 버선이라든지, 어떤 경우는 여자의 신발조차 몰래 가져갔다. 그것 역시 몸에 지니고 전투에 임하면 죽지 않는다는 미신 때문이었다. 여자의 물건이 부적과 같은 역할을 한다고 믿고 있는 병사들로 인해서 그녀들에게는 소중한 소지품들이 도난당하는 것이었다.

그래서 통과 부대가 올 때는 간단한 소지품들은 눈에 띄는 곳에 두지 말고 감추어 두라고 이르지만, 그것이 그대로 되지 않았다. 감추어 두어도 빼내가는 경우가 있었다. 그만큼 일을 치르는 여자들이 탈진되어 있고, 정신이 몽롱해진 상태가 되는 것이었다.

비싼 값으로 산 옷을 도난당한 여자는 대야의 물로 사타구니를 식히면서 울었다. 신발을 도난당한 여자도 위안소 안을 헤매며 찾았다. 신발이나 옷은 대부분 값이 비쌌다. 돈의 가치보다도 무엇인가를 도둑맞았다는 사실이 그녀들을 더욱 서글프게 만들었다.

여자 일부는 의무관실에서 치료받는 일을 싫어했다. 그래서 찢어진 음부를 대야의 찬물로 치료하려고 했다. 대야의 물이 붉게 물들며, 펄쩍 뛰도록 통증이 와도 그녀들은 의무관실로 가지 않았다. 더러는 솜으로 누르며 흐르는 피를 지혈시키려고 애썼다.

부대에 어둠이 뒤덮이고, 보안등에 불이 들어왔다. 그때가 되어도 외출한 군의 장교들은 돌아오지 않았다.

❖

북만주의 가을은 빨리 찾아왔다. 가을비가 뿌려지고는 단번에 낙엽이 지면서 대지는 싸늘한 기온으로 덮였다. 대륙에서 불어치는 흙먼지 바람도 매서웠다. 진옥은 며칠 전에 여진홍으로부터 만나자는 연락을 받았다. 위안소를 정기적으로 방문하는 중국인 상인으로부터 받은 전갈이었다. 그 중국인 상인이 여진홍과 한통속이라는 사실을 알자 놀라웠다. 중국인 상인이 관사를 찾아왔을 때 은밀한 어조로 소식을 전했다.

"여진홍 동지는 하이라얼에서 활동하고 있습니다."

"어떻게 만나야 되지요?"

"여기 관사를 찾아오려고 했지만, 당번병과 가정부가 있어 부인의 입장이 곤란할 것입니다. 그래서 하이라얼에서 만났으면 합니다."

"내가 하이라얼로 나가지요. 어떻게 만납니까?"

"하이라얼 육군병원에 제17연대 부대장 다카무라 대좌가 입원해 있습니다. 병문안을 핑계되고 병원을 찾아가세요."

"다카무라의 증세는 어때요?"

"잘은 모르지만 회복하지 못하고 계속 혼수상태라고 합니다."

"그 일이 있은 지 두어 달이 되어 가는데 아직도 혼수상태라고요? 심하게 다쳤나 보군요?"

"뇌를 다쳤다는 말이 있습니다. 마님이 가도 알아보지 못할 것입니다."

"면회는 가능해요?"

"그것도 어려울 것입니다. 그러나 핑계되고 가십시오."

"병원에 가기만 하면 만날 수 있어요? 여진홍이 거기서 근무하고 있나요?"

"근무하는 것은 아닙니다만 가기만 하면 만날 수 있습니다."

"언제 갈까요?"

"아무 때라도 좋습니다."

"미리 약속을 해야 되겠지요?"

"약속은 하지 마십시오. 그냥 가십시오."

"……."

진옥은 약간 황당한 생각이 들었다.

"통보도 없이 나가도 만날 수 있다는 뜻은……."

"그렇습니다. 제25사단을 나가는 부대장의 차는 우리가 수시로 체크하고 있습니다. 마님이 외출하는 것을 우리는 모두 알고 있다는 뜻입니다."

진옥은 약간 겁먹은 눈으로 중국인 상인을 쳐다보았다. 물건을 팔 때 그는 눈웃음을 지으면서 장사꾼 같은 표정을 짓지만 여진홍의 말을 전해 줄 때는 다른 사람 같은 분위기를 주었다. 눈빛부터 날카롭게 번뜩이면서 목소리가 은밀하고 정중했다.

중국인 상인을 만난 이후 진옥은 하이라얼 육군병원에 가는 일을 궁리했다. 그렇게 차일피일 미루고 있을 때 외출을 할 일이 생겼다. 관사에서 점심을 먹고 있을 때 부대장실에서 전화가 왔다. 급히 부대로 들어오라는 부대장의 목소리는 흥분으로 들떠 있었다. 부대장 이시가와 소장의 목소리가 떨릴 만큼 흥분되어 있는 것은 평범한 일이 아니었다. 그러나 기분이 좋아서 웃음소리를 곁들이는 것으로 보아 진옥이 긴장해야 할 일은 아닌 듯했다.

진옥은 언제부터인지 부대에서 걸려오는 전화를 받으면 가슴이 두근거렸다. 그것은 위안소에 있는 여자들을 걱정하는 마음 때문이었다. 그녀들에게 일이 생기면 진옥에게 연락이 오곤 했다. 위안부가 자결하거나, 병으로 죽거나, 싸워서 피를 흘리거나, 질병이 생겨서 의무관실로 이송했다는 내용이 전화기를 통해서 들려오곤 했다. 그러면 진옥은 부대장 차를 불러 타고 부대로 갔다.

부대장이 옷을 예쁘게 차려입고 나오라고 하는 것은 그러한 일과는 무관한 내용이었다.

"왜 옷을 예쁘게 차려입어야 해요? 어디 연회에 나가나요?"

"연회보다 더 중요하오. 관동군 총사령관 오카무라 간이찌 대장께서 당신을 초대했소."

"오카무라 대장이?"

진옥은 지난여름에 마쓰데이 마장에서 만났던 총사령관 오카무라를 떠올렸다. 그녀를 찾다가 폭발 현장에서 몸을 피해 살아났던 장군이었다. 그러나 그 일을 잊고 있었던 진옥은 새삼스럽게 떠올라 피씩 웃었다.

"뭘 해? 빨리 옷을 차려입고 나와요."

"지금 가야 해요?"

"그래요. 오카무라 대장의 부관 마찌다 게이찌 소좌가 당신을 데리러 비행기를 타고 하이라얼 비행장에 내렸소."

"어머, 그래요?"

"어젯밤에 전문이 왔는데 지금에야 확인했소. 어때, 괜찮겠지? 지난날 마쓰데이 마장에서 만났던 것이 인연 같군. 오카무라 대장이 당신에게 반한 모양이야."

"날 당신 딸로 알고 있어요."

"아무려면 어때. 우리가 출세할 수 있는 기회야."

"우리가 아니라 부대장님 당신이겠지요."

"당신은 이시가와 비키코야. 알았지?"

"몰라요."

"강짜 부리지 말고 나와."

"알았어요. 목욕해야 되잖아요?"

"빨리 나와."

"대장의 부관이 벌써 와 있어요?"

"하이라얼을 출발해서 오고 있는 중이야."

"목욕하고 가겠어요."

"늦지 않도록 해요."

식사를 하던 중이었으나 더 이상 먹고 싶은 생각이 없었다. 오카무라 대장을 만나 이시가와 승진을 청원하면서 그의 욕망의 재물이 되는 것인가. 이시가와가 바라고 있는 것이 그것일 것이다.

그러한 생각을 하자 진옥은 화가 치밀었다. 그 분노는 이시가와 소장에게라기보다 자신에게 향한 것이었다.

"이노에 병장."

진옥은 한쪽에 서 있는 당번병을 불렀다.

"하이."

"외출해야 되니 목욕물을 데워 놔요."

"데워져 있습니다, 마님."

당번병이 하는 일은 목욕물을 받아 데워 놓는 일이 전부인 것 같았다. 부대장이 목욕을 좋아했고 덩달아 진옥마저 목욕을 자주했기 때문에 당번병은 항상 목욕물을 데워 놓았다. 진옥은 목욕탕으로 들어가서 옷을 벗고 욕조에 들어갔다. 목욕을 하고 있는 동아 현관 쪽에서 자동차의 소음이 들렸다. 부대장이 차를 보낸 것이다.

진옥은 목욕탕에서 자맥질하다가 욕조 밖에 나와 온몸에 비누칠을 했다. 그리고 샤워 후 머리를 감았다. 다시 샤워를 하고 마른 수건으로 몸의 물기를 닦았다. 옷을 입고 거실로 나오자 부대장 차의 운전병 기무라 병장이 당번병과 앉아 있다가 일어섰다. 기무라 병장은 경례를 붙이고 말했다.

"마님, 빨리 모시고 오라는 부대장님의 지시가 있었습니다."

진옥은 눈을 힐끗 흘기듯이 보며 대꾸하지 않았다. 운전병에게 눈을 흘긴다기보다 조급하게 서두는 부대장을 향한 것이었다. 방으로 들어간 진옥은 옷장을 열고 옷을 꺼냈다. 일본 옷을 꺼내어 입어 보았다가 마음에 들지 않아 벗었다. 원피스를 꺼내 입었다. 그리고 거울 앞에 앉아 머리카락을 말리면서 빗어 올렸다. 머리카락을 틀어 올리면서 나이가 들어 보이게 하려고 애썼지만, 거울 속의 얼굴은 스물을 갓 넘은 젊은 여자임에는 틀림없었다. 얼굴에 약간의 화장을 하고 진옥은 거실로 나갔다.

"마님, 대단히 아름답습니다."

당번병 이노에 병장이 부동자세로 서서 말했다.

"선녀 같습니다, 마님."

기무라 병장이 히죽 웃으며 맞장구를 쳤다.

"자네들이 나에게 아부할 필요는 없네."

하늘에는 황토 먼지가 자욱하게 뒤덮여 있었다. 바람에 나뭇가지가 흔들리며 낙엽이 떨어져 길 위에 뿌려졌다. 부대장의 차는 숲을 지나 부대가 보이는 들판으로 나갔다. 위병소를 지나 차는 본부 건물에 있는 부대장실 앞에 섰다. 부관 니시다 대위가 뛰어나와서 차의 문을 열어 주었다.

"안녕하십니까, 마님. 부대장님께서 기다리고 계십니다."

"나는 부대장의 딸 이시가와 비키코예요. 알겠어요, 부관?"

"네? 무슨 말씀이신지?"

"오카무라 대장의 부관이 이 부대로 오고 있는 거 몰라요?"

"알고 있습니다, 마님."

"그렇다면 나를 마님이라고 부르지 말아요. 오카무라 부관이 듣는 데서는."

"그럼 무엇이라고 불러야 합니까?"

"아기씨라고……."

"아기씨라…… 사실 그게 더 어울리십니다."

"내 나이가 너무 어리다는 말이지요?"

"그런 뜻이 아니라 아름다운 귀공녀란 뜻입니다."

"칫, 오늘은 왜 이렇게 아부하는 사람이 많담."

진옥이 부대장실로 들어가자 이시가와 소장이 의자에서 벌떡 일어서며 두 팔을 벌려 보였다.

"이게 누구야? 하늘에서 내려온 천사로구나."

"칫, 가는 데마다 아부로군."

"여보, 아부가 아니야. 정말 당신은 아름다워. 이렇게 예쁜 여자를 부인으로 준 하늘에 감사하고 있지."

"나에게 어려운 일을 시킬 때면 당신은 나를 하늘에서 내려온 천사라고 하더군요."

"어려운 일? 그렇지. 어려운 일이지. 오카무라가 당신에게 반한 것은 알고 있지?"

"그래서 나보고 어떻게 하라는 것이에요? 대장과 잠자리를 같이 할까요?"

"그럴 리가 있나. 오카무라 대장 같은 점잖으신 분이 그러겠나. 다만 당신을 귀엽게 보고 초대하는 것이지."

"그렇게 시침 떼지 마세요. 당신이 준비하고 있는 돈은 어디에 쓸 것이죠?"

"그건 갑자기 왜? 내가 말했잖소, 내 승진의 로비 활동을 한다고."

"그 돈을 날 주세요. 그러면 내가 당신 어깨에 중장 계급을 달아드리죠."

"하하하. 돈을 당신에게 달라고? 당신이 중장 계급장을 가지고 오면 서슴지 않고 내놓지."

"미리 내 놓으세요. 내가 총사령부에 가서 로비하죠."

"당신이 어떻게 한다는 거야? 인사부장이나 참모라든지 우리 상급 부대장 12군단장 이나모도 중장에게 두루두루 쓸 돈이오. 그리고 장군의 승진은 관동군의 장군만 가지고도 어렵지. 내지의 국방성에 로비를 해야 하는 거야."

"뭐가 그렇게 복잡해요? 신경에 가면 인사부장을 만나겠어요."

"총사령관의 추천이면 단번에 될 거야."

"그래도 관계장들의 추천이 필요해요."

"허긴 그래. 정말 돈을 달란 말이지?"

"승진하기 싫으면 관두세요."

"좋아. 만 엔을 가져가시오. 그걸 풀어서 날 중장으로 만들어."

진옥은 이시가와를 향해 눈을 흘겼다. 한 시간여 기다리자 마찌다 게이찌 소좌가 왔다. 그는 비행대의 헌병차를 빌려 타고 왔는데, 얼굴 피부가 하얗고 손가락이 가는 학자 타입의 인상을 주었다. 시력이 나쁜지 도수 높은 안경을 쓰고 있었다. 몸이 홀쭉한 것에 비해 키가 작았다. 전체적으로 체구가 작은 편이었다.

이시가와 소장은 니시다 부관에게 지시하여 부대 금고에 예치해 놓은 현금 일만 엔을 인출시켰다. 진옥을 의심하는 것인지 아니면 그의 말대로 경호를 위해서인지 니시다 대위를 딸려 보냈다.

"니시다 대위."

부대장이 근엄한 표정으로 말했다.

"하이."

니시다 대위가 부동자세로 대답했다.

"군은 마님을 경호하는 데 생명을 걸어라."

"……."

"마님에게 변고가 생기면 부대로 귀환할 생각 마라."

"하이."

진옥에게 이상이 생기면 자결하라는 말이었다. 니시다를 딸려 보내는 것은 돈을 가진 그녀가 도주라도 할 것을 염려해서인지도 모를 일이었다. 진옥은 부대장이 자신을 믿지 못하여 부관을 딸려 보낸다는 것을 느꼈지만 모른 척했다.

하오 세 시 삼십 분경에 진옥 일행은 하이라얼 시가로 들어섰다. 이따금 부는 바람은 싸늘했고, 북만주의 날씨답게 차가웠다. 가을 날씨는 며칠에 불과하고 단번에 겨울이 오는 느낌이었다.

"니시다 대위."

진옥이 침묵하다가 부관을 불렀다.

"네, 아기씨."

"육군병원에 잠깐 들렀다 가고 싶어요."

"거기는 왜 들리시려는 것입니까?"

"일이 있어요."

"그러시지요."

차는 길옆에 멈추었다. 부대장의 차가 멎자 뒤따라오던 헌병차가 따라 멈추었다. 니시다 대위가 내려서 뒤차에 타고 있는 마찌다 소좌에게 진옥의 뜻을 전했다. 마찌다 소좌가 시계를 보는 것이 지체하는 것을 싫어하는 태도였지만, 그녀를 연행하듯이 데리고 갈 수는 없는 일이어서 고개를 끄덕였다.

차는 다시 출발하여 하이라얼 육군병원으로 향했다. 머뭇거리던 니시다 대위가 조심스럽게 물었다.

"아기씨, 육군병원에는 왜 들르시려고 하십니까?"

"마쓰데이 연회 때 제17연대장 다까무라 대좌를 알게 되었는데, 그 폭파사고 때 부상을 입었어요. 하이라얼에 온 김에 병문안을 하는 게 좋을 듯해서……."

"하이, 그렇습니까? 다까무라 대좌와 그렇게 친해지셨습니까?"

"그렇게 친해졌느냐는 어감이 이상하게 들리네요? 의심스러운가요?"

"원 별말씀을……."

"당신은 나만 따라다니면 돼. 꼬치꼬치 묻지 말아요."

"하이."

니시다 대위는 핀잔을 듣고 민망한 표정을 지으며 씁쓰레하게 입맛을 다셨다. 빨간 깃발을 펄럭이는 부대장의 차와 헌병차가 육군병원으로 들어섰다. 위병소의 헌병들은 차를 세우지 않고 경례를 붙였다.

"다녀올 테니 기다리고 있어요."

차가 멎자 부관 니시다 대위가 차에서 내려 문을 열어 주었다. 진옥은 병동 현관으로 들어섰다. 하이라얼 육군병원은 지난날 중학교 교사(校舍)를 개조하여 쓰고 있었는데 세 개의 커다란 병동으로, 붉은 벽돌로 된 이층집이었다. 소만 국경 일대의 부상병을 전담하여 치료하는 큰 병원이었다.

진옥은 현관 위병에게 다까무라 대좌의 입원실을 물었다. 위병은 안내계에 문의하여 다까무라 대좌의 방을 찾았다. 전화 통화를 마치고 진옥에게 온 위병이 대답했다.

"부인, 다까무라 대좌님은 이틀 전에 사망했습니다."

"어머."

진옥은 우두커니 서 있다가 밖으로 나왔다. 그녀가 현관을 나와서 차를 세워 놓은 마당 쪽으로 발길을 옮겼다. 그때 그녀는 여진홍의 일이 떠올랐다. 육군병원을 찾아가면 그녀를 만날 수 있다고 하지만 그것은 아무런 단서가 없는 일이었다. 여진홍을 만나고 가고 싶었지만 아무 소용이 없었다. 그렇게 낙담을 하고 정원에 우두커니 서 있었다. 그때 측백나무가 줄지어 서 있는 화단 사이에서 일본 옷을 입은 여자가 진옥의 옆으로 다가왔다. 기모노 차림의 여자는 생긋 웃으며 인사했다.

"안녕하세요, 마님."

진옥은 그 여자를 돌아보고는 놀랐다. 기다리고 있던 일이었지만 실제 실현이 될 것으로 생각하지 않아서 뜻밖이었던 것이다.

"어머, 여진홍 씨."

"놀라셨지요?"

"그런데 여기서 날 기다렸어요?

"기다리고 있었어요."

"내가 온다는 것을 어떻게 알았지요? 내가 외출한다는 사실은 오늘 점심때 결정된 일인데."

"나는 제25사단에서 일어나는 일을 손바닥 보듯이 보고 있어요.

마님이 오카무라 대장을 만나러 하이라얼에 나온다는 말을 듣고 기다리고 있었어요."

"내가 오카무라 대장을 만나러 간다는 것을 어떻게 알았어요?"

"제25사단 전문 암호를 우리가 해독하고 있어요."

"부대 전문 암호를 들어 알았다고요? 그럼 부대의 모든 비밀이 팔로군에 누설되고 있네요?"

"저는 마님을 믿어요. 일본 관동군의 전문은 크게 둘로 나눠 있어요. 일급비밀과 이급비밀로요. 일급비밀 전문은 수시로 바뀌는 암호로 사용하기 때문에 우리가 해독하기 어렵고 시간이 걸리죠. 그러나 작전이 아닌 일상적인 통신은 풀기 쉬운 이급 전문 암호로 해요. 이급 전문 암호는 암호라기보다 일상적인 통신이지요."

"어쨌든 만나서 반가워요. 무사해서 다행이에요. 그동안 잘 있었나요? 계속 첩보 활동을 하고 있는 것 같군요?"

"그래요."

"그런데 이렇게 위험을 무릅쓰고 나를 만난 데는 무슨 이유가 있나요?"

여진홍은 잠깐 머뭇거리더니 입을 열었다.

"나의 탈출을 도와줘서 고맙다는 인사도 드릴 겸 그 보답을 하고 싶었어요. 언젠가 마님은 여자 전부를 탈출시키고 싶다고 했지요? 그 생각은 지금도 변함이 없나요?"

"물론이지요. 기회를 찾고 있어요."

"대단히 어려운 일이지만, 하이라얼에서 기차를 타고 반다이, 하얼빈, 신경, 봉천을 거쳐야 하는데, 그 시간이 이틀은 걸려요. 그동안 검거될 위험도 있어요."

"분산해서 탈출해야지요. 각기 필요한 신분증과 여행증만 있으면 돼요. 사진은 내가 제공하고, 드는 경비도 제공할 테니, 마흔여섯 명 모두에게 적당한 신분증과 여행증을 만들어 줘요. 위조지만 완벽하게 말이에요. 언제까지 할 수 있어요?"

"한 달 안으로."

"좋아요."

"경비는 얼마나 들겠어요?"

"한 사람당 오십 엔 씩은 들 거예요."

"좋아요. 내가 낼 테니 준비해 줘요. 나하고 연락은 어떻게 하지요?"

"앞으로의 접촉은 내가 연락이 되도록 할 테니 기다리세요. 마님은 사진을 준비해 주세요. 암호를 개나리꽃으로 해요. 여자의 수는 꽃송이로 비유하세요. 마흔여섯 송이가 피었다고 하면 사진이 모두 준비된 것으로 알게요. 사진은 내가 보낸 사람에게 건네주세요. 돈도 필요하니 그때 주세요. 사진 뒷면에는 이름을 적으세요."

"누구에게 전달해야 해요? 그 중국인 상인?"

"그래요. 앞으로 그분을 통해서 나하고 연락을 해요."

"알았어요. 그런데 니시다 대위와 같이 와서 그 사람들이 지금 차에서 기다리고 있어요. 길게 이야기를 나주지 못하겠군요."

"알고 있어요, 마님."

"잘가요, 여진홍 씨. 다음에 다시 만나요."

"마님, 건투를 빌어요."

진옥은 그녀와 헤어져 화단을 돌아 마당으로 나가면서 가슴이 두

근거렸다. 여진홍의 첩보 활동에 간접적으로 도운 일은 있지만 이제는 함께 일하는 기분이 들었다. 여진홍과의 계속적인 만남이 불안하기는 했지만, 무엇보다 마흔여섯 명의 여자들을 탈출시키는 일은 통쾌한 일이라고 생각했다.

마찌다 소좌와 니시다 대위는 각기 차 안에 앉아 담배를 피우고 있었다. 진옥이 다가가자 니시다 대위는 차 밖으로 나와 바닥에 담배를 던지고 차 문을 열어 주었다. 부대장의 차는 뒤로 빠지고, 마찌다 소좌가 탄 헌병차가 앞서며 병원을 빠져나갔다. 두 대의 차는 하이라얼을 벗어나 비행장으로 달렸다.

"다카무라 대좌는 만났습니까?"

니시다 대위가 히죽 웃으면서 물었다.

"아뇨. 그는 이미 죽었다고 해요. 이틀 전에."

"저런, 유감이군요."

시가를 벗어나면서 험준한 산악이 나왔고, 마쓰데이 마장으로 향하는 길옆에 비행장이 있었다. 그들의 차는 비행장으로 들어갔다. 위병소의 헌병들이 마찌다 소좌가 탄 차를 세우고 신분증 검사를 했다. 마찌다 소좌가 헌병들에게 무엇이라고 지시하는 모습이 보였다. 뒤차를 검문하지 말고 통과시키라는 지시 같았다. 부대장의 차는 검문받지 않고 그대로 지나쳤다. 두 대의 차는 활주로 안으로 달려갔다. 차에서 내리자 마찌다 소좌가 진옥에게 물었다.

"멀미를 하지 않으십니까, 아기씨?"

세찬 바람이 불자 비행장의 먼지가 하늘로 치솟으며 구름처럼 퍼졌다. 진옥이 입고 있는 옷자락이 바람에 펄럭였다.

"모르겠어요. 난 비행기를 처음 타요."

대기하고 있는 경비행기는 프로펠러가 달려 있는 AT기였다. 십여 명이 탈 수 있는 비행기로서 관동군 총사령부의 총사령관 전용기였다. 조종사는 나이가 들어 보이는 중사였다. 중사는 진옥을 향해 거수경례를 붙였다.

"바람이 세차서 이륙하는 데 요동이 있겠지만, 걱정하지는 마십시오."

조종사는 두 장교와 진옥을 향해 말하고 조종석으로 올랐다. 진옥은 마찌다 소좌의 안내를 받으며 트랩을 올라 비행기 안으로 들어갔다. 바람이 세차게 불자 비행기가 흔들렸다. 흔들리는 느낌이 뚜렷했기 때문에 진옥은 두려운 생각이 들었다. 그러나 어차피 생사를 하늘에 맡겼으니 담대해지리라는 생각을 했다.

총사령관이 전용으로 앉는 듯한 넓은 공간의 의자가 눈에 띄었다. 진옥은 마찌다 소좌의 안내로 그 좌석에 가서 앉았다. 자리에 앉자 안전벨트를 매도록 하고 마찌다 소좌는 한쪽으로 가서 앉았다. 니시다 대위도 마찌다 소좌의 옆쪽에 가서 앉았다. 그들이 모두 좌석에 앉자 비행기 밖에 있던 요원들이 트랩을 치웠다. 그리고 깃발을 든 병사가 기를 흔들자 비행기가 움직이기 시작했다. 출구가 닫히고, 비행기는 활주로로 향했다. 밖에 서 있던 비행대의 장교와 사병이 떠나는 일행을 향해 경례를 붙였다. 바람이 불자 비행기가 기우뚱거렸다.

활주로로 달려간 비행기는 바람이 멎기를 기다리는지 잠자코 서 있었다. 프로펠러 소리가 귀전을 시끄럽게 울렸다. 진옥은 비행장을 내다보며 먼지가 일어나는 것을 바라보았다. 먼지는 허공으로 치솟았다가 한쪽으로 밀려갔다. 이윽고 바람이 멈추는 듯하자 신호를 받은 비행기가 움직이기 시작했다. 노면의 충격이 부드럽지 못한 상태에서 흔들림이 컸다. 그러나 달려가던 비행기는 하늘로 치솟았다. 진옥은 현기증을 느끼며 손으로 머리를 싸쥐었다.

"아기씨, 어지러우면 약을 드리도록 하겠습니다."

마찌다 소좌가 말했다.

"괜찮아요. 약 먹기 싫어요."

비행기는 하늘 높이 치솟더니 남쪽을 향해 날기 시작했다. 비행기 창으로 홍안령 산맥이 내려다보였다. 그 모습은 진옥에게 색다른 느낌을 주었다.

"아기씨, 이제 벨트를 푸셔도 됩니다."

마찌다 소좌는 한쪽으로 가서 상자를 열더니 그 속에 준비해 놓은 갱엿을 비롯한 과자며 사탕을 그릇에 담아서 왔다. 초콜릿이며 사탕이 조그만 바구니에 담겨 있었다.

"아기씨, 가는 데 세 시간 정도 소요됩니다. 더구나 치치하얼에 내려서 기름을 넣어야 합니다. 지루하실 테니 이것을 드십시오."

"괜찮아요. 지루하기보다 하늘을 날고 있으니 이상해요."

"떨어질 염려는 없으니 안심하십시오."

저녁이 되어 신경 총사령부 비행장에 내린 일행은 곧바로 대기하고 있던 차에 나누어 타고 본부 사령관실로 향했다. 총사령관 오카무라 대장은 사령관실에서 진옥을 기다리고 있었다.

사령관실은 넓고 화려하게 꾸며져 있었다. 사령관의 것으로 보이는 넓은 책상과 그 앞에 소파가 있었고, 한옆에 간부들을 불러 회의를 하는 길쭉한 탁자와 의자가 놓여 있었다.

"비키코 상, 어서 와요. 하하하."

오카무라는 작은 키에 가슴을 펴고 다가왔다.

"안녕하세요, 각하. 잊지 않고 불러 주셔서 감사합니다."

"내가 비키코 상을 잊을 수가 있는가."

오카무라 대장은 함께 들어와 뒤에 부동자세로 서 있는 니시다 대위와 마찌다 소좌에게 말했다.

"자네들도 수고했네, 마찌다 군."

"하이."

"같이 온 대위는 비키코 상을 경호하는 장교겠지?"

"제25사단 부대장 부관 니시다 대위입니다."

니시다 대위가 관등 성명을 대었다.

"좋아, 마찌다 군."

"하이."

"니시다 대위를 데리고 나가서 대접하라. 그리고 내 차를 대기시키도록. 나는 아가씨를 모시고 만봉 호텔 카페로 가서 식사를 할 것이다. 그리 연락하도록."

"하이."

"먼 곳에서 와서 피곤하겠군?"

"괜찮아요, 각하. 비행기를 보내 주셔서 편하게 왔어요."

"기차를 타면 하루 이틀이 걸리는 곳이야. 아버지를 따라 북만주 생활하기 고달프지 않은가?"

"아버지의 고생을 생각하면 저는 아무것도 아니에요."

"저런, 효성 또한 지극한 아가씨로군."

"각하, 각하가 계시는 사령관실이 화려하고 참 좋아요. 저기 박제되어 있는 것은 독수리인가요?"

"응? 그렇지."

"저쪽 것은 호랑이지요?"

"음, 그렇지."

"다가가서 둘러봐도 되나요?"

"아, 물론이지. 호기심이 많은 아가씨로군."

진옥은 방 안을 호기심 어린 눈으로 둘러보았다. 벽의 선반에 각종 날짐승과 맹수들을 박제한 것들이 진열되어 있었다. 호랑이가 입을 벌리고 있었는데, 그 안으로 손을 넣어 보니 깊숙했다. 진옥은 왔다 갔다 하면서 박제된 것들을 만져 보았다.

"모두 실제의 가죽인가요?"

"실제지. 내가 직접 사냥한 것도 있지."

"각하, 사냥을 좋아하세요?"

"즐기는 편이네. 비키코 상은 신경에서 며칠 쉬고 갈 수 있겠지?"

"아버지가 쉬고 오라고 하셨어요."

"그래. 내일은 만주국 요인이 모이는 연회가 있으니 함께 참석하고, 모레 같이 사냥을 갈까?"

"데려가 주시겠어요?"

"아암, 비키코 상과 사냥하면 좋은 추억이 될 것이다."

늙은이가 계속 주책없는 말을 지껄인다고 생각하며 진옥은 서 있었다. 부관실에서 여자 하사관 한 명이 노크를 하고 들어와 차를 탁자에 내려놓았다.

커피를 마시고 진옥과 오카무라 대장은 대기하고 있던 총사령관 차에 올랐다. 부관실의 다른 장교 한 명이 차 문을 열어 주고 운전석 옆에 탔다. 경호병들이 탄 것으로 보이는 지프차 한 대가 사령관의 차를 따라 붙었다. 만봉 호텔은 신경 시가를 한눈에 내려다보는 언덕에 있었다. 언덕 위에 우뚝 솟은 그 건물은 프랑스식의 건축 양식으로 최근에 지은 듯이 깨끗했다. 총사령관의 차가 호텔 앞에 닿자 종업원들이 뛰어나와 맞이했다. 지배인으로 보이는 뚱뚱한 사내가 나와서 고개를 숙였다. 그들은 중국인이었으나 일본말을 능숙하게 했다.

지배인의 안내를 받으며 호텔 안에 있는 별실로 들어갔다.

"오늘은 여기서 식사하고 푹 쉬도록 하게. 객실을 예약해 놓았으니 말이야."

"고맙습니다, 각하."

"어이, 여기 빨리 가져와. 중국요리를 먹어 볼까?"

"네, 좋아요."

"자네 기다리느라고 굶고 있었더니 시장하군."

"죄송합니다, 각하."

"아, 천만에. 나에게 죄송해 할 것 없다."

오카무라는 말했다.

"비키코 상은 중국요리 좋아하나?"

"중국요리도 여러 가지인데, 먹어 보지 않은 것이 더 많아요."

"그런가? 중국요리뿐만 아니라 남방의 요리도 주문해 두었지."

"남방의 요리는 어떤 것입니까, 각하?"

"바미 고렝, 아얌 고렝, 사테 아얌이지."

"무슨 말씀이에요?"

진옥이 생글생글 웃으며 물었다.

"볶은 국수, 볶은 새, 구워서 튀긴 새를 말하지."

"새고기?"

"왜, 싫은가?"

"아뇨. 처음 먹어 보는 것 같아요. 그것이 남방 요리인가요?"

"그렇지."

"남방에서는 전쟁이 한창이라면서요?"

"황군은 승전만 하고 있지."

오카무라는 거짓말을 했다. 남방 전투는 점령했던 무렵만 승전했지 연합군 공격이 시작된 이후 계속 패배하고 있었다. 그래서 오카무라 총사령관의 지휘 아래에 있는 관동군 병력이 계속 남방으로 빠져나갔다. 어차피 남방에 파견하기 위해 증강시킨 관동군이기도 했다.

"비키코 상은 남방에 가 보았나?"

"아뇨. 어디를 말씀하시나요, 각하?"

"필리핀, 싱가포르, 자바, 미얀마, 태국을 말하지."

"안 가봤어요."

진옥은 말했다.

"저 혼자 갈 수는 없잖아요. 아버지가 가신다면 따라가겠지만요."

"아버지를 남방으로 보내 줄까?"

"승진시켜서요?"

"승진? 하하하. 비키코 상은 섭외를 잘하는군. 중장 승진은 육본성의 관할이야."

"그러나 총사령관님이 추천하면 되는 것이잖아요? 군단장이 되는 게 소원이에요. 저의 아버지는요."

"내가 알아보지."

"알아보는 것으로는 안 돼요."

"그럼 어떡해야 하나?"

"중장 승진을 약속하세요."

"하하하하. 딸이 아버지 일에 지나치게 나서면 못 써요."

"조국을 위해 더 큰일을 하고 싶어 하세요."

"아, 그런가? 그렇다면 적극적으로 알아보겠네."

"남방으로 파견되나요?"

"승진하면 대부분 그렇게 되지."

"아버지 혼자 가시나요?"

"그럴 경우도 있지만, 소속 부대를 이끌고 함께 옮기는 경우가 많다."

식사를 하고 있는데 부관 대위가 종이쪽지에 적은 것을 가지고 와서 오카무라 대장에게 보여 주었다. 작전에 나간 어느 사단이 중국 국부군의 공격을 받아 전멸 상태라는 내용이었다. 쪽지를 읽더니 오카무라는 안색이 변했다. 부관이 물러간 후 진옥이 물었다.

"각하, 무슨 일인가요?"

"비키코 상, 급한 일이 있어 나는 일어서야겠네. 참모 긴급회의가 있다."

"네, 그러세요, 각하."

"미안하군."

"아닙니다, 각하."

"식사를 마치면 지배인과 부관이 예약된 객실로 안내할 걸세. 거기서 쉬게. 내일 만나세."

식사를 하다가 중지한 오카무라 대장은 앉아서 식사하라고 손짓하고는 방을 나갔다. 진옥은 자리에 앉아 홀로 음식을 먹으며 곰곰이 생각했다. 음식은 메뉴가 바뀌면서 계속 들어왔다. 나중에는 배가 불러 들어오는 별난 음식에 손조차 대지 못했다.

부대장이 혼자 남방으로 간다면 비행기를 이용할 것이지만, 부대 병력이 함께 움직인다면 철도를 이용할 것이다. 부대 전원이 남방으로 이동한다면 위안부들도 함께 가는 것일까. 위안부의 이동은 부대장과 용역 업자의 관할권에 속해 있기 때문에 남방으로 이동할 수 있을 것이다. 바로 그 기회를 틈타 탈출을 시도하리라는 생각이 미쳤다. 하이라얼에서 신의주는 너무 거리가 멀었다. 그러나 부대가 남방으로 이동한다면, 신경을 지나고 봉천을 지나 대련에서 배를 탈 것이다. 봉천을 지날 때나 대련에서 집단 탈출하여 조선으로 가면 되었다. 여행증은 여진홍이 만들어 주는 것을 사용하면 되고, 마흔여섯 명이 뿔뿔이 흩어지면 의심을 받지 않을 것이다. 여자들에게 충분한 돈을 주어 중도에 굶지 않도록 하면, 탈출은 성공할 것이라는 확신이 생겼다.

진옥은 가슴이 뛰었다. 한두 사람의 위안부 탈출은 끊임없이 있어왔고, 별로 주목을 받지 않았다. 그러나 한 위안소 전원이 집단 탈출하는 것은 불가능한 것으로 되어 있었다. 탈출을 용이하게 하기 위해서 진옥은 관동군 총사령관의 힘을 빌릴 수 있는 일은 없을까 생각했다. 그러나 그의 힘으로 이시가와 소장을 중장으로 승진시키고, 남방으로 전속시키는 것만으로도 충분했다.

식사를 마친 후 진옥은 지배인의 안내를 받아 7층에 있는 객실로 올라갔다. 그 방은 매우 넓고 아름답게 꾸며 놓았다. 창문을 열면 숲 너머로 신경의 밤거리가 보였다. 신경의 밤거리는 불빛으로 가득했고, 가로등이 줄을 지어 뻗어 있는 것이 보였다.

진옥은 새로 생긴 습관대로 목욕을 했다. 목욕을 하고 밖으로 나오려고 할 때 문이 열리며 누군가 들어왔다. 욕실에서는 보이지 않았으나 방으로 들어서는 인기척이 들렸다. 문이 잠겼을 텐데 열리는 것이 이상했다.

"비키코 상."

방에서 들리는 소리는 오카무라 대장의 목소리였다. 진옥은 다시 물속으로 들어가 물장구를 치며 물소리를 내었다. 그러자 욕실 문이 열리며 오카무라가 들여다보았다.

"비키코 상."

"참모 긴급회의라면서 벌써 돌아오세요?"

"적당히 지시하고 난 빠져나왔지. 비키코 상을 생각하니 회의를 더 이상 못하겠더군."

"잘하는구나."

그러나 그 말은 입 밖에 내지 않았다. 욕조 안을 들여다보며 히죽 웃던 오카무라 대장은 군복을 벗기 시작했다. 몸에 걸친 옷을 모두 벗고 욕탕으로 들어왔다.

"어머, 각하. 들어오시면 안 돼요."

"하하하. 함께 목욕을 하는 것은 좋은 추억이 될 거야."

"각하는 추억을 몹시 좋아하시는군요."

"하하하."

오카무라 대장은 웃음소리를 내며 물속으로 뛰어들었다. 물개처럼 일본 사내들은 여자와 물속에서 노는 것을 좋아한다는 생각을 하며 진옥은 두 팔로 가슴을 가리며 뒤로 물러났다. 그러나 오카무라 대장은 히죽히죽 웃으며 진옥에게 다가와서 몸을 끌어안았다. 진옥은 두 손으로 그의 가슴을 밀며 몸을 빼려고 하면서 못 이기는 척하고 안겼다. 오카무라 대장의 가슴에는 잔털이 있었는데, 그것이 젖가슴에 닿자 따가웠다. 더구나 젖꼭지가 쓸리면서 따가움이 강하게 느껴졌다.

오카무라는 진옥의 몸을 안고 물속에서 빙글빙글 돌았다. 욕조가 넓지 않았기 때문에 제대로 돌거나 움직일 수는 없었다. 몇 바퀴 돌더니 욕조 난간에 진옥을 놓고 배꼽에 입술을 대고 빨았다. 진옥은 간지러워서 "까르르." 하고 웃음을 토해 냈다.

"각하, 이시가와 가문의 외동딸을 이렇게 해도 되는 것이에요?"

"거짓말 말고 잠자코 있어."

"네? 무슨 말씀이세요?"

"너는 이시가와 소장의 첩이 아니더냐?"

"……."

진옥은 아무 대꾸를 할 수 없었다.

제16 장

제25사단 병력은 하이라얼 역에서 서른 량의 객실이 있는 두 개의 유개화차에 분승했다. 열차의 앞뒤에서 화차가 끌었다. 군용 임시열차는 눈이 내리고 있는 역에서 검은 연기를 내뿜으며 출발 시간을 기다렸다. 눈은 바람과 함께 몰아치고 있었다. 화차에는 보급품과 병기를 비롯한 군마까지 실려지고 장교가 들어 있는 객실 옆쪽에 위안부 마흔아홉 명도 탔다. 부대장 이시가와 마시마 소장이 탄 객실은 침대와 응접실 등이 마련되어 있는 특실로 꾸며져 있었고 진옥은 부대장과 함께 타고 있었다.

유개화차에 탄 병사들의 인원 점호가 시작되었다. 위안부 여자 마흔아홉 명에 대한 점호는 다무라 다카스케 중사가 진옥에게 와서 보고했다. 부대장의 출발 명령이 떨어지자 화차는 기적을 울리며 하이라얼 역을 벗어나기 시작했다. 역의 주위는 하얀 눈으로 덮여 있고, 열차가 떠나는 중에도 눈이 내렸다.

제25사단 병력은 그해 늦가을 남방 자바 섬의 제16군 산하의 반둥 사단으로 이동하고 있었다. 이시가와 소장은 반둥 사단 사단장으로 전임되었는데, 승진한 것이라기보다 남방 전선으로 옮겨 가는 것이었다.

진옥은 여진홍에게서 받은 위조 여행증과 신분증을 조선 위안부 마흔여섯 명에게 나눠 주었다. 그녀들은 대련에게 탈출하여, 신의주로 들어가는 계획을 세웠다. 집단 탈출을 의논했을 때 부대를 떠나기를 원치 않는 여자가 다섯 명 있었다. 그녀들은 고향으로 가도 가족이 없거나 부모 앞에 얼굴 들고 찾아갈 수 없다고 거부했다. 그러나 집단 탈출을 시도하는 계획이어서 그녀들을 남겨 둘 수 없었다. 남은 여자들이 탈출의 전모를 알고 있기 때문에 그녀들이 심문을 받으면 도주한 여자들이 체포될 위험이 있었기 때문이었다. 지긋지긋한 위안부 생활인데도 불구하고 탈출을 거부하는 여자를 보고 진옥은 당혹을 금치 못했다. 그것은 위안부 생활에 타성에 젖어서라기보다 모든 것을 자포자기한 것이라고 생각했다. 어떤 생각을 하던 진옥으로서는 할 말이 없었다. 진옥은 그녀들이 부대를 떠난 후 집까지 돌아갈 동안 쓰도록 충분한 돈을 제공했다. 그녀들이 가져간 돈 가운데는 그동안 군표를 모아 놓은 것을 현금으로 바꾼 것도 있지만, 그것이 충분치 못한 여자들에게는 진옥이 특별히 돈을 지급했다. 여자에 따라 액수는 달랐지만 많이 가져간 사람은 삼천 엔이 넘었고, 적은 사람은 일천오백 엔 이상을 지급했다.

오후에 하이라얼을 출발한 열차는 저녁 무렵이 되어 광화를 지났다. 역을 지날 때 이따금 맞은편에서 오는 열차를 피하기 위해 오랫동안 정차해 있었다. 선로를 달려가는 시간보다 역에 정차해 있는 시간이 더 많이 소요되기도 했다. 밤이 되자 눈이 그쳤다. 남쪽으로 내려가자 눈발은 약해지고 있었다.

저녁이 되자 병사와 위안부들은 화차 안에서 취사를 했다. 차는 밤새도록 달렸고, 병사들은 유개화차 안에서 쪼그리고 잠을 잤다. 정기열차보다 군용화물이나 병력을 실어 나르는 군용열차가 더 많이 왕래했다. 정차하는 시간이 길어서 하루가 지나서야 그들은 하얼빈 역에 닿았다. 하얼빈 역은 북만주에 비하여 날씨가 따뜻했고, 눈이 쌓이기는 했으나 녹고 있었다.

아침에 하얼빈 역에 정차하자 병사들과 위안부들은 열차에서 내려 취사 준비를 했다. 급수가 모자라 병사들은 물통을 들고 하얼빈 역 급수통에 줄을 지어 섰다. 역사 주변은 안개가 자욱하게 깔려 있었다. 역은 매우 크고, 사방에서 열차가 들어오고 나가는 모습이 보였다.

진옥은 부대장과 고급 장교들이 쓰는 객차에서 내려 뒤쪽의 위안부 객실로 갔다. 아침 취사를 하느라고 그녀들은 웅성거리며 선로 옆에 모여 서 있었다. 솥을 걸어 놓고 석탄을 때며 밥을 하고 있었다. 밥솥은 모두 네 개였는데, 십여 명씩 조를 짜서 취사 준비를 했다. 한쪽에서는 국을 끓이고, 소금에 저린 무를 썰고 있었다. 상자에 넣어 가지고 온 김치를 꺼내서 그릇에 담는 모습이 보였다. 진옥이 다가가자 여자들은 수줍은 미소를 지으며 웃었다. 김치를 담고 있던 여자는 한 포기에서 쭉 찢어 하나를 집어 입 안에 넣고 맛을 보다가 다가오는 진옥을 보고 웃었다.

이제 얼마 있지 않으면 그녀들과도 헤어져야 한다. 앞으로 무엇을 할 것인가. 여자들은 저마다 여러 가지 걱정을 했다. 그러나 그것은 다음 문제였다. 일단 떠난다는 생각뿐이었다.

진옥은 위안부들이 있는 유개화차 안으로 들어갔다. 그 유개화차 속에는 여자들이 가지고 온 여러 가지 잡동사니들이 들어 있었다. 앉거나 비스듬히 기대고 누워 있던 여자들이 진옥이 들어가자 몸을 일으켰다.

"진옥아, 우리가 탈출하는 거 성공할 수 있을까?"

누군가 물었다. 여자들 가운데는 일본 여자가 세 명 있었으나 그녀들은 조선말을 전혀 알지 못했기 때문에 거리낌 없이 지껄였다. 일본 여자들이 알아도 밀고하지 않을 것이라는 믿음도 있었다. 그녀들은 조선 여자들이 본인의 의사와는 무관하게 끌려와서 고생하고 있다는 사실을 알고 있었던 것이다.

"성공해야지. 몇 명이 잡히더라도 우리는 가야 되지 않겠니?"

"붙잡히면 어떤 벌을 받을까?"

"그런 생각은 하지 마. 그건 다음의 일이니까."

진옥은 한쪽에 누워 있는 덕순에게 시선을 보냈다. 그녀는 통이 넓은 치마를 입고 있었으나 배가 불룩하게 보였다. 다음 달이면 산달이었지만, 그 전에도 출산할 가능성이 있었기 때문에 진옥은 그녀에게 신경이 쓰였다. 그러한 몸으로 수만 리 장거리 여행을 하는 것은 무리였다. 탈출하는 데는 더욱 어려움이 있었다. 그러나 그녀를 놓아둘 수는 없었다.

"덕순아, 몸은 괜찮니?"

"괜찮아예."

덕순은 대답하며 씨익 웃었다.

"배가 불룩하제예?"

"응."

"만져 보이소. 얼라가 발길질을 막 해예."

덕순은 배가 불룩한 것이 행복하다는 표정이었다. 진옥은 한편으로 기가 막히고, 한편으로는 안쓰러운 생각이 들었다. 그녀의 옆에 앉아 배를 만져 보았다. 손바닥으로 움직임을 느낄 수가 있었다. 아기를 가질 것이 두려워 흙을 먹었던 여자가 이제 임신을 하자 더없이 즐거워하는 것이었다. 진옥은 둥그스름한 덕순의 얼굴을 내려다보았다. 그녀는 순박한 웃음을 짓고 있었다. 얼굴이 붓고 초췌했지만 그녀의 웃음은 밝았다.

진옥은 몸을 일으켜 밖으로 나가려고 했다. 안쪽에서 옥경의 목소리가 들렸다.

"진옥아, 우리와 함께 아침을 먹을 수 있겠니?"

내려가려던 진옥은 걸음을 멈추었다. 그대로 내려가면 그녀들의 원망스런 시선이 쏟아질 것이 분명했다. 진옥이 화차 안을 둘러보니 앉거나 누워 있는 여자들의 시선이 모두 자신에게 쏠려 있고, 그것은 마치 마지막 만찬처럼 간절하게 바라는 듯했다. 대련에서 분산하여 헤어지면 이제 다시는 서로 못 만날 수도 있었다.

여자들에게 무조건 고향으로 가라고 했지만 대부분의 여자들은 고향으로 갈 생각을 하지 않고 있었다. 조선 땅으로 들어가면 각자 가지고 있는 돈으로 낯선 곳에 가서 가게를 차리려고 궁리했다. 술집을 하겠다고 하기도 하고, 농촌으로 가서 땅을 사겠다고 생각하는 여자도 있었다. 고향으로 돌아가 공장에서 벌었다고 거짓말하고 부모에게 주어 땅을 사겠다고 하는 여자들도 적지 않았으나, 대부분의 여자들은 고향에 돌아가는 것을 수치스럽게 생각하고 있었다. 진옥 자신도 밤골로 가지 않고 일본으로 건너가 공부를 하든지 요정을 차릴 것을 궁리해 보았다.

"그래, 오늘 아침은 너희들과 함께 먹겠어."

"너는 고향으로 안 갈 거지?"

옥경이 물었다.

옥경은 화차 구석진 곳에 앉아 있었다. 진옥은 그녀 옆으로 가서 앉았다. 그 옆에 금순과 춘자, 그리고 영희가 있었다. 그녀들은 어디를 가도 함께 뭉치면서 떨어지지 않았다.

"고향? 글쎄, 난 일본으로 갈 것 같아."

"일본으로? 가서 뭘 하려고?"

"공부를 하고 싶어."

"일본 놈 밑에서 배우면 뭘 하니?"

"왜놈을 이기기 위해 배워야 해."

"그래, 넌 더 배워서 크게 될 거야."

"크게 되기 위해서가 아니라 나의 소녀 시절 소망이 짓밟혔어. 그건 꼭 하고 싶어. 일본으로 갔다가 미국으로 건너가서 공부를 하든지……."

"일본과 미국은 지금 싸우고 있는데 건너갈 수 있겠니?"

"싸움이 한없이 계속되겠니? 일본은 곧 망할 거야."

"망해? 누가 그래?"

"얼마 전에 신경의 관동군 총사령부에 갔었잖니? 그때 총사령관이 술에 취해 털어놓는 말을 들었어. 일본군에게 승산이 없대. 문제는 얼마나 버티느냐는 것이래."

"총사령관이 그렇게 비관적으로 말했니?"

"그건 틀림없을 거야."

"언니."

잠자코 있던 영희가 불렀다.

"응?"

"난 언니 따라가면 안 돼?"

"넌 고향으로 가. 부모님과 오빠가 계시잖아."

"창피해서 어떻게, 그리고 그냥 돌아가면 순사나 헌병한테 또 잡혀 끌려갈 것 같아."

"가서 숨어 지내더라도 고향으로 가야 해. 돈 준 거 부모님 갖다 드려. 조선 시골에는 화폐가 없어. 그 돈이면 많은 땅을 살 수 있어. 일천 엔이면 쌀 오백 석과 맞먹는 돈이야. 쌀 오백 석이면 적은 돈이 아니잖니?"

"그래도 난 언니 따라가고 싶어."

"안 돼."

진옥은 잘라 말했다.

"옥경이, 금순, 그리고 춘자 언니도 다른 데로 가지 말고 밤골로 돌아가. 그리고 영희를 데리고 다녀. 많이 몰려다니는 것은 위험하지만 서너 명 짝을 짓는 것은 괜찮아."

"난 하얼빈이나 봉천에서 장사를 하고 싶어."

춘자가 불쑥 말했다. 그녀들은 하나같이 고향으로 돌아가기를 꺼려했다. 부대에서 감금된 채 고생할 때는 고향을 그리워하며 고향으로 돌아가는 것을 소원하던 그녀들이 그렇게 될 가능성이 보이자 생각이 바뀌었던 것이다.

"너희들이 알아서 할 일이지만, 내 생각으로는 고향으로 돌아가는 것이 가장 안전할 것 같아. 만주가 어떤 곳인데 여기 남아 있으려고 하니? 돈을 좀 마련했다고 해서 그걸로 평생 먹고살 수도 없잖니. 타향에서 쓰면 몇 년 못 가. 더구나 장사를 한다고 했다가 실패하면 거지가 돼. 그럼 또 그 짓을 하겠니? 그러지 말고 내가 시키는 대로 해."

"하하하."

옥경이 키득거리고 웃었다.

"고향이고, 하얼빈에서 장사를 하든, 뭘 하든 도망가는 게 성공해야지, 뭐. 우리가 집단 탈출하면 헌병들이 혈안이 되어 찾을 것이잖아."

"신분증과 여행증을 이용해서 멀리 떠나면 그만이야. 너희들을 찾으려고 관동군의 모든 헌병대가 동원되지는 않아. 대련에서는 하루 이틀 묵는다고 했어. 그곳을 벗어나기만 하면 돼. 수송선이 너희들 때문에 무작정 정박하고 기다리지는 않아. 대련 지구 헌병대에 의뢰하고 부대는 떠날 거야. 그리고 우리는 대련을 벗어나면 그만이야. 여행증이 있으니 북경으로 가도 되고, 신의주로 해서 조선으로 들어가도 돼. 어디에도 통하는 일본 돈이 있으니 굶지는 않을 것이잖아."

그때 음식이 올라왔다. 김치와 저린 무, 그리고 국그릇이 올라왔고 밥은 커다란 양푼에 담겨서 여러 사람이 둘러앉아 퍼먹는 형식이었다. 대여섯 명씩 짝을 지어 둘러앉아 식사를 했다. 진옥은 밤골 여자들과 함께 둘러앉았다. 반찬은 김치와 무가 전부였다. 이제는 일본 여자들도 김치를 잘 먹었다. 그러나 일본 여자들에게는 김치가 매워서 고춧가루를 훑어 내고 먹는 모습이 보였다.

국은 무와 미역 쪼가리를 뜯어 넣어 끓인 것인데, 멸치도 가끔 눈에 띄었다. 국에도 고춧가루를 풀어 메케한 맛을 내었다. 시골에서 먹던 습관이 있어 조선 여자들은 음식을 맵게 먹었다. 진옥이 여자들과 식사를 하고 있을 때 자갈 밟는 소리가 들리면서 부관실의 당번병 한 명이 뛰어와서 그녀를 찾았다.

"마님, 식사가 모두 준비됐다고 부대장님께서 오시라고 합니다."

"난 여기서 먹고 있다고 전해요."

"……."

당번병은 김치를 먹고 있는 여자들을 바라보았다. 주저앉아 밥을 먹다가 일본군이 들여다보자 수선스럽게 치우는 여자도 있었다. 마치 보여 주어서는 안 되는 것처럼 감추려고 했다. 당번병은 잠깐 머뭇거리더니 진옥에게 물었다.

"각하가 싫어하실 텐데 괜찮겠습니까?"

"좋아하든 싫어하든 그렇게 전해."

당번병이 부동자세로 대답하고 물러갔다. 열차는 취사를 마치면 곧 떠날 예정이었으나, 긴급을 요하는 군용열차가 그들의 열차를 우선하여 지나갔고, 신경 쪽에서 오고 있는 일련의 군용열차를 보내기 위해 그대로 정차해 있었다.

오전 열 시가 넘어서야 열차는 하얼빈 역을 떠났다. 부대 헌병들이 열차 밖으로 내려와 있는 병사들과 여자들을 향해 호각을 불어 대었다. 모두 승차하자 열차는 천천히 움직였다. 삼십 량의 유개화차를 연결한 열차는 앞뒤에서 검은 연기를 뿜으며 남쪽으로 달렸다. 다시 하루가 지나고 열차는 대련 역에 닿았다.

군사 기지이며, 항구 도시인 대련은 매우 복잡하고 질척거렸다. 눈이 온 후 녹아서 땅은 질척거렸고, 황토가 사방에 튀어 있었다. 부대 병사들은 따로 야영하지 않고 화차에서 하루를 보내기로 했다. 그들이 대련에 도착한 것은 정오 무렵이었으나, 그들을 수송할 선박이 오고 있는 중이었기 때문에 기다려야 했다. 병사들이며 여자들은 역에서 밖으로 나갈 수 없도록 통제를 받고 있었다. 진옥은 여자들을 밖으로 나가게 해야 했기 때문에 부대장과 점심 식사를 하면서 요청했다.

"부탁이 있어요, 각하."

"무엇인데?"

"내가 데리고 있는 여자애들을 대련 시가로 내보내 물건을 사게 해 줘요. 남방으로 가면 물건 구하기도 힘들 거예요. 여긴 북경과 이어지는 항구이기 때문에 필요한 필수품이 많아요."

"차를 줄 테니 당신이 나가서 사오면 되잖아? 아이들이 필요한 것을 적어서 말이야. 병사들도 딸려 보내지."

"싫어요. 각자 자기 마음에 드는 것을 사게 해요."

"외출은 금지시키고 있는데 말이야……."

"병사와 우리 애들은 달라요. 오후에 나갔다가 일몰되기 전에 돌아올게요. 내가 책임지고 인솔하겠어요. 역만 나가면 시내인데요."

부대장 이시가와 소장은 곰곰이 생각하더니 히죽 웃었다.

"아이들을 모두 외출시키려고 하오?"

"물건을 사고 싶어 하는 애들만 나가면 돼요. 그러나 모두 사고 싶어 할 거예요. 더구나 아이들은 이런 시가는 구경도 못했어요. 사람 구경도 시켜 줘야죠."

"도망가는 여자가 있으면 골치 아프잖아."

"도망가고 싶으면 가라고 하지요."

"하하하. 좋아. 당신이 책임지고 인솔해. 헌병대에 지시하지. 해지기 전에는 돌아와야 하오. 트럭이 필요하면 제공하라고 하지."

"필요 없어요. 바로 시내인데 걸어 다닐 거예요."

"감시병은 몇 명이나 필요해?"

"나 하나면 돼요."

"그것은 어리석은 생각이야. 헌병을 일 개 분대 붙여 줄까?"

"정말 그렇게 믿을 수 없나요?"

"좋아. 당신 마음대로 해요."

진옥은 마음속으로 미소를 지었다. 이것으로 이시가와 미시마와의 식사도 마지막이라는 생각이 들었다. 위안부들은 일단 역 밖으로 나가면 표를 끊어 봉천행 기차를 타게 할 것이다. 흩어지기로 했기 때문에 일부는 배를 타고 인천으로 가게 될 것이다. 일부는 북경으로 가고, 일부는 봉천으로 가서 다시 단둥으로 빠질 계획이었다. 어쨌든 대련을 벗어나는 일이 중요했다. 저녁 무렵이 되어 부대에서 모든 것을 알았을 때는 여자들이 흩어져 멀리 떠난 후가 될 것이다.

진옥은 유개화차 안으로 들어가서 말했다.

"지금부터 나를 따라 나가요. 절대 보따리를 들고 가려고 하면 안 돼. 입고 있는 옷 그대로 돈만 가지고 가요. 돈은 소중히 잘 간수해야 해. 그걸 잊으면 곤란해. 동시에 신분증과 여행증을 간수하는 것도 잊지 마."

"모두 한꺼번에 나가요, 언니?"

어느 구석에서 한 여자가 물었다.

"한꺼번에 나가서 역 광장에 모여 의논해. 떠날 때는 산개할 필요가 있어. 몰려가면 눈에 띄어 추적당하니까. 가급적이면 대련에 머물지 말고 다른 도시에 내려서 며칠 머물다가 고향으로 가는 게 좋아. 일단 헌병 몇 명이 따라 나갈 것이지만, 헌병들은 내가 적당히 알아서 할 테니 각자 가려고 하는 곳으로 떠나요."

"일본 여자 세 명은 어떻게 하지?"

누군가가 물었다. 그녀들은 조선말로 지껄였기 때문에 일본 여자들은 무슨 말인지 이해하지 못하고 있었다.

"그녀들은 남겨두고 나가야지. 따라 나간다고 해도 행동을 같이할 필요는 없어."

일본 여자들은 그대로 남겠다고 했다. 그녀들은 조선 여자들이 집단으로 행동하는 것이 이상했지만 의심하는 기색은 없었다. 여자들은 유개화차에서 내렸다. 진옥은 다시 여자들에게 당부했다.

"간직하고 싶은 것을 몸에 지니는 것은 무방하지만 보따리를 들고 나서지 마."

여자들이 화차 밖으로 내리기 시작했다. 헌병들은 따라나서지 않았다. 여자들은 한편 불안했지만, 진옥이 하는 일이었기 때문에 믿고 따랐다. 어느 여자는 불안해하며 품속에 넣은 돈을 자꾸 만져 보곤 했다.

그들이 탄 군용열차가 정차해 있는 곳은 수하물이 있는 가건물 후미 쪽이었다. 그녀들은 수하물을 실어 나르는 통로 쪽으로 향했다. 화물을 쌓아놓는 곳에는 잡역부들의 모습이 보였고, 제복을 입고 총칼을 들고 있는 군인들도 있었다. 여자들이 역 밖으로 나와 거리를 걸었다. 한 무리의 여자들이 떼를 지어 걷자 지나가는 사람들이 흘끔거리고 바라보았다. 진옥은 역 광장 한쪽에서 여자들을 일곱 조로 나누어서 개별 행동을 하도록 했다. 어떤 방법으로든 대련을 벗어나게 해야 했던 것이다.

"여기서 정말 헤어지는 거야?"

누군가 말했다. 조를 편성해서 각자 행동하도록 했지만 여자들은 발길을 옮기지 않고 망설였다. 진옥이 격앙된 어조로 말했다.

"왜 떠나지 않고 있어? 헤어지기가 그렇게 섭섭해? 우리는 어차피 떠나야 할 사람들이잖아?"

일부 여자들이 눈물을 흘렸다. 서로 잡고 울기 시작했다. 역에서 일을 하는 중국인 잡역부 일단이 그녀들의 옆을 지나가면서 힐끔거리고 돌아보았다. 사람들의 시선을 많이 끄는 듯해서 진옥은 여자들을 분산시켰다.

"각 조는 떠나라니까. 더 이상 머물면 사람들의 시선을 받게 돼. 지금 탈출하지 못하면 할 기회가 없어. 남방에 가면 조선에 오기 어려워. 지금 가지 않으면 다시는 고향에 돌아가지 못할 거야."

그래도 여자들은 떠나지 않고 서로의 손을 잡고 울었다. 일부 여자들이 광장을 벗어나 거리로 사라졌다. 그러나 일부 여자들은 그대로 서서 울었다.

"엄마는 어디로 갈 거야?"

누군가 진옥에게 물었다.

"나는 배를 타고 일본으로 갈 거야."

"왜 하필이면 일본이야?"

"나는 중국말을 잘 모르고 영어도 잘 못해. 조선에 돌아가야 희망이 없을 것 같고, 일본에 가서 공부를 할까 해. 사범학교를 나올 때 나는 동경에 가서 대학을 다니려고 했었지. 나의 집이 대지주여서 그런 꿈이 현실적으로 가능했어. 그런데 나는 납치를 당한 거야. 내 꿈이 한순간에 날아가 버렸어. 그러나 그 꿈을 뒤늦게라도 찾아야 되지 않겠어?"

"다음에 우리가 다시 만날 수 있을까?"

"만날 수 있는 운명이면 만나겠지."

일부 여자들이 거리로 사라졌다. 그러나 밤골 여자들과 일부 여자들이 그대로 남아 있었다. 그래서 진옥이 먼저 자리를 뜨기로 하고 그곳을 벗어났다. 진옥이 떠나자 다른 여자들도 거리로 향했다. 일부 여자들은 봉천행 열차를 타기 위해서 역 대합실로 들어갔다.

✣

그날 저녁 무렵에 진옥이 밤골의 여자들과 함께 배를 타려고 했을 때 스미요시 헌병 하사가 지휘하는 네 명의 헌병들을 만났다. 진옥은 가슴이 철렁 내려앉았지만 스미요시를 쏘아보면서 물었다.

"무엇인가?"

"명령을 받았다. 전원 체포해서 데려오라는 분부다."

스미요시 하사는 진옥에게 말을 놓았다. 마님이라고 하면서 존칭을 쓰던 것이 달라진 것으로 보아 일이 심각해진 것을 알 수 있었다. 그러나 진옥은 지지 않고 도도한 자세로 물었다.

"누구의 명령인가?"

"부대장 각하의 명령이다. 너희들이 집단 탈출한 음모는 모두 밝혀졌다."

"그래서 어떻게 하겠다는 것인가?"

"체포한다."

"우리가 군인인가? 우리는 민간인이다. 가고 싶으면 가면 그만이다. 내가 주인인데 보내 주면 그만이다."

"말이 많다."

스미요시 하사가 눈짓을 하자 헌병들이 여자들을 한쪽으로 끌고 갔다. 헌병 한 명이 진옥의 팔을 잡자 그녀는 뿌리쳤다. 다시 그녀의 팔을 움켜잡았을 때 진옥은 헌병의 따귀를 후려쳤다.

"이놈아, 어디에 손을 대느냐? 나는 부대장의 부인이다."

"부대장 부인? 하하하. 너는 이제 조센삐에 불과하다."

"각하를 만나면 너희들을 가만두지 않을 것이다."

"비키코, 명심해라. 각하는 이미 인도네시아로 떠났다. 참모들과 함께 비행기 편으로 떠났다. 우리도 오늘 밤이면 떠난다."

"각하가 나를 두고 떠날 리가 없다."

"네가 조센삐들을 모두 탈출시킨 것을 알고 너를 포기했다. 체포 명령을 내리고 떠나셨을 뿐이다. 너희들은 다른 업자들에게 넘겨졌다."

진옥은 난감한 표정을 지었다. 그러나 그녀는 다른 여자들이 잡히지 않기를 바랄 뿐이었다. 그래서 스미요시에게 넌지시 물어보았다.

"다른 여자들은 어떻게 되었는가?"

"다른 여자들? 아직 모두 잡지는 못했지만 모두 체포하고 말 것이다."

일부는 체포되고 일부는 탈출이 성공되었다는 것을 알 수 있었다.

"자아, 데려가자."

스미요시 하사가 헌병들에게 지시했다. 밤골 여자들은 하는 수 없이 헌병들에게 끌려갔다. 그들은 여자들을 트럭에 태웠다. 헌병 트럭은 밤거리를 달렸다. 역으로 갈 것으로 생각했으나 헌병 트럭은 시장 골목 입구에서 멈추었다. 차가 멈춘 곳은 여관 앞이었다.

"스미요시 하사, 이시가와 각하를 만나게 해라."

"말하지 않았는가? 각하는 공군기로 남방으로 날아가셨다. 너와의 인연도 끊어진 것이다. 우리에게 너를 포함한 여자들을 체포해서 업자에게 넘기라고 하셨다. 그것이 전부다."

"그럴 리가 없다."

"비키코, 오늘 밤에 너의 버릇을 고쳐 주고 떠나고 싶지만, 시간이 없어 그대로 간다."

여관 앞에 트럭이 멈추자 안에서 사무라이 복장을 한 일본 낭인 두 명이 나왔다. 그리고 중년의 일본 여자가 나무 신을 끌면서 나타났다. 진옥을 포함한 다섯 명의 밤골 여자들을 훑어보던 중년 여자는 히죽 웃으면서 말했다.

"부대장 첩이었다는 여자가 누구지?"

스미요시 하사가 진옥을 손으로 가리켰다.

"역시 뛰어난 미모군. 한눈에 그럴 것 같았지."

"이시가와 각하를 만나야 돼."

진옥이 다시 말했다. 스미요시 하사는 들은 척을 하지 않고 서류를 중년 여자에게 내밀었다. 중년 여자는 스미요시 하사가 내민 서류에 여자들의 수를 써넣고 서명을 했다.

"우리를 어떻게 하려는 것이요?"

진옥은 도도한 자세를 꺾지 않은 채 물었다.

"너희들은 필리핀으로 갈 것이다, 내일 아침에."

"제25사단 병력과 같이 가는가?"

"제25사단은 오늘 밤에 떠난다."

스미요시 하사가 말했다. 그는 여자들을 인계하고 부하 헌병들을 데리고 그곳을 떠났다. 밤골의 여자들은 여관으로 끌려들어 갔다. 그녀들은 두 해 전에 경성의 여관에 끌려왔을 때 일을 떠올렸다.

여관 안으로 들어가자 큰 방에 얼굴이 익은 십여 명의 여자들이 있었다. 두 개 조가 잡혀 온 것을 알았다. 그녀들은 진옥을 비롯한 밤골 여자들이 들어오는 것을 보고 한편 반가워하면서 실망을 금치 못했다.

"우리는 잡혀 왔지만 당신은 부대장에게 간 줄로 알았는데."

누군가 진옥에게 말했다.

"부대장은 나를 버렸어. 혼자 남방으로 날아갔어."

"그럼 어떻게 되지?"

"다시 원점으로 돌아간 것이지. 여기 모인 사람들이 잡혀 온 사람들인가요? 나머지는 무사히 대련을 떠난 모양이지요?"

"그건 우리가 알 수 없지. 어쨌든 우리는 역에서 기차를 타려다가 잡혔어. 다른 사람들은 모르겠어."

"우리는 어떻게 되는 것이지?"

"필리핀으로 간대."

"제25사단과는 관계없나요?"

"부대장이 우릴 다른 용역 업자에게 판 거야."

"그래도 엄마는 부대장과 같이 살았는데."

한 여자가 중얼거렸다.

"그게 무슨 소용이야."

진옥이 중얼거렸다.

"피차 배신한 셈이지."

⁂

마닐라 항구에 도착했으나 여자를 태워 갈 차량은 보이지 않았다. 배는 정오가 조금 지나서 항구에 도착했는데, 여자들은 뭍에 내리자 새로운 기분이었다. 그녀들은 자신들의 처지를 잠시 잊고 재스민 꽃이 피어 있는 길모퉁이라든지, 경비를 서고 있는 일본군들, 길거리에 보이는 필리핀 거지 아이들의 모습을 바라보았다. 일장기가 여러 군데서 펄럭이고, 계속해서 군용 트럭이 오고갔다. 항구의 배들은 거의 모두 군대 수송선이나 함정들이었고, 무엇인가 싣거나 내리고 있었다. 장총을 들고 서 있는 일본군 경비병들 사이에서 시커멓게 탄 필리핀 남자들이 하역이나 선적을 하고 있었다.

인솔자는 여자들을 바나나 나무 그늘로 데리고 가서 쉬게 했다. 민간인 인솔자 모리다는 항구 한쪽에 있는 경비 초소로 가서 어딘가로 전화를 걸었다. 그가 전화를 하고 있을 때 먼지를 일으키면서 한 대의 군용 트럭이 왔다. 트럭은 여자들이 앉아 있는 바나나 나무 옆을 그대로 지나쳤다가 다시 후진해서 멈추었다. 군용 트럭 운전석 옆에서 아직도 술이 덜 깬 듯이 보이는 코가 벌겋고 눈이 충혈된 중사 한 명이 내렸다. 경비 초소에서 전화를 하고 있던 모리다가 트럭을 보고 달려왔다. 중사와 마주치자 두 사람은 구면인 듯 손을 내밀어 악수를 했다.

"오오야마 중사, 우리가 이번 수송선으로 오고 있다는 전문을 배에서 보냈는데 이렇게 신용이 없어서 되겠어요?"

"미안하오, 모리다상. 어제 카사 마닐라에 일본 댄서들이 왔지. 축하 공연에 초대를 받아 한잔하는데 과음을 해서 아직도 정신이 없소. 그건 그런데 조센삐들은 모두 몇 명이요?"

오오야마 중사는 나무 그늘에 앉아서 그들을 멍하니 바라보고 있는 여자들을 훑어보았다.

"열아홉 명으로 모두 길들여진 도라지꽃들이요."

오오야마 중사는 여자들 쪽으로 가까이 가서 내려다보았다. 모리다가 오오야마 중사 옆으로 가서 나직한 목소리로 말했다.

"모두 건강한 애들이요."

"건강한 애들은 처음 온 처녀들뿐이요."

"병의 유무를 말하는 것이 아니고 신체가 좋다는 말이요."

중사는 어깨를 추썩거리고는 돌아섰다. 그는 마닐라 파랑새 거리에 있는 영화관에서 최근 미국 허리우드에서 만든 영화를 본 일이 있었다. 그때 남자 배우가 자주 어깨를 추썩거리는 장면이 마음에 들어서 자신도 어깨를 들썩이는 제스처를 사용하곤 했다.

모리다가 여자들을 향해 손뼉을 치면서 일어나라는 손짓을 했다. 여자들은 오오야마가 타고 온 군용 트럭에 올라탔다. 멀미를 심하게 했던 강남숙은 뭍에 내리자 살 것만 같았으나, 제대로 먹지를 못해 다리가 후들거렸다. 옥경은 트럭에 오를 때 불편한 다리 때문에 곤욕을 치렀다. 다른 여자들이 도와주고는 있었지만 힘들었다. 오오야마는 일행 가운데 불구자가 있는 것을 보고 얼굴을 찌푸렸다. 그러나 별다른 말은 하지 않았다. 여자들이 모두 트럭에 오르자 오오야마 중사와 모리다가 운전석 옆자리에 승차했다. 트럭은 항구를 떠나 먼지가 뽀얗게 일어나는 길을 달렸다. 항구를 나오면 상가들이 들어차 있는 광장이 나오고, 그곳을 빠져나가면 들판이 있다. 야자수가 길게 늘어서 있는 길을 한동안 달리면 일본군 경비초소가 나왔다. 트럭에 탄 여자들을 보자 초병들이 휘파람을 불면서 야유를 했다.

초소를 지나면 곧 마닐라 시가지가 보였다. 마닐라의 거리에 일장기들이 자주 눈에 띄었고, 군용 트럭이나 장갑차가 길가에 서 있었다. 일본 병사들은 모두 지쳐 있는 표정으로 트럭의 뒤나 장갑차 한쪽의 그늘에 모여 앉아 있었다. 이따금 헌병 지프차에 제복을 입은 헌병 장교가 타고 시가지를 순찰하는 것이 보였다. 거리에 필리핀 사람들은 별로 눈에 띄지 않았다. 가끔 보이는 사람들은 어린아이나 나이가 많이 든 노인들이었다. 그러나 번화가로 접어들자 필리핀 장사꾼들이 많았고, 수레를 끌거나 인력거를 끌고 있는 사람들이 있었다. 아이를 등에 업고 노점상을 하는 여자들의 모습도 보였다.

여자들을 실은 트럭은 유럽식으로 지은 커다란 건물 앞에서 멈추었다. 전에는 호텔로 사용하던 것이었는데 일본군이 마닐라를 점령한 이후 위안소로 개조했던 것이다. 현관 간판에는 나니와장이라는 일본 글씨가 쓰여 있었다. 트럭에서 내려 호텔로 들어가자 이미 그곳에 와 있던 십여 명의 여자들이 양쪽에 줄을 서서 기다렸다. 그녀들은 누군가의 지시를 받고 들어서는 여자들에게 박수를 쳤다. 박수를 받으면서 들어서고 있으나 여자들은 좋은 기분이 아니었다. 오히려 계면쩍고 착잡하기 이를 데 없었다. 더러는 싱글벙글 웃으면서 박수를 치고 있는 여자들에게 손을 흔들어 주기도 했지만, 대부분의 여자들은 고개를 숙이고 걸어갔다. 그곳에 미리 와 있는 여자들은 모두 필리핀인이었다.

오오야마 중사는 트럭에서 내린 조선 여자들을 커다란 방으로 들어가게 했다. 호텔을 관리하는 필리핀 남자 한 명이 중사를 보자 연신 허리를 굽히면서 따라다녔다. 그 필리핀 남자는 일본말을 약간 했으나, 제대로 알아듣거나 말을 하지 못했기 때문에 모든 것을 눈치로 처리했다. 방이 크기는 했지만 열아홉 명이 기거하기에는 비좁았다. 그러나 그 방을 그대로 사용해야 했으며, 자러 오는 군인이 오면 호출을 받고 다른 방으로 가서 일을 하는 형식이었다. 그것은 중국에서 경험했던 위안소 생활과 약간 다른 형태였다. 여자들이 앉아 있을 때 오오야마 중사가 모리다에게 설명을 했다.

"이곳은 주로 하사관이나 장교들이 많이 출입을 한다. 그러나 사병들도 오지. 외출을 허가받은 군인이 군표만 지참하면 받으면 그만이다. 사병들은 보통 개인적으로 오지 않고 소대 단위나, 최소한 분대 병력이 단체로 올 경우가 많다. 하사관이나 장교는 개인적으로 용무를 보는 경향이다. 그리고 모리다 상이 이끄는 조센삐들이 해야 할 특수 임무가 있다. 부대 출장 업무다."

"부대 출장 업무라고요? 애들을 부대로 데리고 들어가서 군인을 받는 일말입니까?"

"그렇지요. 보통 열다섯 명씩 조를 짜서 일주일에 한두 번씩 출장을 하게 될 것이다. 지금도 조선에서 여자들이 오고 있다고 하니 앞으로는 한 번만 출장을 해도 될 것이고, 어느 정도 충족이 되면 출장 업무가 없어질 수도 있을 것이다. 전선으로 떠나기 하루 전에 장병들을 위로하기 위해 부대에서 단체로 여자를 제공하는 것이다. 이것은 육군뿐만이 아니라 해군이나 공군도 마찬가지다. 마닐라 지역 군단의 모든 부대에 적용된다. 병사들의 사기를 앙양하고 아시아의 맹주로서 현지 주민에게 민폐를 끼치지 않기 위한 지역 사령관의 배려다."

모리다는 중사가 장황하게 설명했지만 귀에 들어오지 않고 다만 출장의 경우도 화대를 지급하는지 궁금했다.

"사병들로부터 돈을 받는 것은 개인적으로 오는 것과 같습니까?"

"걱정하지 마라. 같다. 군표를 지급할 것이니까 여자들이 그것을 받아 챙기면 된다."

같은 요금을 받는다는 말을 듣자 모리다는 얼굴이 밝아졌다. 그는 흐뭇해하면서 말했다.

"출장은 얼마든지 환영합니다. 내가 데려온 조센삐들은 건강하기 때문에 전투가 벌어지는 오지에라도 달려가서 장병들을 위로할 수 있을 것입니다. 실제 중국에 있을 때 오지에 출장을 다녀오기도 했다는 말을 들었습니다."

모리다는 자기가 인솔해 온 여자들이 건강하다는 말을 자주 언급했다. 그 말이 가소롭다는 듯이 오오야마 중사는 어깨를 추썩거리고는 방을 나갔다. 그가 나가자 뒤에서 눈치를 보고 있던 필리핀 관리인이 따라 나갔다. 모리다는 여자들을 향해 손뼉을 쳤다. 그러자 소곤거리면서 이야기하고 있던 여자들이 입을 다물고 모리다를 쳐다보았다. 그는 일본말을 잘 알아듣지 못하는 여자들을 생각해서 아주 간단하고 명확하게, 그리고 가급적이면 군대에서 쓰는 쌍스런 용어로 말했다.

"곧 트럭을 타고 사령부 의무실로 가서 검진을 받는다. 구멍검사는 많이 받아 보았으니 설명할 필요 없겠지. 그러니까 복도 끝에 있다고 하는 목욕탕에 가서 밑을 씻고 와라. 지금부터 삼십 분 후에 떠날 테니 당장 실시."

모리다는 다시 손뼉을 쳤다. 그러자 여자들은 길이 잘 든 가축처럼 재빨리 일어섰다. 배를 타고 오는 동안 모리다가 여자들을 그렇게 길들여 놓은 것이다. 지시를 잘 따르지 않으면 매로 때렸기 때문에 여자들은 동작을 빠르게 하지 않을 수 없었다. 더러는 보퉁이를 그대로 들고 나가려고 해서 모리다가 제지하면서 소리쳤다.

"소지품은 방에 그대로 놔둬."

그래도 여자는 보퉁이를 끌어안고 놓지 않았다.

"그 안에 뭐가 들었는데 항상 끌어안고 다니는가?"

"옷이 들었어요."

여자는 머뭇거리면서 말했다. 진옥이 그녀를 보니 다른 곳에서 합류된 낯선 여자였다. 낯설기는 하지만 배를 타고 오면서 알게 된 여섯 명의 여자 중 한 명이었다.

"옷이 들었다고? 가져갈 사람 없으니 놓고 가. 허긴 필리핀 여자들을 조심하라는 말이 있다. 여기서 조금 떨어진 타고타의 합숙소에 가면 조선 여자와 일본 여자들이 있는데, 함께 있는 필리핀 여자들이 물건을 훔쳐간다는 말이 있다. 여기도 필리핀 여자들이 있으니 조심해."

그러자 일부 여자들이 보퉁이를 놓고 방을 나가지 못하고 머뭇거렸다. 모리다가 눈치를 보더니 큰 소리로 말했다.

"그렇게 의심스러우면 한 명이 방을 지키고 있으면 되잖은가. 먼저 씻고 온 사람과 교대를 하도록. 어쨌든 삼십 분 후에 밖에 있는 트럭 앞으로 집합하라. 늦으면 군대식으로 매를 국물 나오게 맞을 줄 알라."

그는 군대 비속어를 쓰면서 지껄이고는 밖으로 나갔다. 진옥은 다른 여자들과 함께 복도로 나갔다. 필리핀 여자들이 서서 기다리고 있다가 목욕탕이 있는 곳을 가리키면서 안내했다. 관리인으로부터 지시를 받았는지 필리핀 여자들은 친절하게 대했고, 이유 없이 살랑거리면서 웃었다. 시무룩한 조선 여자들의 얼굴과는 대조적으로 필리핀 여자들은 밝은 표정이었다. 진옥은 공동 목욕탕으로 들어갔다. 먼저 온 여자들이 샤워기를 틀고 몸을 씻고 있었다. 목욕탕 안은 넓었고, 새로 꾸민 듯이 말끔했다. 일부 여자들은 번쩍이는 타일이라든지 세면기를 신기한 듯이 손으로 만져 보는 것이었다. 그녀들이 들어온 건물이 호텔로 사용하던 건물이었기 때문에 중국에 있을 때보다 훨씬 시설이 좋은 것은 사실이었다. 그러나 진옥이 생각하기에는 그것은 극히 일부에 해당했고, 시설이든 상황이든 중국에 있을 때와 달라진 것이 없다는 생각이 들었다. 그녀는 샤워를 하면서 탈출시켰던 여자들을 떠올렸다. 그녀들은 무사히 고향으로 돌아갔을까. 배를 타고 오면서도 그녀들을 떠올렸다.

진옥이 대강 몸을 씻고 수건으로 물기를 닦고 있을 때 옆으로 금순이 다가오면서 불렀다.

"나 큰일 났어. 지금 거울을 보니까 내 얼굴에 손자국이 있어."

금순은 수송선을 타고 오면서 일본군에게 뺨을 맞은 일이 있었다. 그때 맞은 뺨에 손자국이 남아 있었던 것이다. 그녀가 당황하는 어조로 말하면서 울상을 지었다. 진옥이 그녀의 얼굴로 시선을 돌렸다. 그동안 눈여겨보지 않아서 몰랐으나 세수를 한 얼굴을 자세히 들여다보니 손자국이 흐릿하게 찍혀 있었다. 그러나 그렇게 심한 자국은 아니었다.

"걱정하지 마. 곧 없어질 거야."

"그래도 보이는데 어떡하지? 아이, 창피해 죽겠어."

진옥은 불안해하는 그녀를 달래면서 옷을 입고 밖으로 나왔다. 복도에 있던 필리핀 여자 한 명이 그녀들 곁으로 다가와서 무엇이라고 말했으나 알아들을 수 없었다. 일본말과 필리핀 말을 뒤섞으면서 말했지만, 일본말도 제대로 된 발음이 아니어서 전혀 이해할 수 없었다. 필리핀 여자가 복도를 한 번 둘러보고 여자들만 있는 것을 확인하고는 품속에서 재빨리 화장품을 꺼내 보였다. 필리핀 여자는 화장품을 사라는 것이었다. 위안소의 여자들은 더러 화장품을 사서 사용했다. 중국인 상인들이 물건을 가져와서 팔기도 했고, 더러는 몇 사람씩 짝을 지어 광양의 시장으로 나가서 화장품을 사왔던 것이다. 필리핀 여자들은 화장품을 사용하지 않고 그것을 팔았다. 아마도 잠을 잔 일본군한테서 선물을 받은 것을 파는 눈치였다. 춘자는 화장품을 매우 좋아했다. 그녀는 그대로 지나치지 못하고 화장품을 받아들고 들여다보았다.

"진옥아, 이거 굉장히 좋은 것 같아. 너는 공부를 했으니 글씨를 읽을 수 있지? 이거 어디 거야?"

"공부를 했다고 하지만 외국어를 어떻게 알겠어. 글씨를 보니 프랑스제 같군. 불어가 쓰여 있는데."

진옥은 내키지 않은 듯이 말했다. 그러자 두 사람의 눈치를 살피던 필리핀 여자가 고개를 끄덕이면서 "불랑스 콜드."라고 말했다.

"그럼 이 물건이 프랑스제란 것이지?"

필리핀 여자는 조선말을 모를 텐데도 두 사람의 대화를 열심히 듣더니 맞는다는 듯 고개를 끄덕이면서 구매하라고 독촉했다. 춘자는 화장품이 욕심이 나는지 얼마냐고 물었다. 필리핀 여자는 그 말을 알아듣고 일본말로 액수를 말했다. 그녀가 말하는 액수는 삼십 엔 정도 되었다. 삼십 엔이면 병사를 열 명 받아야 하는 금액이었다. 춘자는 가격을 내리기 위해 흥정을 시작했다. 중국인 상인들이 화장품을 가져왔을 때도 실제 가격보다 훨씬 비싸게 불러서 항상 깎았던 일이 있기 때문에 그녀는 습관적으로 가격을 깎지 않으면 손해를 본 기분이 들었던 것이다. 필리핀 여자는 깎아 주지 않으려고 버티었다. 대화가 잘 통하지 않았으나 숫자에 대한 일본말은 서로 간에 알아들어서 흥정은 계속되었다. 춘자는 이십 엔에 하자고 했지만 필리핀 여자는 그렇게 팔 수 없다고 했다.

춘자가 필리핀 여자와 함께 화장품을 놓고 흥정을 하고 있는 동안 다른 여자들은 모두 밖으로 나가고 필리핀 관리인이 방문을 잠글 준비를 하고 있었다. 필리핀 여자는 춘자가 화장품에 대해서 탐내는 것을 눈치 채고, 많이 깎아 주지 않았다. 그래서 이십오 엔에 흥정을 끝내고, 춘자는 방으로 들어가 돈을 가지고 나왔다. 필리핀이 점령된 이후 사용하는 화폐는 정지되고, 일본 돈이나 부대에서 임시로 발행한 군표가 사용되고 있었다. 중국에서 사용한 군표는 부대에서 독자적으로 발행한 것이 대부분이었기 때문에 해당 부대에서만이 환전이 가능했다. 그러나 남태평양 전쟁이 발발된 이후 해당 부대에서 인정을 하면 다른 부대에서도 환전을 할 수 있는 제도가 마련되어, 일본군 위안부들이 받는 군표가 전체 일본군 부대에서 통용이 되었다. 춘자는 일본 돈을 꺼내 필리핀 여자에게 주었다. 그녀는 콜드 크림 병을 소중스러운 물건이나 되는 것처럼 보따리 안에 싸 넣고 밖으로 나왔다. 그녀가 나오자 기다리고 있던 관리인이 문을 잠갔다.

진옥과 춘자가 밖으로 나왔을 때 여자들이 줄을 서서 기다리고 있었다. 두 사람은 모리다의 매서운 눈초리를 받자 가슴이 덜컹하고 내려앉았다. 늦으면 매를 맞을 것이라는 경고를 잊었던 것이다.

"하루코, 너는 배에서 말썽을 부리더니 뭍에 와서도 말썽을 부리는구나."

모리다는 옆에 서 있는 진옥을 쏘아보면서 이죽거렸다.

"비키코, 너 역시 한패가 되어 말썽을 부린다 이 말이지. 너는 부대장의 첩이었다는 소문인데, 지금도 그런 고등관 행세를 하려고 하면 안 된다."

"필리핀 여자에게서 화장품을 사느라고 늦었습니다."

춘자가 침착한 어조로 설명을 했다. 아무런 소용이 없을 것이라는 생각을 하면서도 줄을 서 있는 다른 여자가 알고 있어야 할 듯해서 말했던 것이다.

"그것은 개인적인 핑계에 불과하다. 단체 활동을 하려면 항상 개인적인 것에 앞서 단체의 입장을 생각해야 한다. 그것이 바로 군인정신이다."

"우리가 어디 군인인가요?" 라고 말하려다가 춘자는 입을 다물었다. 그의 기분을 더욱 상하게 해서 불이익을 당할 필요는 없었기 때문이었다. 모리다는 박달나무로 만든 지휘봉을 휘저으면서 진옥과 춘자에게 엎드리라고 했다. 군대식으로 매를 때리겠다는 것이었다. 엉덩이를 맞으면 남자를 받는데 불편했다. 그러나 어디를 맞든 불편하지 않은 곳이 없을 것이다. 두 여자가 손을 땅에 짚고 엎드리자 모리다는 줄을 서 있는 제일 앞의 여자에게 지휘봉을 주었다.

"지금부터 두 여자의 앞을 지나가면서 그 작대기로 힘껏 내려친다. 누구든 사정을 봐 주기 위해 약하게 때리면 대신 나에게 맞을 것이다. 나는 채찍으로 때리겠다. 알겠느냐?"

"예."

최연희라는 여자가 조선말로 기어 들어가는 목소리로 대답했다. 그녀는 경성 여관에서부터 진옥의 일행과 함께 있다가 중국으로 건너갔던 여자였다.

"사정을 두지 말고 때려라. 힘껏 때려라."

연희는 마음이 약해 진옥과 춘자를 아프게 때릴 수 없었다. 그래서 살짝 때리고 지나가자 모리다가 지켜보다가 채찍으로 후려쳤다. 채찍에 맞은 연희가 비명을 지르면서 주저앉았다. 다음에는 스즈코라는 이름을 가진 한정희가 지휘봉을 받아 쥐고 두 여자 앞을 지나가면서 때렸다. 힘껏 때릴 것이라고 결심을 했지만 실제 그렇게 하지 못했다. 그래서 그녀는 모리다의 채찍을 받아야 했다. 어느 여자는 아예 자신이 맞을 각오를 하고 힘주어 때리지 않았다. 지난날 자해(自

害)를 여러 번 하면서 저항적인 태도를 보였던 박애숙은 모리다와 정면으로 맞서면서 매를 때리지 않았다. 그러자 모리다는 그녀에게 두 번의 채찍질을 했다.

그렇게 열일곱 명이 지나갔다. 거의 모든 여자들이 채찍에 맞았으니 결국 단체 벌을 받은 것이 되었다. 여자들이 사정을 봐 주느라고 약하게 때렸지만 진옥과 춘자는 일어서지 못하고 주저앉았다. 춘자는 아픔과 분함 때문에 울고 있었다. 모리다는 여자들을 세워 놓고 훈계를 시작했다. 매질을 하는 모습을 재미있게 지켜보던 오오야마 중사는 모리다가 장황한 연설을 하려는 눈치가 보이자 차에서 내려 옆으로 다가와서는 귓속말로 무엇이라고 말했다. 여자들은 트럭에 다시 올라탔고, 모리다와 오오야마 중사는 운전석 옆에 올랐다. 차가 나니와장을 떠나자 현관 안에 모여 서서 그 광경을 지켜보던 필리핀 여자들이 숙덕거리면서 고개를 내저었다.

마닐라 주둔 군단 사령부는 시장을 지나 북쪽으로 조금 올라간 시가지 한쪽 대학 건물에 있었다. 대학 건물을 사령부로 사용하고 그 옆에 붙어 있는 병원을 야전병원으로 쓰고 있었다. 병원으로는 부상자를 실은 군용 병원차가 계속 드나드는 것이 보였다. 미군을 비롯한 연합군과의 전투가 치열하게 전개되고 있을 무렵이어서 부상 군인의 수는 늘어나고 있었다. 여자들을 태운 트럭이 병원 초소를 지나갔다. 초소를 지나갈 때 초병이 차를 잠깐 세웠으나 오오야마 중사를 알아보고 그대로 통과시켰다. 그때 한 대의 트럭이 부상자를 가득 싣고 바로 옆을 지나치는 것이 보였다. 트럭 위에는 죽었는지 몸을 움직이지 못하고 쓰러져 있는 사람도 있었고, 시뻘건 피가 묻은 붕대를 감고 앉아서 멍하니 여자들을 바라보는 병사도 보였다. 어느 병사는 부상을 입은 몸으로 여자들을 보자 손을 흔들면서 웃었다.

여자들은 지정된 의무실로 갔다. 오오야마 중사가 서류를 가지고 먼저 의무실 안으로 들어갔다. 조금 있다가 나온 오오야마 중사가 모리다에게 손짓을 하면서 여자들을 들여보내라고 했다. 여자들은 검진에 대해서는 자신 있다는 표정으로 줄을 서서 안으로 들어갔다. 자신 있다는 것은 여러 번 반복해서 받은 경험이 있다는 것에 불과했다. 실제 남자를 받는 일보다, 옷을 모두 벗고 수술대 위에 올라가서 위생병이나 군의에게 아래를 내놓는 일이 더 창피했다.

안으로 들어선 여자들은 옷을 벗었다. 실제는 아래만 벗어도 되었지만 위생병들이 눈요기를 할 생각으로 모두 벗겼던 것이다. 주춤주춤하면서 벌거벗은 여자들이 한 줄로 늘어서 있는 동안 수술대 위에 올라간 여자는 두 명의 위생병과 한 명의 군의 중위의 검진을 받았다. 군의 중위는 귀밑에 솜털이 가시지 않은 애송이였는데, 그러면서도 그 일에 대해서는 일가견이라도 있는 사람처럼 으스대면서 일했다. 오리주둥이 같은 것으로 여자의 성기를 벌려 들여다보고 이상한 색깔이 보이면 유리 끝에 있는 면봉으로 액을 찍어서 현미경으로 검사했다. 위생병들은 간호사 역할을 하고 있었다. 그들은 새로운 면봉을 가져다주거나 기록 카드에 군의 중위의 말을 받아써 놓고 있었다.

군의 중위는 검진을 받는 여자들의 이름과 나이를 물었다. 거의 대부분 여자들의 점액을 찍어서 현미경으로 들여다보았는데, 그 정도는 약하지만 병균에 감염이 되어 있었던 것이다.

"아가씨들은 새로운 여자들이 아니구먼?"

군의 중위는 줄을 서서 기다리는 쪽으로 시선을 돌리더니 말했다. 대답을 기다린 것이 아닌 듯 다음 말을 이었다.

"조선에서 처음 온 여자들은 모두 깨끗했는데 말이야."

"중국에서 한두 해씩 놀았던 여자라고 합니다."

옆에서 시중을 들던 위생병이 말했다.

"역시 그렇군. 거기가 모두 썩었어. 좀 이상하다고 했지."

진옥의 몸을 내려다보던 군의 중위가 물었다.

"이 아가씨 거기는 썩지 않았는데 웬 멍이 많지? 뒤집어서 엉덩이 쪽을 보여 봐."

"매를 맞은 것입니다."

진옥은 침을 뱉듯이 대꾸했다.

"매를 맞았다? 어디 보자고."

진옥은 시키는 대로 몸을 돌아 뉘었다. 막대기에 맞은 자국이 줄이 가 있었다. 그렇게 세차게 때린 것이 아니었으나 연약한 살결에 단번에 멍이 들었다. 군의 중위가 위생병에게 약을 가져오라고 했다.

"누가 때렸나?"

"우리를 인솔하는 업자입니다."

"용달업자 말인가? 그 자들이 여자들을 노예로 취급한다는 말을 들었지. 아주 위대한 사람들이지. 우리보다 더 위대한 사람들이지."

군의 중위의 말을 듣고 있던 위생병들이 웃었다. 그는 자신의 유머에 만족해하면서 위생병이 가져온 약을 여자의 엉덩이에 발랐다.

"대단치 않으니 곧 아물 것이다. 여기는 중국과 달라서 덥다. 멍든 곳이 가렵다고 긁으면 상처가 날 수 있고, 상처가 나면 각종 세균에 감염되어 위험하니 긁지 말기를 바란다. 알았는가, 아가씨?"

"네."

"이름이 뭔가?"

"비키코입니다."

"몇 살인가?"

"스물한 살입니다."

"좋아. 비키코는 이상이 없다. 자, 그럼 다음 사람. 좋아, 그런데 그렇게 다리를 오므리면 어떻게 보나? 중국에서 한두 해씩 있었다면서 위생검사를 처음 받아 보나, 아가씨는? 거길 쫙 벌려야지, 옳지. 위생검사할 때는 그거 할 때보다 더 벌려야 하는 거야. 그래야 의사가 제대로 관찰을 할 것이 아니겠는가."

진옥은 수술대에서 내려와 옷을 입으면서 군의 중위가 장난스럽게 하는 말을 듣고 있었다. 새파랗게 젊은 군의가 아무렇지 않게 던지는 천박한 말이 왜 그렇게 비애감을 주는지 모를 일이었다. 진옥은 그런 말을 한두 번 들었던 것도 아닐 텐데 유난히 더 슬퍼졌다. 의무실 밖으로 나오자 검사를 받고 나온 여자들이 한쪽에 쪼그리고 앉아 있었다. 모리다는 트럭이 있는 저편에서 담배를 피우면서 오오야마 중사와 이야기를 하고 있었다. 모리다는 손짓을 하며 열심히 지껄였고, 오오야마 중사는 고개를 끄덕이면서 듣고 있었다.

그때 기다리고 있던 무리 중에서 한 여자가 흐느껴 울기 시작했다. 그 여자는 배에서 알게 된 다른 팀이었는데, 이름도 잘 기억이 나지 않았다. 여자들이 우는 일은 자주 있는 일이어서 아무도 눈여겨보지 않았으나 진옥은 그녀에게 다가가서 왜 우느냐고 물었다. 그녀는 울음을 그치지 않았고, 진옥의 물음에 대답도 하지 않았다. 여자는 나이가 어려 보였고, 코가 약간 납작했으나 곱상한 얼굴이었다. 한동안 울다가 가까스로 울음을 그쳤다. 그때 진옥이 다시 물었다.

"이름이 뭐였지?"

"용림이에요, 민용림. 여기서 부르는 일본 이름은 나메코."

"왜 울었어?"

"언니, 조금 전에 의사 군인이 내게 병이 있다고 했어요."

"무슨 병?"

"매독이래요. 저번에 중국에서 검사받을 때는 안 걸렸었는데. 배 타고 오면서 걸렸나 봐요. 정말 재수 없어."

"치료를 받는 동안 남자를 받지 마."

"의사 군인도 그렇게 말했어요. 내 기록철에 붉은 글씨로 써 놓았데요. 그리고 사흘에 한 번씩 사령부 병원에 오래요. 난 굶어 죽을 거야."

"그게 무슨 말이야?"

"모리다 아저씨가 남자를 받지 않는 사람은 밥을 안 준다잖아요."

진옥은 어이가 없어 피식 웃었다. 실제 웃음이 나오지 않는 일이었지만, 그녀가 어처구니없어 한 것은 모리다의 말 때문이 아니라, 그렇게 생각하고 걱정을 하는 나메코의 순진함 때문이었다.

조금 있자 여자들의 검진이 모두 끝났다. 그러자 모리다가 소리쳤다.

"집합, 이열횡대로 선다. 실시. 동작이 왜 그래. 제일 느린 자는 국물이 나오게 매 맞을 것이다."

❖

나니와장에 출장 명령이 떨어진 것은 중국에서 온 위안부들이 도착한 지 사흘 후였다. 오랜 시간 배를 타고 온데다 배 안에서도 영업을 했기 때문에 여자들은 지쳐 있었지만, 그녀들이 지친 것과 출장은 별개의 일이었다. 모리다는 출장 명령을 하달 받자 기분이 좋아서 벙글거리면서 입을 다물지 못했다. 한꺼번에 많은 손님을 받아 수입이 좋아지기 때문이었다. 그는 휘파람이라도 불듯이 즐거운 기분으로 여자들을 집합시켰다. 필리핀 여자들도 모리다의 관리 아래 들어갔기 때문에 모든 여자들이 모리다의 지시를 받고 뒤뜰에 모였다. 위안소 뒤뜰은 각 방에서 내려다보이는 위치에 있었다. 어젯밤에 잠을 자고 부대로 돌아가지 않은 일부 장교들이 여자들이 웅성거리는 소리를 듣고 창문을 열고 내려다보았다.

모리다는 여자들을 모아 놓고 출장에 대한 설명을 했다.

"오늘 새벽에 출장을 하라는 지시를 받았다. 장소는 군사비밀이기 때문에 말할 수 없다. 건강한 사람들로 열다섯 명을 선발할 것이며, 부대에서 나온 트럭을 타고 떠난다. 물론, 아침을 먹고 떠난다. 그런데 저쪽에 누군가? 내 말을 경청하지 않고 주둥이 찢어지게 하품하는 년은?"

여자들은 조용히 서 있을 뿐 아무 말이 없다. 하품을 하던 여자는 부동자세로 몸이 굳어졌다. 그녀는 장교 한 명으로부터 밤새도록 시

달려서 잠을 자지 못했다.

"좋아. 오늘은 특별한 날, 출장을 가는 날이라서 용서해 주겠다. 지금부터 내가 손으로 가리키는 사람은 한쪽으로 모인다."

모리다는 이열횡대로 서 있는 여자들의 가운데로 걸어가면서 얼굴과 몸을 훑어보고 손가락으로 가리켰다. 출장 영업은 불특정 다수의 군인들을 의무적으로 받는 일이어서 비교적 못생기고 손님이 없는 여자만을 골랐다. 예쁘고, 군인들에게 인기가 있는 여자는 위안소에 남아서 계속 영업을 해야 했기 때문이다. 그리고 평소에 그가 미워했던 여자도 출장을 보냈다.

모리다는 진옥의 앞을 그대로 지나쳤다가 다시 뒷걸음질해서 오더니 그녀를 손가락으로 가리켰다.

"너는 일본말을 잘하고 예쁘지만 평소 태도가 방자해서 교육을 받는 셈치고 출장을 보내겠다."

진옥이 한쪽으로 갔을 때 강남숙(히데코)과 최연희(고하나), 박애숙(우메코), 한정희(스미코), 민용림(나메코)이 나와 있고, 옥경과 춘자, 금순, 영희는 없었다. 배가 부른 덕순은 열외로 취급받아 한쪽에 서 있었다. 선발된 여자들은 거의 필리핀인들이었다. 진옥은 용림이 선발된 것을 알고 그녀가 병이 있다는 사실이 상기되어 당혹스런 어조로 물었다.

"너는 몸이 아프잖니? 그런데 출장을 가니?"

"그래도 가래요. 샤쿠를 끼도록 하면 괜찮대요."

"여기서도 손님을 받았니?"

"많이는 안 받았지만 여자가 부족할 때는."

"너는 빨간 카드(영업 중지 명령서)가 나와 있는데 괜찮겠니?"

"모리다 아저씨가 해결을 한다고 나보고는 걱정을 마래요."

"경리계에 해결만 하면 뭐하니, 네 몸이 아픈데."

"일을 안 하면 밥을 못 먹잖아요. 그래도 손님을 받으니까 날 굶기지는 않아요."

진옥은 그녀를 멍하니 바라보았다. 뭔가 모자라는 느낌이 들었지만 그보다 더욱 복받치는 서글픔에 목이 메어 말을 하지 못했다.

여자들이 모두 식사를 끝내고 기다리고 있자 사령부 경리계에서 하사 한 명이 한 대의 군용 트럭과 함께 나타났다. 여자들은 트럭에 올랐다. 모리다는 인솔자 하사와 한동안 숙덕거렸다. 그리고 그를 한 쪽으로 데리고 가더니 돈을 꺼내 손에 쥐어 주었다. 하사는 주위를 힐끗 돌아보면서 돈을 호주머니에 넣었다.

트럭이 시가지를 지나는 동안 여자들은 차체와 함께 흔들리면서 거리를 바라보았다. 상점 주인이 길에 물을 뿌리고 있었고, 그 앞으로 장교가 탄 군용 지프차가 지나갔다. 한 마리의 개가 길가의 수채에서 먹을 것을 찾고 있었고, 아이를 비롯한 일가족 거지가 길옆에 누워 있었다. 한 아이가 어머니의 품에서 기어 나와 여자들이 탄 트럭을 멍하니 바라보았다. 트럭 위의 한 여자가 귀엽다는 듯이 손을 흔들어 주었다.

트럭이 시가지를 벗어나자 해안 도로를 타고 한동안 달렸다. 중간에 검문소가 있어 차는 잠시 멈추었다. 초병들이 여자들이 탄 트럭 뒤로 와서 안을 끼웃거리면서 살폈다. 그것은 형식적인 몸짓에 불과했고, 초병들은 여자들의 얼굴을 하나씩 뜯어보면서 농담을 지껄였다.

"하루에 몇 명씩 받니?"

키가 작달막한 초병이 물었다.

"수병들은 고약한 놈들이다. 너희들은 지금 해군을 만나러 가는 거야."

몸집이 뚱뚱한 초병이 말했다.

"수병들이 화끈하지."

키가 작은 초병이 말했다.

"굶어서 그런 거야."

몸이 뚱뚱한 초병이 말했다.

"돈을 줄 테니 좀 쉬었다 가면 안 될까, 하사?"

앞쪽에서 담배를 피우고 있던 중사가 말했다. 그는 인솔 하사와 흥정을 하려고 했다. 하사가 시계를 보면서 변명을 했다.

"돌아올 때는 모르겠지만, 지금은 시간을 맞춰 가야 합니다."

"그럼 돌아올 때는 예약해 놓겠다. 언제 돌아오나?"

"밤이 깊어야 할 것입니다."

"새벽이라도 좋아. 기다리지."

"밤이면 나는 비번인데."

뒤에서 그 말을 들은 뚱뚱한 초병이 말했다. 트럭이 떠나자 키가 작은 초병과 뚱뚱한 초병이 여자들에게 손을 흔들었다. 여자들은 말없이 지켜보았다. 중사는 담배를 입에 물고 떠나가는 트럭을 흘겨보면서 음탕한 미소를 지었다.

검문소를 지나자 곧 해군 부대에 도착했다. 야자수가 무성한 숲을 사이에 두고 저편으로 함정들이 정박해 있는 것이 보였다. 부두가 없어서 큰 배들은 육지에서 떨어진 바다 가운데 떠 있었다. 작은 배들이 숲으로 이어진 바닷가에 한 줄로 늘어서 있고, 나뭇가지로 지붕을 씌워 위장을 한 막사들이 야자나무 숲에 있었다. 해군복을 입은 병사들이 병영의 곳곳에서 분주하게 움직이는 것이 보였다. 검문소가 있는 길옆으로 말을 탄 장교 한 명이 한가하게 지나갔다. 말을 탄 장교는 트럭에 있는 여자들을 보더니 잠시 멈춘 채 바라보았다. 검문소의 초병이 인솔자가 내민 서류를 들여다보고는 그것을 돌려주며 통과시켰다. 트럭은 부대 안으로 들어갔다. 트럭은 막사 뒤로 돌아서 야자나무 숲으로 들어갔다. 바로 옆에 바닷가 모래사장과 산호초가 있는 바위들이 보였다. 여자들은 야자나무 사이로 푸르고 맑은 물이 햇볕을 받아 빛나는 것을 보았다.

베어 낸 야자나무 그루터기가 여러 줄로 이어져 있는 공터에 와서 트럭은 멈추었다. 여자들이 내리자 군인들이 환호성을 질렀다. 야자나무를 의지해서 해변에 임시 막사가 길게 줄을 지어 있었다. 그 앞에 해군들이 줄을 지어 서서 기다렸다. 막사 앞에 서 있는 병사들의 수는 많지 않았으나 계속 모여들고 있었다. 헌병들이 질서를 잡기 위해 왔다 갔다 하는 것이 보였고, 의무실에서 나온 위생병들이 줄을 서 있는 병사들의 손에 콘돔이 들려 있는지 확인하고 있었다. 각 막사 앞으로 병사들이 십여 명씩 줄을 서 있었으나 계속 불어나고 있었기 때문에 얼마나 될지 알 수 없었다. 줄을 서 있는 해군들의 대부분은 젊었는데, 어느 병사는 줄을 서 있다는 것이 창피한지 얼굴을 붉히면서 고개를 숙이고 있었다.

트럭에서 내린 여자들은 한 줄로 나란히 서서 막사 앞으로 걸어갔다. 줄 서 있는 병사들이 휘파람을 불면서 발을 굴렀다.

"새치기하면 안 된다."

새로 온 사병들을 정리하던 헌병이 소리쳤다.

"줄을 서라고. 병장, 뒤에 가서 서. 여기는 계급이 없는 거 알지."

"난 사쿠가 필요 없다."

한 사병이 들고 있던 콘돔을 집어 던졌다.

"이것을 끼면 재미가 없단 말이야."

"병에 옮으면 어떡할 거야?"

뒤에 있던 다른 사병이 말했다.

"출정을 해서 죽을지 모르는데 병이 무슨 상관이야."

"이봐. 일병, 너는 계속 얼굴을 붉히고 있지? 아무래도 처음 담가 보는 모양이군."

다른 사병들이 웃음을 터뜨렸다. 여자들이 오자 기다리고 있던 병사들이 활기를 띠었다. 여자들은 한 줄로 막사 앞으로 가서 멈추었다. 인솔 하사가 여자 한 명당 각 막사 하나씩 차지했는지 살피고 나서 안으로 들어가라고 했다. 여자들이 안으로 들어가자 앞쪽에 줄을 서 있던 사병이 안으로 뛰어들었다.

막사 안은 두 평 정도의 크기에 바닥에 다다미가 깔려 있었고, 지붕은 없어서 하늘이 보였다. 햇볕을 가리기 위해 막사는 야자나무 바로 밑에 설치했으나 전체를 가리지 못해서 일부 햇빛이 비쳤다. 머리맡에는 휴지 상자가 있었고, 대야에 붉은 빛깔을 내는 소독수가 있었다. 그 밖의 다른 기물은 보이지 않았다.

✣

진옥은 일곱 번째 막사에 들어갔다. 처음에 들어온 해군은 나이가 어린 초년병으로 일단 들어오기는 했지만 어쩔 줄을 몰라 하는 태도였다. 중국에서 초년병을 상대해 본 일이 없었던 것은 아니지만, 지금 들어온 일병은 미성년자로 보였다. 너무 나이가 어린 소년을 상대하자 그녀도 내키지 않았으나, 어차피 의지대로 하는 일이 아니었기 때문에 더 이상 상관하지 않았다. 그녀는 옷을 훌렁 벗고 다다미 위에 누웠다. 병사는 머뭇거리다가 군복 상의만을 벗고 옆에 와서 누웠다. 그리고 그녀의 몸을 옆으로 비스듬히 안더니 떨리는 목소리로 말했다.

"미안합니다. 나는 아직 경험도 없는 총각입니다. 아무리 죽으러 간다고 해도 총각을 함부로 버리고 싶지 않아요. 그러니까 그냥 이렇게 잠시 안고 있다가 나갈게요."

'이렇게 순진한 태도를 보이던 초년병도 얼마 있지 않으면 야수가 되겠지.'

그런 생각을 하면서 진옥은 잠자코 있었다.

"나의 상관이 딱지를 떼지 않으면 안 된다고 윽박질러서 왔습니다. 이십 분 동안은 있을 수 있지요? 조금 있다 나갈게요."

"마음대로 해요. 하든 말든 난 상관이 없으니까."

"안 해도 군표는 줄게요. 내 바지 주머니 속에 있어요."

초년병은 생각이 났다는 듯 주머니에서 군표와 콘돔을 꺼내 여자에게 주었다. 진옥은 그것을 받아 머리맡에 놓았다. 초년병은 옆에 쭈그리고 앉아서 무엇인가 골똘하게 생각에 잠겼다. 한 줄기의 햇볕이 그 소년의 등에 비쳤다. 야자나무 잎이 그 햇볕을 가렸다 열었다 했다. 그녀는 소년의 등에 비치는 햇빛이 눈부시게 빛나는 것을 바라보며 잠자코 있었다. 초년병이 머뭇거리더니 말했다.

"내 고향은 카미카와입니다. 홋카이도지요. 겨울이면 눈이 수북이 쌓여서 길을 다닐 수가 없어요. 고향집에 당신 정도의 누님이 있어요. 그래서 나는 당신과 그럴 수 없어요. 나의 누님은 수예를 잘했어요. 샤미센 연주 솜씨도 최고였습니다. 눈이 오면 길이 막히지만, 이쪽 마을과 저쪽 마을 간에 눈 터널을 뚫어요. 물론 제설차가 와서 눈을 치워 주기도 하지만 홋카이도 전체에 눈이 덮이면 제설차가 할 일이 너무 많아서 우리 마을까지 오기 힘듭니다. 그러면 마을 사람들은 삽을 들고 나가서 눈구멍을 팝니다. 눈 터널을 생각해 보았어요? 눈구멍으로 다니면 그렇게 춥지도 않아요. 물론 중간에 하늘이 보이게 해서 어두운 것을 막아요. 그렇지만 눈으로 된 터널입니다. 여기 같은 무더운 곳에 오니 가끔 눈 터널이 있는 내 고향이 떠오릅니다. 나는 죽을 때도 내 고향의 눈 터널을 떠올릴 것입니다."

초년병은 묻지도 않은 고향 이야기를 털어놓았다. 그는 출정을 앞두고 매우 불안해하고 있었다.

"내일 출정을 하면 우리는 돌아오기 힘들다고 해요. 민다니오 해역에 미군 함대가 나타나서 우리는 그들과 싸우러 가는 것입니다. 이건 비밀이지만. 아무에게도 말하지 않을 거죠?"

진옥은 아무 대꾸를 하지 않았다. 초년병이 지금은 이렇게 순진하지만 언젠가는 야수가 되어 포악해질 것이라는 생각을 하면 그 모든 것이 위선으로만 보였다. 초년병은 일어나 옷을 입었다. 아직 시간이 되지 않았으나 그는 더 이상 있기 거북했는지 밖으로 나갔다. 나가면서 누워 있는 여자에게 경례를 붙이면서 말했다.

"내 고향 이야기를 들어줘서 감사합니다. 하야시 일병 용무를 마치고 갑니다."

하야시 일병이 나가자 이번에는 턱수염이 덥수룩한 고참병이 들어왔다. 진옥은 아예 그의 얼굴을 보지 않으려고 고개를 돌렸다. 새로 들어온 병장은 입가에 음흉한 미소를 지으면서 들고 있던 군표와 샤쿠를 여자에게 던졌다. 여자는 군표를 집어 다다미 사이에 끼어놓고 샤쿠를 병장에게 다시 주었다.

"이것은 버리지 말고 끼어야 합니다."

"그건 알고 있다. 그러나 난 싫으니 너나 가져라."

"난 샤쿠를 끼지 않은 사람과는 접촉을 거부합니다."

"뭐가 어째?"

병장은 허리춤에 차고 있던 단검을 빼 들어 여자의 목을 겨누었다. 급한 상황이 전개될 때는 소리를 질러 밖의 사람에게 알리라고 했기 때문에 그녀는 있는 힘을 다하여 소리쳤다. 그러나 병장이 그녀의 입을 손으로 막아서 소리가 새어 나가지 못하게 했다. 더구나 어지간한 소리에도 밖에 있는 사람들이 안으로 들어오지 않았다. 그녀의 입에서는 신음 소리만이 흘러나왔다. 병장은 강압적인 행동으로 여자를 범했다.

바로 옆에는 용림의 막사가 있었는데, 그곳에서 소란이 일어났다. 용림은 샤쿠를 끼지 않은 병사를 거부했지만 말을 듣지 않았다. 강압적으로 일을 치루고 있을 때 그녀는 하는 수없이 병이 있다는 사실을 알려주었다.

"병이 있다고? 무슨 병이냐?"

"매독이에요."

"망할 년, 왜 미리 말하지 않았느냐?"

병사는 몸을 일으키면서 여자의 뺨을 후려쳤다. 그는 군화를 그대로 신은 채 웃옷은 벗지 않고 바지만 벗고 일을 치르고 있었다. 시간을 아끼기 위해서였다. 여자가 매독에 걸렸다는 말을 듣자 병사는 화를 내면서 바지를 입었다.

"정말 매독에 걸렸단 말이지?"

"그래서 샤쿠를 끼라고 했잖아요."

"이년아, 그렇다면 미리 말해야지. 나도 몹쓸 병에 걸렸잖아."

곰곰이 생각하니 화가 나는지 그는 여자를 군화로 걷어찼다. 그리고 담배를 피워 물면서 성냥불을 휴지 더미 위에 던졌다.

"너 같은 년은 타 죽어야 한다."

실제 태워 죽이려고 했다기보다 겁을 주려는 것뿐이었지만 휴지에 붙은 불은 단번에 천막으로 붙었다. 불이 번지자 병사는 당황하면서 끄려고 했다. 불길은 여자가 벗어 놓은 옷에 번지고, 그것은 단번에 천막을 태웠다. 용림은 옷을 입지도 못한 상태에서 밖으로 뛰어나왔다. 불길은 바로 옆의 천막에 번졌다. 그러자 일대는 온통 아수라장이 되었다. 헌병들이 호각을 불면서 뛰어왔고, 다른 곳에 있던 병사들조차 불구경하러 모여들었다. 불길은 세 개의 천막을 태우고 잡혔으나 그 일로 해서 위안소 일은 잠시 중단되었다.

용림은 위생병이 내주는 군복을 입고 헌병대에 연행이 되었다. 그녀는 일본말을 잘 못했기 때문에 바로 옆에 있다가 천막을 태운 진옥이 따라 가서 통역을 해 주었다. 헌병 장교는 이름과 나이를 묻고, 현재 소속되어 있는 위안소 위치를 물었다. 파랑새 거리의 나니와장에 소속되어 있다고 하자 헌병 중위는 입가에 묘한 웃음을 흘리면서 말했다.

"그곳에는 필리핀 여자들만 있는 것으로 알았는데 이젠 조센삐도 있단 말이지? 언제 한 번 방문하겠다. 그건 그렇고 왜 막사를 불태웠는가? 막사도 군 장비다. 그것을 태우면 군대 재산에 손실을 입히는 것을 모르나?"

진옥이 중위의 말을 그대로 옮겨 용림에게 전했다. 용림은 시무룩한 표정으로 있다가 골이 난 음성으로 뱉었다.

"내가 태운 것이 아니고 방에 들어온 군인이 태웠어요. 그가 담배를 피우면서 성냥을 휴지더미에 던졌습니다."

"그런가? 그 군인이 누구인가?"

"몰라요. 언제 이름을 확인하나요?"

중위가 밖에 대기하고 있는 헌병을 한 명 불렀다. 그리고 막사가 불타기 전에 들어간 사병을 찾아 데리고 오라고 했다.

"세 개의 막사가 불탔다. 그 손실은 너희들의 관리자에게서 받아낼 것이다. 그건 그렇고, 너의 이름은 무엇이지?"

중위는 진옥을 돌아보면서 물었다.

"나가이 비키코입니다."

"비키코는 일본말을 매우 잘하는군. 비키코만큼 일본말을 잘하는 조센삐는 아직 만난 일이 없는데 말이야. 교양도 있어 보이고. 아깝군. 대일본을 위해 봉사한다고는 하지만, 우리끼리니까 하는 말이지만 그게 어디 봉사인가? 정신대 일은 작부 업무 말고도 많이 있다. 이를테면 간호사가 되는 일이지. 내가 추천해 줄까? 나는 요코하마 출신인데, 내 고향 동기 가운데 의사가 있지. 여기서 조금 올라가면 퀘숀 야전병원이 있다. 이 일대에서 가장 큰 야전병원으로 간호사가 부족해서 애를 먹는다는 말이 있다."

진옥은 귀가 솔깃했다. 간호사가 좋아서라기보다 그곳으로 옮기면 남자를 받는 일에서 벗어날 수 있다는 생각이 들어서였다. 스스로 벗어날 수는 없어도 부대에서 호출을 한다면 관리자 모리다도 어쩔 수 없을 것이다. 중국에 있을 때 간호사가 된다는 꼬임에 빠져 위안부로 끌려온 여자도 있었지만, 지금 간다면 어딘들 두려울까. 이 상태에서 더 최악의 경우는 없을 것이다.

"장교님, 그렇게 될 수만 있다면 추천해 주십시오."

"너는 조선에서 교육을 받았나?"

"사범학교를 졸업했습니다."

"좋아. 일본글을 읽을 수 있겠지?"

"일본글로 공부했습니다. 물론 잘 압니다."

"좋아. 그대를 당장 추천해 주겠다."

"나를 관리하는 모리다라는 사람이 있는데 나를 내놓지 않으려고 할 것입니다."

"그것은 걱정하지 마라. 야전병원에서 정식으로 명령서를 보낼 것이다. 필리핀 총사령부의 지침도 일정한 교육을 받은 여자들은 그에 합당한 일을 주는 것을 원칙으로 하고 있다. 필리핀 여자도 마찬가지다. 필리핀 여자들은 일본말보다 영어를 잘하는 것이 흠이지만. 영어를 잘하는 것은 사대주의 사상에 젖은 나쁜 일이다. 일본말을 잘하는 아시아 여성은 대우를 받을 것이다. 이왕 말이 나왔으니 지금 알아봐 줄까?"

"감사합니다, 장교님."

"내 이름은 이찌기 마사오다. 헌병대 마사오 중위라면 모두 알 것이다."

일본군 장교들이 대부분 자신이 위대하다고 믿듯이 그도 잘난 체했다. 그러나 간호사로 빼준다는 말이 진옥에게는 구세주와 같이 반가웠다. 그제야 그를 자세히 쳐다보니 그는 삼십대 초로 보이는 건강한 사내였고, 콧수염을 기르고 있었다. 지독한 근시인지 안경을 두 개 겹쳐 쓰고 있었다. 평소에는 하나만 쓰다가 글씨를 쓸 때는 두 개를 겹쳐 사용했다. 마사오 중위는 자리에서 일어나 어딘가로 전화를 했다. 교환이 나오자 퀘숀 야전병원 병원장 부관실로 연결해 달라고 했다. 수화기를 내려놓고 기다리는 동안 마사오 중위는 손을 비비면서 방 안을 왔다 갔다 했다. 그는 이따금 한쪽에 앉아 있는 진옥을 쳐다보았고, 그녀와 시선이 마주치자 음흉하게 웃었다.

"언니, 저 장교가 뭐라고 하는 거야? 누구를 소개시켜 준다고 하는 것 같은데 무슨 말이야?"

용림이 나직한 목소리로 물었다.

"아직은 모르겠어. 나를 간호사로 소개시켜 주겠다고 하는데 가능한 일인지. 나는 간호 일을 전혀 모르잖아."

"언니는 잘되었다. 간호 일이야 들어가서 배우면 되잖아. 역시 여자도 배우고 봐야 할까 봐."

"내가 정말 떠나기 전까지 아무에게도 말하지 마."

진옥은 모리다의 방해로 일을 그르칠지 몰라서 다짐을 받았다.

"그럼요. 언니가 잘되는 일인데 아무에게도 말하지 않을게."

헌병 한 명이 병사를 데리고 들어왔다. 용림이 그를 보자 겁을 내면서 몸을 움츠렸다. 용림의 태도로 보아 막사를 불태운 병사임을 알 수 있었다. 그는 헌병에게 연행되면서 기가 죽어 있었다. 그러나 용림을 보자 화를 벌컥 내면서 손가락질하고 소리쳤다.

"저 년이 매독 병을 나에게 옮겼어. 막사가 불탄 것도 저 년 때문이야."

"상병, 조용히 하라."

마사오 중위가 말하자 그는 그제야 헌병 장교가 있다는 것을 알고 부동자세가 되면서 경례를 붙였다.

"네가 성냥불을 던져서 불을 냈다고 하는데 사실이냐?"

중위의 말에 그는 대답을 하지 않았다. 다른 말을 둘러대려고 생각하면서 마땅한 핑계가 없을까 하는 표정으로 용림을 노려보았다.

"사실은 그게 아닙니다."

그때 전화벨이 울려서 마사오 중위는 손을 들어 상병의 말을 막았다. 중위는 부관실에 있는 대위 한 명을 호명했다.

"나까노 대위, 나 헌병대의 마사오야."

마사오 중위는 목소리를 낮춰 상대방과 긴 이야기를 했다. 처음에는 안부를 묻고 다음에는 그들만이 알고 있는 어떤 일에 대한 대화를 나누었다. 물건이 제 시간에 도착을 했느니, 양은 맞느냐는 듯이 알 수 없는 이야기를 한동안 하다가 동향(同鄕) 회식에 왜 빠졌느냐고 따지기도 했다. 그러다가 마지막에 지나치는 말로, 간호사 한 명을 추천하겠으니 받아 주겠느냐고 물었다. 상대방이 좋다고 했는지 그는 당사자를 보내겠다고 말하고 전화를 끊었다.

마사오 중위는 수화기를 내려놓고 거들먹거리는 걸음으로 여자와 상병이 있는 자리로 왔다. 그는 상병을 흘겨보면서 물었다.

"뭐가 사실이 아니야? 네가 성냥불을 휴지통에 던져서 불이 난 것이지?"

"그렇긴 합니다만 그것은 이 계집이 잘못입니다. 이 계집은 나에게 병을 옮겼습니다."

"샤쿠를 사용하는 것은 규칙이다. 너는 스스로 규칙을 위반했으니 남 탓할 것이 못된다. 보고서를 올려야 하니 네가 했던 짓을 여기에 기록하고 서명해라."

마사오 중위는 상병에게 종이를 던져 주었다. 그리고 용림을 나가게 한 다음 진옥에게 말했다.

"지금 보낸다고 했으니 퀘숀 야전병원에 다녀오라. 내가 출입증을 만들어 주고, 소개장을 써 줄 테니 퀘숀의 병원장 부관 나까노 대위를 만나봐라. 아마 너에 대해서 물을 것이다. 그러면 사실대로 말해. 아마 정식 간호사는 못되어도 임시 간호 보조 일을 할 수 있을 것이다. 지금 손이 모자라 야단이니 채용이 될 것으로 믿는다."

"나니와장에는 안 돌아가도 되나요?"

"가고 싶지 않다면."

"소지품이 좀 있지만 없어져도 그만입니다. 그대로 병원에 머물 수 있다면 돌아가고 싶지 않아요."

한편으로 생각하면 그동안에 함께 있었던 동료들과 인사를 하고 헤어져야 했지만, 그녀들을 남겨두고 떠나는 마음이 괴로울 것이다.

"마사오 중위님에게 어떻게 보답을 해야 할지 모르겠습니다. 대단히 감사합니다."

"너를 간호사로 채용하는 데 조건이 있다."

"말씀하세요."

중위는 그녀를 데리고 한쪽 칸막이 있는 곳으로 갔다. 그리고 나직한 목소리로 그녀의 귀에 대고 말했다.

"네가 위안부 일을 하면서 얼마나 받는지는 모르지만 그보다 수입을 많게 해 주지."

"저는 돈에 관심이 없습니다. 위안부 일은 정말 싫습니다. 일본 여자들은 돈을 벌기 위해서 한다고 들었지만 우리는 자진해서 하는 일이 아닙니다."

"어쨌든 좋아. 간호사로 받는 월급뿐만이 아니라 그 이상을 줄 테니 앞으로 내 심복이 되어야 한다."

부하가 되라는 중위의 말뜻을 잘 알아들을 수 없었다. 더구나 귀에다 대고 속삭이는 것이 심상치 않았다. 진옥으로서는 그가 무엇이 되라고 하든, 최악의 경우 첩이 되라고 할지라도 위안소에서 빠져나오고 싶었다.

"무엇이든지 시키는 대로 할 테니 나니와장에서 빼주세요."

"나에게 충성을 맹세할 수 있겠지?"

"물론입니다."

"그렇다면 되었다. 지금 당장 헌병 차를 내줄 테니 타고 퀘숀 야전 병원으로 가라. 이것은 특별 배려다."

진옥은 헌병 중위가 처음 보는 그녀에게 왜 그렇게 파격적인 배려를 해 주는지 알 수 없었다. 그럴 만한 가치가 있었는지, 아니면 단순히 마음에 들어서 그랬는지 그것은 알 수 없었지만, 훗날 병원에서 일을 하면서 중위가 자신을 포섭한 이유를 알게 되었다. 그 후에 진옥은 마사오 중위와 잠자리를 자주 가진 것도 사실이지만, 그보다 더 중요한 일은 그가 하는 도둑질을 돕는 일을 했던 것이다. 마사오 중위는 병원에 있는 친구들과 협력해서 의료품들을 빼돌려 필리핀 암시장에 팔았던 것이다. 진옥은 그 연락책으로 활동을 했다. 마사오 중위는 진옥이 일본 여자도 아니기에 일본에 대한 충성심도 없을 것이고, 조센삐 출신이라는 점이 그 역할에 제격이라고 생각했던 것이다.

제17장

진옥은 마사오 헌병 중위가 만들어 준 부대장 출입증과 나까노 군의 대위에게 써 준 소개장을 가지고 퀘숀으로 향했다. 그녀는 헌병 사령부에서 사용하는 지프차를 타고 갔기 때문에 도중의 검문소에서 별다른 제지를 받지 않았다. 잠깐 멈추게는 했지만 운전병과 구면인 듯 초병들은 신속하게 통과시켰다. 그러나 마닐라 해군 사령부에서 퀘숀 야전병원까지는 오십여 킬로미터 떨어져 있어서 한 시간여가 걸려서야 당도했다. 오래된 도로를 따라 숲을 한동안 달리면 해안이 보였고, 그 해안을 끼고 북으로 올라가면 야자수로 우거진 숲 속에 야전병원이 있었다. 이 병원은 미국인들이 휴양지로 사용하던 곳이어서 호텔과 방갈로 시설이 되어 있었고, 해안 모래사장을 끼고 숲 속의 곳곳에 별장이 있었다. 이 별장들은 군의관들과 고급 장교들이 숙소로 사용하고 있었다.

부상자들은 주로 배로 후송되어 왔고, 모래사장 한옆에 조그만 부두가 있었다. 부두라고 하지만 큰 배는 접안이 되지 못해서 바다 가운데 떠 있었고, 수송은 작은 배로 갈아타고 육지에 내렸다. 진옥이 만나려는 부관 나까노 대위의 방은 큰 건물 일층에 있었다. 현관 경비병의 안내를 받아 그녀는 복도 왼쪽으로 조금 들어가서 병원장의 바로 옆에 있는 부관실을 노크했다.

그녀가 들어간 본부 건물은 병원으로 사용되기보다 필리핀 주둔 일본군 군단 사령부 별관으로 쓰고 있었다. 물론 병원장을 비롯한 군의관들의 집무실도 있었다. 그곳에 있는 모든 건물에는 적십자기가 펄럭였고, 병원이란 표식이 뚜렷했다. 미군 폭격기의 공습을 피하기 위해서 병원과 겸해서 일반 집무를 보고 있었다. 미군기는 병원으로 확인된 건물을 폭격하지 않았기 때문에 그 점을 이용했다. 그러나 치열한 공방전이 야기되면서 동남아 일대에 연합군의 상륙작전이 개시될 무렵에는 병원 표식을 보고도 폭격을 했다. 군수품이나 무기가 있는 건물에 적십자기를 달아놓고 병원으로 위장했기 때문에 취해진 조처였다. 그렇게 되어 실제 병원에서 치료를 받던 병사들이 폭격으로 죽었고, 야전병원들도 폭격에 노출되어 있었다.

"누가 왔다고?"

부관실에는 사병 한 명이 서류를 만지면서 업무를 보고 있었다. 목소리가 들린 곳은 칸막이 저 안쪽이었다. 사병이 부동자세로 서서 진옥이 준 소개장을 내밀었다. 소개장을 받아들고 안경다리를 만지면서 들여다보던 나까노 대위는 "빨리도 보냈군." 하면서 소개장을 접어 책상 서랍에 넣었다. 그리고 사병에게 여자를 들여보내라고 했다.

진옥은 사병의 안내를 받아 칸막이 안으로 들어갔다. 몸집이 작고 얼굴이 둥근 대위 한 명이 한쪽 다리를 책상 위에 올려놓고 의자에 비스듬히 앉아 있었다. 그가 신고 있는 장화가 깨끗하게 닦여서 반질거리고 윤기를 내었다. 그는 안경다리를 만지면서 들어선 진옥의 모습을 훑어보았다. 진옥은 만주에서 이시가와 부대장 첩으로 있을 때 많은 장교들을 상대해 보았고, 그들이 겉으로 으스대기는 하지만 실제 내면은 허약하다는 것을 잘 알고 있었다. 그래서 약간 도도한 자세로 그의 앞에 섰다. 나까노 대위가 물었다.

"조선 여자인가?"

"하이."

그녀는 가급적 일본 여자들이 하는 식으로 간드러지면서 끝이 맺히는 어조로 대답했다. 그것은 상당히 효과적이었다. 나까노 대위는 첫 대면에서 이미 마음에 들었는지 고개를 끄덕이면서 물었다.

"이찌끼 마사오 중위와 어떤 사이인가?"

"잘 아는 사이입니다."

"어떻게 잘 안다는 거야?"

"적당히 짐작하세요, 대위님."

"적당히 짐작하라고? 알겠어. 더 이상 묻지 않지. 간호 일을 해 본 경험은 있나?"

"없습니다."

"조선에서 학교는 다녔는가?"

"사범학교를 졸업했습니다."

"알겠다. 이찌끼 마사오 중위의 추천이니 더 이상 묻지 않겠다. 간호사는 항상 모자라는 형편이다. 그러나 그대는 간호에 대한 기초 지식도 없으니까 처음부터 간호사로 일하기는 곤란하고 보조로 들어가 배우기 바란다."

"감사합니다."

"제3과로 보내 주지. 그곳의 과장이 나의 동향 선배니까 잘 봐줄 거야."

"제3과는 뭐하는 곳인가요?"

"의료 부서 중의 하나이지. 수술을 하는 곳이 아니고 주로 내과 일을 하는 곳이라고 할까."

나까노 대위는 전화기 핸들을 돌렸다. 그리고 송화기에 입을 대고 제3과 과장 오까모도 소좌에게 연결하라고 했다. 곧 연결이 되었지만 오까모도는 없었다. 그러나 그 밑의 군의 소위가 전화를 받았는지 나까노 대위는 큰 소리로 지껄였다.

"오오야마 소위인가? 나 나까노 대위일세. 새로 쓸 간호보조사 한 명을 보낼 테니 잘 가르쳐 쓰도록 하게. 오까모도 과장에게는 내가 말할 테니까 걱정 말고. 내가 알아서 할 테니까. 지금 그리 보내네. 뭐라고? 일본에서 온 간호학교 출신이 아니라 조선 여자야. 정신대에 자원한 사범학교 학생일세. 내가 추천하는 것이니까 잘 가르치게. 지금 보내지."

나까노 대위는 나머지 한쪽 발조차 책상 모서리에 올려놓았다. 그가 전화를 마치면서 수화기를 내려놓으려고 할 때 입구에서 당직 사병이 벌떡 일어나면서 경례를 올리는 소리가 들렸다. 대위는 담배를 꺼내 입에 물면서 말했다.

"누가 또 왔나? 오늘은 계속 찾아오는 떨거지들이 많군."

"찾아오는 떨거지가 많아도 어쩔 수 없지 않는가."

안으로 성큼 들어선 사람은 어깨에 별이 달린 장군이었다. 병원장이 나가려다가 부관실에 들렀던 것이다. 놀란 나까노 대위가 벌떡 일어서면서 부동자세를 취했다. 그는 한쪽 손에 들려 있는 담배를 감추었다. 그러나 연기가 소매 사이로 피어올라왔다.

"죄송합니다, 각하."

"사령부에 보낼 의보품(의료보급품) 작성은 다 되었나?"

"완료했습니다."

"내가 나갈 거니 주게."

"하이."

대위는 당직 사병에게 눈짓했다. 한쪽에 서 있던 사병이 재빨리 서류를 가지고 와서 나까노에게 주었다. 나까노는 담배를 재떨이에 비벼 끄고, 경직된 자세로 병원장의 앞으로 걸어가서 서류를 두 손으로 올렸다. 병원장은 서류를 낚아채듯이 받아들고 돌아섰다. 나가려다가 한쪽에 서 있는 진옥을 보더니 그녀의 아래위를 훑어보았다. 병원장이 들어오면서도 그녀를 보았지만, 나까노에게 용무가 있어 지나쳤다가 다시 떠올린 것이다.

"이제 여자를 집무실로 불러들이기 시작했는가?"

"각하, 여자가 아닙니다."

"그럼 여기 서 있는 사람은 남자인가?"

"그런 뜻이 아니라, 이찌끼 마사오 중위가 간호사로 추천해서 보낸 여자입니다."

"이찌끼 중위가?"

병원장도 이찌끼 마사오를 잘 아는지 더 이상 시비가 없었다. 잘 안다기보다 마치 이찌기 마사오 중위의 말이 나오자 처방전을 쓴 것 같이 조용해졌던 것이다. 병원장은 비교적 키가 컸으나 걸을 때 오리가 걷는 것같이 다리를 벌리고 이상하게 걸었다. 그는 금테 안경을 쓰고 있었는데, 머리카락은 희끗하고 코밑수염도 흰색이 뒤섞여 염소 털처럼 꼬아져 있었다. 병원장이 나가자 부동자세를 취하고 있던 나까노 대위가 몸을 풀면서 투덜거렸다.

"오리 엉덩이는 항상 기습적이야. 호출하지는 않고 부관실에 들이닥쳐 사람을 놀라게 한단 말이야. 에또, 이봐. 자네가 이 여자를 제3과로 데려가서 인사시키게. 오오야마 소위가 기다리고 있을 거야."

당직 사병이 부동자세를 취했다가 풀면서 진옥에게 가자고 했다. 진옥은 나까노 대위에게 인사를 하고 돌아섰다. 나까노가 그녀의 등에 대고 말했다.

"마사오 중위와 동거라도 하고 있는가 본데, 여기는 여기대로 분위기가 있는 것을 잊지 말아야 해."

진옥은 나까노 대위가 하는 말뜻을 잘 이해할 수 없었다. 그의 말을 쉽게 풀면 분위기에 적응하라는 뜻도 되었지만 축축이 젖은 그의 목소리로 보아서 그런 의미는 아니었다. 어쨌든 그녀는 위안소를 빠져나온 것을 행운이라고 생각했다. 어느 환경이든 어차피 불행한 상황이라고 볼 수도 있지만, 몸이 더 망가지기 전에 빠져나가야 했다. 위안소 나니와장의 다른 동료들을 떠올리면 자신이 빠져나오는 기쁨도 느껴지지 못한 채 또 다른 형태의 슬픔이 밀려들었다.

진옥은 당직 사병을 따라 옆의 작은 건물로 들어갔다. 기모노 옷차림 때문인지 지나가던 사병이나 장교들이 그녀를 힐끗힐끗 쳐다보았다. 세 명의 하사관들이 지나가다가 그녀를 보고 손을 흔들었다. 꽂꽂한 자세로 순찰을 돌고 있던 두 명의 위병이 그녀 옆을 지나치면서 곁눈질을 했다. 그중에 한 명이 돌부리에 채여 비틀거렸다. 저녁 햇살이 숲으로 지면서 야자수의 긴 그림자를 건물의 창에 드리웠다. 창문 유리가 저녁노을로 붉게 번쩍거렸다. 부상자를 실은 군용 트럭 한 대가 먼지를 일으키면서 건물 저편으로 사라졌다. 트럭의 덮개와 앞쪽 보닛, 그리고 뒤쪽 차체에 적십자 마크가 크게 찍혀 있었고, 운전대 옆에도 적십자기가 펄럭였다.

진옥이 처음 만난 오오야마 소위는 비교적 인상이 좋았다. 그가 인상이 좋았다는 것은 아직 나이가 어리고 순박해 보이는 초년 군의관이라는 점 때문인지 모른다. 그것은 지난날 만주로 끌려갔을 때 그녀를 검진했던 요시다 미시마 소위를 연상했기 때문인지도 모를 일이었다. 사병이든 장교든, 또는 군의관이든 초년병들은 그렇게 악독한 행동을 하지 않았다. 그러나 전선에서 시달리고 오랫동안 군복무를 하게 되면 하나의 전통처럼 악마가 되어 갔다. 그럼에도 불구하고 그 악마성을 발휘하지 않는 극히 적은 수의 일본군들이 있었다. 그녀가 기억하는 요시다와 모리가와 군의 소위들은 일본에 충성을 하는 전형적인 일본군 장교임에는 틀림없었으나, 여자들을 포악하게 대하지는 않았다. 물론 군의관들이 위안부들에게 나쁘게 대할 이유도 없었지만 말이다.

당직 사병이 진옥을 데려다 주고 떠나자 오오야마 소위는 의자 하나를 끌어다 놓으면서 앉으라고 하고는 물었다.

"이름이 뭐요?"

"나가이 비키코입니다."

"우리 병원은 의무 군관들도 부족하지만 간호사들도 턱없이 부족하지요. 그래서 간호 교육을 받지 못한 필리핀 여자조차 채용하고 있소. 물론 그런 여자들은 고등 교육을 받은 여자들에 국한시키고 있지만. 우리 제3과에도 일본 간호사 두 명과 필리핀 간호보조사 두 명이 있어요."

"저는 간호에 대한 경험은 없습니다."

"나까노 대위한테서 들어서 알고 있습니다. 당신은 방금 말한 두 명의 간호사와 두 보조에게서 배워야 할 것이요. 그녀들과 생활도 같이해야 할 거요. 다만, 나쁜 짓만 따라하지 마시오."

젊은 소위는 경멸한다는 어투로 뱉었다. 나쁜 짓이 무엇을 말하는 것인지 알 수 없었지만, 묻기도 거북해서 그녀는 잠자코 있었다.

"나의 직속상관인 오까모도 소좌를 만나야 되겠지만 지금 출장 중이라서 며칠 후나 볼 것입니다. 그러니 일단 일을 시작하시오."

오오야마 소위는 칸막이 안을 향해 위생병을 불렀다. 그러자 사병 한 명이 나왔다. 그는 무엇을 하고 있었는지 하얀 앞치마를 두르고 있었다.

"아끼코와 요시코, 그리고 쟌과 디에를 모두 내 방으로 오라고 불러라."

"지금 환자들을 보고 있을 텐데 모두 오라고 할까요?"

"잠깐 다녀가라고 해."

위생병은 앞치마를 벗어 칸막이 안에 던지고 복도로 나갔다. 오오야마 소위는 창으로 비친 저녁 햇살을 바라보면서 잠시 침묵했다. 그의 얼굴에 붉은 노을이 비쳐서 빨간 복숭아처럼 보였다. 그는 진옥을 쳐다보면서 무슨 말을 할 듯하더니 다시 침묵했다. 수줍음을 유난히 타는 듯했다. 진옥이 먼저 입을 열었다.

"소위님은 여기 오신 지 얼마나 되었나요?"

"한 달…… 그래서 아직 잘 모르지요."

"고향이 어디세요?"

"요꼬하마."

"여긴 요꼬하마 출신이 왜 그렇게 많죠?"

"나까노 대위나 나의 상관 오까모도 소좌도 모두 요꼬하마 출신이지요. 이 병원 군의관 중에 요꼬하마 출신이 많아요. 그것은 아마 병원장 이시다 장군이 요꼬하마 출신이다 보니 같은 동향 출신을 끌어와서 그런지도 모릅니다."

그는 마사오 헌병 중위에 대해서는 모르는지 언급하지 않았다. 아니면 군의관들만 떠올렸는지 모를 일이었다.

"아가씨의 고향은 어디요?"

오오야마 소위가 불쑥 물었다. 일본군에게서 조선 여자냐는 질문은 받았지만 고향이 어디냐는 질문은 처음이었다. 일본군의 시선으로 그녀가 조선인이면 그것으로 충분했다. 더 이상 알 필요가 없었던 것이다. 그런데 오오야마는 그녀에게 고향에 대해서 물었다. 아마 먼저 고향에 대한 질문을 받아서인지는 알 수 없지만, 그런 질문을 받고 진옥은 반가웠다. 고향을 물어봐 주는 사람이 있다는 것이 좋았다. 오오야마 소위의 첫인상의 부드러움과 고향을 물었던 감동이 그녀에게 호감을 주었는지 모른다. 그러나 그것은 덧없는 일에 불과했다.

"내 고향은 조선의 강원도 홍천이라는 곳입니다. 소위님은 설명을 해도 잘 모를 것입니다."

"시골입니까?"

"그래요. 그렇지만 나는 경성에서 학교를 다녔어요."

"시골은 어디나 아름답지요. 그것은 여기도 마찬가지요."

그때 간호사들이 들어왔기 때문에 고향 이야기는 더 이상 진행되지 못했다. 아끼꼬는 나이가 서른 살 정도 되어 보이는 일본 여자였다. 그녀는 아무에게나 습관적으로 눈웃음을 지었다. 그녀와 함께 들어선 요시코라는 여자는 키가 작고 뻐드렁니가 덧니처럼 돌출해 있었다. 그래서 말할 때 덧니가 너무 드러나서 입을 오므리면서 말하는 습관이 있었다. 그녀들의 뒤에서 웃으면서 들어선 두 명의 필리핀 여자는 쟌이라는 여자와 디에라는 여자였다. 그녀들은 일본 이름을 쓰지 않았는데, 몸집이 작기는 했지만 매우 예뻤다. 쟌은 인형처럼 곱게 생긴 얼굴과 목이 가늘었고, 디에는 서양 혼혈아처럼 보이는 외모에 가슴이 불룩했다. 외모에 있어서는 필리핀 여자에 비교해서 일본 여자는 매우 못생긴 편이었다. 진옥은 오오야마의 소개로 네 명의 간호사와 인사를 나누었다. 필리핀 여자들은 일본말을 잘 알아듣지 못했고, 말하는 것도 서툴렀다. 그러나 눈을 빛내면서 눈치를 보았고, 뜻을 재빨리 알아채고 고개를 끄덕이곤 했다.

그 후로 진옥은 그녀들과 한방을 쓰게 되었다. 그리고 그녀들이 입었던 간호 제복을 착용했다. 야전병원에서 입는 제복은 군복과 같았지만 적십자 마크가 찍힌 간호모를 쓰고 가슴에 하얀 칼라가 있는 상의 군복을 입었다. 처음에 그녀가 하는 일은 아끼코나 요시코를 따라다니면서 관찰하는 일이었다.

✣

진옥의 새로운 생활이 시작되었다. 간호사들이 사용하는 방은 비교적 넓었다. 창문을 사이에 두고 양쪽 벽에 이층 침대가 둘씩 네 개가 있었고, 벽 쪽에 이층 침대 두 개가 있어서 여섯 명이 사용할 수 있는 구조였다. 진옥은 비어 있는 벽 쪽의 침대를 사용했다. 일본인 간호사 두 명은 창문 왼쪽을 사용했고, 필리핀 여자들은 오른쪽 침대를 썼다. 낮에 근무하는 이외에 밤에는 당직 간호사가 정해져서 입원한 환자들을 돌아보고 체온을 재거나 약물을 투약했다.

전선에서의 병원은 내과나 외과가 구분되지 않고 거의 외과 수술을 전제로 하는 것이었지만, 제3과에서 하는 일은 병사들의 성병과 치질, 설사, 세균성 질환, 내복 부상, 기능 장애 등을 다루었다. 외과 수술을 한 환자를 동시에 돌보는 경우도 있었고, 기능 장애로 일본으로 후송할 환자를 검진하는 역할을 맡기도 했다. 병사들 가운데는 더러 자해를 하거나, 자신의 몸에 전염병을 옮겨 전투에서 빠지려는 사람도 있었다. 전염병은 적과의 싸움 못지않게 위험했지만 전선에 나가는 것이 싫어서 세균을 음복하는 것이었다. 그러나 그것이 자해인지 전염병인지는 구별을 할 수 없어 처벌도 못하는 것이다. 치유가 빠른 전염병은 건강이 회복되면 다시 전선으로 내보냈다. 자해 환자들은 다시 전염병에 옮아 병원으로 후송되어 왔다. 전투에 대한 공포로 가끔 정신질환자도 있었다.

진옥은 쿼숀 병원에 와서 환자들을 살피는 과정에 새로운 사실을 알게 되었다. 일본군은 항상 용감하고 나라에 충성하는 것은 아니었다. 중국에서 관동군들이 토벌을 벌리는 것같이 항상 전투를 하면 이긴다는 신화는 이곳에서는 없었다. 남방의 전투는 토벌의 개념이 아니라 하늘과 바다로부터 공격을 받는 것이었고, 전투에서 반드시 이긴다는 신화는 거짓일 뿐이었다.

진옥은 쿼숀 병원으로 온 지 일주일이 지나면서 환자의 체온과 맥박을 재거나 투약, 주사 정도의 일을 하기 시작했다. 그러자 그녀는 야간 당직을 맡아 일을 하기 시작했고, 그럴 경우는 밤을 꼬박 새우고 낮에 침실로 가서 잠을 잤다. 처음으로 야간 당직을 마치고 낮잠을 자고 있을 때 누군가 옆에 와서 몸을 만지는 것을 알고 놀라서 깨었다.

눈을 떴을 때 제3과장 오까모도 소좌가 앉아 있는 것이 보였다. 그는 몸집이 작고 운동선수같이 근육질인데다 목이 굵었다. 의사라기보다 힘을 쓰는 운동선수 같은 인상을 주는 사람이었다.

"오까모도 소좌님, 여긴 왜 계세요?"

진옥이 정신을 차리면서 몸을 일으켰다. 그제야 그녀는 자신의 옷이 벗겨져 있는 것을 알고 놀라면서 움츠렸다. 밤을 새워 피곤했었기 때문에 옷을 모두 벗기는 동안 모르고 있었다. 그가 짓누르고 있을 때 가슴이 답답해서 잠에서 깨었던 것이다.

"조용히 해라. 내가 잠시 너와 있고 싶어서 왔다."

"무슨 짓을 하시는 것입니까, 소좌님?"

진옥은 옆에 놓인 잠옷을 재빨리 집어 들고 몸을 가렸다. 위안부 생활을 하면서 하루에도 수십 명의 병사를 받았는데, 낮잠을 자면서 군의관에게 유린당한다고 해서 큰일 날 일은 없다고 생각했지만, 사람은 환경에 따라 변한다는 것을 그녀는 알았다. 그것은 자신이 소좌로부터 몸을 보호하기 위해 필사적으로 저항하는 것을 보고 깨달았다. 아무려면 어떨까 하는 생각도 들었지만 그녀의 몸은 그를 거부하고 있었다.

"조용히 해. 그렇게 몸을 빼면서 그럴 필요는 없다. 네가 지난날 위안부였다는 것을 알고 있지. 새삼스럽게 왜 몸을 도사리느냐? 너는 이찌끼 마사오 헌병 중위로부터 추천을 받아 나까노 부관이 우리 부서로 보내지 않았더냐?"

"그것은 사실이지만, 저는 간호사지 소좌님의 몸을 받는 일을 하는 것이 아니지 않습니까?"

"내 말을 듣지 않으면 너를 다시 위안소로 쫓을 것이다."

오까모도 소좌가 그렇게 하려면 그렇게 될 수 있을 것이라는 생각이 들자 진옥의 몸에서 힘이 빠졌다. 그는 하는 수 없이 그를 받아들였다. 그 짓은 위안소에 있을 때와는 다른 치욕감을 주었지만, 그녀로서는 어쩔 수 없었다. 오까모도 소좌가 일을 끝내고 나간 후 진옥은 잠을 이룰 수가 없었다. 점심 식사 시간이 되었을 때 필리핀의 디에가 옷을 갈아입으려고 방으로 들어왔다. 잠을 자지 않고 앉아 있는 진옥을 보고 왜 그러느냐고 물었다. 그녀들의 경우는 어떨지 몰라서 진옥은 그냥 잠이 오지 않는다고 말했다. 디에는 옷을 갈아입으면서 자주 진옥의 모습을 바라보았다. 진옥의 머리카락이 헝클어져 있는 것이라든지, 분노를 가슴으로 삭이는 것을 눈치채고 디에가 다가와서 서툰 일본말로 말했다.

"오까모도 소좌가 왔지요? 그리고 그가 몸을 요구했지요?"

진옥은 그녀를 올려다보았다. 디에가 미소를 지으면서 고개를 끄덕였다. 고개를 끄덕이는 그녀의 모습은 그것을 인정하라는 묘한 느낌을 안겨 주었다.

"오까모도 소좌가 조금 전에 다녀갔어요. 내 몸을 요구해서 어쩔 수 없이 당했어요. 당신에게도 그랬나요?"

"물론이지요. 이제 더 있으면 우리를 다른 군의관이나 장교에게 가라고 할 거예요. 그것을 거부하면 여러 가지 이유를 대어 협박을 해요."

"그렇게 되면 소좌는 우리의 책임자 의사가 아니라, 포주네요. 그는 우리를 다른 장교들에게 소개하고 돈을 받나요?"

"돈을 받는지 어떻게 하는지 알 수는 없죠. 돈을 받는 것 같지는 않고 다른 이권에 개입을 한다거나, 입장을 세우기 위해 우리를 이용하는 것 같아요."

"일본인 간호사에게도 그럽니까?"

"그것은 모르겠어요. 그 언니들이 말을 안 하니까. 의사들도 일본인 간호사들에게는 조심하는 눈치이긴 하지만, 모두 당하기는 마찬가지예요. 언니들이 우리에게 말은 안 하지만. 모두 당하고 있을 거예요. 우리가 당하는 일을 알면서도 모른 척하는 것을 보면 알 수 있어요."

진옥은 한숨이 나왔다. 위안소를 벗어난 것으로 알았지만 결국 형태를 바꾸었을 뿐이지 별로 차이가 없다는 생각이 들었던 것이다. 하지만 위안소에서처럼 많은 병사를 받는 혹사를 당하지 않으니까 병원 쪽이 나을 것이라는 생각이 들어 참아 내기로 했다.

야간 당직이 있는 날 밤에 오까모도 소좌가 그녀를 불렀다. 그녀가 맡고 있던 입원 환자들을 돌아보고 간호대기실로 돌아왔을 때 과장실로 오라는 전갈이 왔다. 그 시간에 그가 없을 것으로 알았는데 오라는 말을 듣고 가슴이 철렁했다.

오까모도 소좌는 진옥이 들어서자 눈을 게슴츠레하게 뜨고 바라보더니 물었다.

"회진은 돌았겠지?"

"하이."

"두어 시간 자리를 비워도 괜찮을 거야. 위생병에게 지시해 놓을 테니 자네는 가 봐야 할 데가 있다."

그것은 의논을 한다기보다 이미 정해진 일을 통보하면서 지시하는 것이었다.

"무슨 일입니까, 오까모도 소좌님?"

진옥은 뿔테 안경 속에서 음흉하게 반짝이는 그의 눈을 바라보면서 물었다.

"북쪽으로 이 마일 올라가면 파인애플 언덕이 나오지? 그곳에 통나무로 된 별장이 있는 것을 알 거야."

"저는 여기 온 지도 얼마 안 되고 해서 모릅니다."

그녀는 실제 파인애플 언덕이 있다는 말도 들어 보지 못했고, 실제 그곳을 가 본 일이 없어 알지 못했다. 그동안 외출을 했다면 이찌끼 마사오 헌병 중위를 만나려고 마닐라 시내에 나간 일이 있었을 뿐이었다.

"모르면 물어서 찾아가라. 누구나 알고 있는 곳이니까."

"거긴 왜 가야 하나요, 소좌님?"

"그 통나무 별장에 가면 몸이 불편한 장교 한 사람이 있을 것이다. 그의 체온과 맥박을 재어 와."

몸이 불편한 환자라면 병원으로 오든지 오기 힘들면 군의관이 가야 하는 것이 상식이었다. 그러나 소좌의 명령을 어길 수 없어 그렇게 하겠다고 대답하고 나왔다. 그녀는 왕진 가방을 챙겨 들고 소좌가 말하는 북쪽 길을 따라갔다. 그곳은 군부대 작전 지역이었기 때문에 민간인의 모습은 거의 볼 수 없었고, 어쩌다가 보이는 민간인들은 장교 숙소에서 일하는 필리핀 사람들이었다. 이 마일 정도 걸어가자 파인애플 나무로 가득 차 있는 조그만 언덕이 나왔고, 통나무로 만든 집과 그곳에서 흘러나오는 불빛이 보였다.

그 집의 현관에 가서 초인종을 눌렀지만 안에서는 아무런 기척이 없었다. 문을 밀치니까 그대로 열렸다. 현관을 들어서자 넓은 거실

마루에 한 사람이 누워 있는 것이 보였다. 코밑수염을 멋지게 기르고 있는 것으로 보아 고급 장교임에 틀림없으나 군복을 입지 않고 소매 없는 셔츠에 훈도시만을 차고 있어 계급을 알 수 없었다.

"오까모도 소좌님이 보내서 왔습니다. 간호사 나가이 비키코입니다."

사내는 대꾸도 없이 그녀를 멀뚱하게 쳐다보았다.

"어디가 편찮으세요? 그렇다면 먼저 체온을 재겠습니다."

진옥은 무릎을 꿇고 그의 옆에 앉아서 입안에 체온계를 넣으려고 했다. 그러자 남자가 체온계를 빼앗아 저편으로 던져 버렸다. 체온계는 마루에 튀었다가 통나무 벽에 부딪히면서 깨어졌다.

"누가 체온 따위를 재라고 했나?"

사내는 화가 난 목소리로 물었다. 처음 겪는 일인데다가 아직 상황을 잘 몰랐던 진옥은 변명하듯이 말했다.

"오까모도 소좌님이 보내서 왔습니다. 체온과 맥박을 재어 오라고 하셨습니다."

"오까모도 군이 그렇게 말했단 말이지?"

오까모도 소좌를 군이라고 하는 것을 보면 그보다 계급이 높은 장교라는 것을 알 수 있었다. 대좌나 장군이 될지 모른다는 생각에 그녀는 더욱 긴장했다. 그러나 버틸 수 있는 데까지는 버티고 싶은 묘한 저항감이 솟구쳤다. 그래서 그녀는 계속 모른 척하고 말했다.

"하이, 편찮은 분이 계시다고 가서 체온과 맥박을 재어 오라고 하셨습니다."

"멍청한 의사에 멍청한 간호사로군. 그렇게 말했단 말이지? 너희들은 환자가 아프면 간호사를 보내 체온이나 재고 맥박이나 검사하느냐?"

진옥은 할 말이 없어 잠자코 있었다. 그러자 사내가 몸을 일으키더니 벌떡 서서 무릎을 꿇고 있는 여자를 내려다보았다. 그는 괘씸하다는 어투로 말하고 방으로 들어갔다.

"돌아가라. 가서 오까모도 군에게 전해라. 맥박과 체온은 정상이라고."

"제가 무엇을 잘못했는지 모르지만 화가 나셨으면……."

문이 소리를 내며 닫히자 진옥은 입을 다물었다. 그렇다고 방 안으로 들어가서 그에게 매달리기도 싫어서 될 대로 대라는 생각을 하면서 그 별장을 나왔다. 그녀는 파인애플과 야자나무로 우거진 아름다운 숲길을 천천히 걸어갔다. 통나무집에서 흘러나온 불빛이 나무들을 수채화처럼 선명하게 드러냈다. 그 길을 걸어 병원으로 돌아가면서 그녀는 두려움에 몸이 오싹해지는 기분이었다.

❖

"간호사는 부상자를 치료하는 것이 전부인 것으로 알았어요. 그런데 지금 야전병원에서 벌어지고 있는 일을 알고 있어요?"

이찌끼 마사오 중위는 사복 차림으로 있었다. 그는 의자에 등을 기대면서 담배를 피워 물 뿐 아무 대꾸가 없었다. 진옥은 말을 이었다.

"위안소 생활과 별로 다를 것 없이 군인에게 시중을 들어야 한다면 그곳이 나니와장과 오십 보 백 보의 차이일 뿐이에요."

"언제든지 위안소로 돌아가고 싶다면 보내 주지."

마사오 중위는 약간 신경질적으로 담배 연기를 그녀의 얼굴에 뱉으면서 말했다. 야전병원도 부상자들을 보살피는 것이 힘들어서 몸은 별로 다를 것 없이 고달팠으나 그대로 있어야 했다. 위안소 생활은 생명을 깎아먹는 성적인 혹사의 연속이었다. 그래서 그녀는 아무 말없이 잠자코 있었다. 마사오 중위는 그녀의 얼굴을 힐끗 쳐다보고 못을 박듯이 말했다.

"간호사들이 장교들의 시중을 드는 것은 늘 있었던 일이야. 그것을 새삼스레 트집 잡지 말고 맡은 일이나 잘하라고. 더구나 오까모도 소좌의 말을 거슬리지 마라. 들으니까 명령을 어기고 제멋대로라고 하는데 그러면 너를 추천해 준 내 입장이 난처해진다. 간호사인 너는 군속이다. 군속도 상관의 명령에 따라야 한다."

"명령도 명령 같은 명령을 해야지 듣지요. 별장에 가서 고급 장교의 성 접대를 해 주고 오라는 군법은 천황폐하의 군대에 없을 거예요."

천황폐하라는 말에 마사오 중위는 몸이 굳어졌다. 야전병원의 의료품을 빼돌려 암시장에 팔면서 온갖 부정을 저지르고 있는 마사오 중위였지만 천황폐하라는 말에는 본능적으로 경의를 표하는 것이었다. 그들은 지금 마닐라 파랑새 거리의 노점 카페에서 차를 마시고 있었다. 진옥은 일주일에 한 번씩 비번이라 휴식을 했는데, 그날은 주로 마닐라 시내로 나와서 마사오 중위를 만났다. 그에게 의료품 세목 서류를 건네주기 위해서였다. 그것은 야전병원에 있는 보급창 하사로부터 전달을 받은 것으로 그 서류를 마사오 중위에게 전하면, 마사오는 그것으로 암시장 거래처와 의논을 해서 필요한 양을 점검하고, 그 양만큼 빼돌리는 공작을 하는 것이었다. 이 일은 여러 장교들이 개입이 되었는데, 진옥으로서는 후에 알게 되었지만 요꼬하마 동향 장교들이 거의 망라된 조직적인 부정이었다. 그렇게 부정을 저지르면서도 장교들은 나라에 충성을 바치고 있다고 생각하고 있었다. 그것은 그녀로서 이해 안 되는 일본군의 생태 중 하나였다.

진옥은 휴일에 마닐라 카페에서 마사오 중위를 만나는 날은 나니와장에 들러 전에 같이 있었던 여자들을 만났다. 그녀는 마사오 중위에게서 받은 뇌물을 그 여자들을 위해 썼다. 위안소의 여자들은 군인들을 받는 일 이외에 달리 특별히 하는 일이 없어 돈을 쓸데가 없지만, 그래도 옷이 필요했다. 여자들을 시내로 데리고 나가 맛있는 것을 사 주었다. 그곳은 만주와는 달리 감시를 하지 않았다. 필리핀에서 달아나 보았자 갈 데가 없을 것으로 생각했는지 감시를 하지 않았고, 여자들도 도주할 생각을 애초부터 하지 못했다. 하지만 극히 적은 수의 위안부들이 몰래 위안소를 떠났다. 그녀들은 밀림에서 굶어 죽기도 하고, 더러는 필리핀의 촌락에서 구걸을 하며 헤매다가 맹수에게 당하기도 했다.

진옥은 본인의 뜻과는 무관하게 퀘숀 야전 병원에서의 물품 밀매에 개입하지 않을 수 없었다. 물품 목록을 전달하는 사소한 일뿐만이 아니라, 더러는 트럭 가득히 의료품을 싣고 병원을 나가는 일에 가담을 했다. 그녀는 간호복을 입고 오까모도 소좌와 함께 운전석 옆에 탔다. 사령부로부터 떨어져 있는 지대에 의료물품 전달과 순회 진료를 떠나는 것이었다. 그러나 그것은 서류상 그렇게 되어 있을 뿐이지 실제는 마닐라 시내로 들어가 트럭에 실은 의료품을 상인에게 전달하는 것이다.

상인은 중국계 필리핀인으로 몸집이 뚱뚱하고 코끝이 붉었다. 술을 많이 마셔서 코가 붉어졌다는 말도 있고, 아편을 하고 있기 때문이라고도 하는데 그녀는 알 수 없었고 더 이상 알고 싶지도 않았다. 물건 하역이 끝나면 진옥은 같은 트럭을 타고 퀘숀으로 돌아갔다. 그러나 함께 갔던 오까모도 소좌는 뚱뚱한 상인과 함께 어디론지 사라지는 것이었다. 의료품들은 대부분 일본에서 온 수송선에 의해서 보급되었다. 태평양 전쟁의 정점을 이룬 1944년 하반기 무렵에는 의료품뿐만이 아니라 모든 보급품이 부족했다. 더구나 보급로를 차단하기 위해 연합군 폭격기들이 제공권을 확보하고 해상을 통해 오고 있는 일본 선박을 집중적으로 공격했기 때문에 물자는 절대적으로 부족했다. 그래서 야전병원에서는 소독약조차 품절이 되어 대체 약품으로 독한 술을 사용하기도 했다. 술의 공급은 현지에서도 생산이 되어서 그런대로 부족함이 없었다.

아편은 중독성이 있기 때문에 부상자들에게 가급적 사용을 제한하고 있었다. 그러나 상당량의 아편이 병원으로 흘러들어 왔다. 그것은 의료품을 빼돌리는 마사오 중위, 나까노 대위, 오까모도 소좌 등이 마취제를 다른 곳으로 돌리고 대신 구하기 쉬운 아편을 받아 병원에 공급했기 때문이었다.

아편은 부상자에게 순간적인 진통을 멎게 해 주었지만 중독이 되면서 다른 약효가 먹혀들지 않았다. 진옥이 중환자 입원실에 들렀을 때 한 명의 환자가 소리치면서 아편을 달라고 했다. 진통제를 주사했지만 듣지 않았다. 하는 수 없이 다량의 수면제를 투약해서 잠재웠으나 그것은 잠시뿐이었다. 아편은 환자뿐만이 아니라 일부 간호사들도 사용했다. 그것은 업무에 시달리는데다 장교들의 잠자리 시중까지 강요를 받는 스트레스를 견디지 못해 일어나는 현상이었다. 한낮에 옷을 갈아입기 위해 진옥이 숙소로 돌아왔을 때 이상한 냄새가 나서 살펴보았다.

그때 창문 옆의 침대에 일본 간호사 아끼코가 누워서 아편을 피우고 있었다. 아편은 환약 같은 것을 물에 타서 마시는 경우와 담배 같은 것에 섞어서 피우는 두 가지 방법을 주로 사용했다. 부상자들에게 사용하는 것은 증류수에 섞어 타서 주사하는 방법을 택했다. 아끼코는 아편 담배를 피우면서 환상 속에 빠져 피식피식 웃었다. 인기척을 듣고 진옥을 돌아보았지만 아무런 감춤도 없이 오히려 히죽 웃으면서 오라고 손짓했다.

"아끼코 상, 지금 뭐하는 것입니까? 어제 야간 당직이었나요?"

"이리와 봐, 비키코 상. 이렇게 달콤한 것은 세상에 없을 거야. 이 세상에서 가장 아름답고 달콤한 것이 뭔지 알아? 비키코 상처럼 낭만적인 여자는 사랑이라고 할지 모르지만, 난 아편이라고 하겠어. 이것이야말로 인간을 산 채 천국구경을 시켜 주는 거야."

"아끼코 상, 아편을 피우면 어떡합니까? 중독이 되면 못 끊는다고 하는데요."

진옥은 만주에서 위안소 생활을 하며 동료 중에 일부가 아편을 사용하다가 끝내 죽는 것을 본 일이 있었다. 그것은 사용할 때는 즐거울지 모르지만 악마처럼 달라붙어 생명을 조이는 마약이었다.

"히히히. 무슨 소리. 난 빨리 죽어도 좋아."

아끼코는 초점이 없는 눈으로 진옥을 바라보면서 이상한 웃음소리를 내었다. 황홀경에 파묻혀 있으면서도 가슴이 답답한지 젖가슴을 풀어 헤치고 있었다. 그녀의 눈을 바라보자 소름이 오싹 끼쳐서 진옥은 그곳에 더 이상 서 있을 수 없었다. 재빨리 옷을 갈아입고 밖으로 나왔다.

진옥이 위안소를 탈출하게 해 주었던 퀘숀 야전병원의 생활은 그 해를 넘기지 못했다. 그날따라 비가 몹시 퍼부어서 의료품을 실은 트럭이 수렁에 빠져 공수부대의 중기차량이 와서 건져 내었다. 비가 한꺼번에 쏟아지자 도로에 물이 강처럼 불어서 넘쳤다. 해안으로는 폭풍이 불어서 야자나무가 쓰러지고, 파도가 산처럼 덮쳤다. 오까모도 소좌와 함께 운전석 옆에 타고 가던 진옥은 폭풍으로 나무가 쓰러지는 것을 보고 비명을 질렀다. 그들이 지나가는 트럭 바로 옆으로 나무가 나뒹굴면서 트럭을 쳤다. 운전병이 그것을 피할 생각으로 핸들을 꺾으면서 돌렸는데, 그 반동으로 차가 뒤집어졌던 것이다.

진옥이 정신을 차렸을 때는 야전병원의 방이었다. 그녀가 항상 다니면서 부상자들을 치료했던 곳이었다. 진옥은 트럭이 뒤집어지던 마지막 장면을 떠올리면서 재빨리 자신의 몸을 더듬어 보았다. 병원에 있으면서 많은 부상자들이 사지를 절단하고 누워 있는 것을 보았기 때문이었다. 처음 정신을 차린 부상자 가운데 더러는 자신의 팔이 나 다리가 절단된 것을 모르고 있다가 뒤늦게 알고 몸부림치는 것을 목격했다. 그 때문인지 그녀는 먼저 자신의 몸에 이상이 없는지 살폈다. 다행히 아무런 결함도 없었고, 별다른 통증도 느껴지지 않았다. 다만 정신을 잃었던 것으로 짐작되었다.

필리핀 간호사 쟌이 다가와서 상냥하게 웃으면서 별로 이상은 없지만 머리를 다쳐서 꿰맸다고 했다. 그 말을 듣고 진옥은 머리에 심한 통증을 느꼈다.

"운전병과 오까모도 소좌님은 무사한가요?"

"운전병은 깨어진 유리에 목이 찔려 죽었고, 오까모도 소좌님은 팔이 부러져 지금 치료받고 있어요. 그리고 조금 전에 헌병대에서 조사를 나왔어요. 깨어나면 연락을 하라고 했는데."

"조사? 무슨 조사인데요?"

차가 전복된 사고를 헌병대에서 나와 조사할 리는 없었다. 그녀의 머리를 스치고 지나가는 생각은 바로 의료품 밀매가 적발된 것이었다. 그녀는 시키는 대로 했을 뿐이었지만 공범자로 처리될 것이라는 생각이 들었다. 그렇다면 군대 영창에 들어가는 것일까. 위안부 생활보다 차라리 영창에 들어가 사는 것이 더 나을 것이라는 자포자기를 하고 그녀는 담담한 마음을 가지려고 했다.

⁂

필리핀 주둔군 헌병 사령부 지하실에 있는 영창은 만주 부대의 영창보다 깨끗했다. 무엇보다 지하실이었기 때문에 더위를 피할 수 있었다. 헌병 사령부의 영창에는 일본군보다 필리핀 사람들이 더 많이 갇혀 있었고, 죄목은 알 수 없지만 필리핀 여자들도 상당수 수감되어 있었다. 수감자 중에는 극히 드물지만 사상범들도 섞여 있었다. 진옥은 여자들이 갇힌 감방에 수감되었다. 그녀가 수감된 지 사흘이 지날 때 면회 온 사람이 있었다. 자신을 면회 올 사람이 있으리라는 짐작은 하지 못했기에 그녀로서는 뜻밖이었다. 면회실로 나가니 그곳에 나니와장 위안소의 모리다가 있었다. 그는 한편 경멸하고 한편 동정하는 얼굴로 그녀를 바라보면서 웃었다.

"만주에서 부대장 첩으로 있었다고 하더니 뭔가 다르군. 감옥 맛이 어떤가?"

"여긴 어떻게 알고 왔나요?"

"너를 구해 주려고 왔지."

"나는 쉽게 나가지 못할 거예요. 밀매에 대한 군법 재판도 받아야 하고."

"밀매에 대한 군법 재판? 너는 몰라도 한참 모르는군. 모두 한통속인데 누가 누굴 재판하다는 거야? 조사를 받았나?"

"병원에 누워 있을 때 한차례 조사를 받기는 했지만 왠지 형식적인 것 같기는 했어요. 나는 어떻게 되나요?"

"너는 다른 죄목으로 약식 재판으로 처리될 거야. 그렇게 희생될 필요는 없잖아? 그래서 내가 손을 썼지. 너를 빼내기 위해 돈을 얼마나 썼는지 아나?"

"……."

"나와서 갚아야 한다."

"싫어요. 영창에 그대로 있겠어요."

"영창 맛을 아직 모르는군. 시원한 지하실에 그대로 가둬 두는 곳이 영창인 줄 아나? 너는 그곳에서도 간수들을 비롯한 병사들을 받아야 할 것이다. 돈도 받지 못하고 봉사만 할 셈인가?"

"감옥에서도 그 짓을 하나요?"

"지금 그 짓을 하지 않는 곳이 어디인가? 일본군이 가는 곳은 어디나 마찬가지다."

그는 일본인이면서도 일본군의 색욕을 비웃고 있었다. 어디를 가도 성행위가 이뤄지고 있다는 것을 말하고 있었다. 위안소보다도 영창에 머물려고 생각한 진옥의 마음에 동요가 일었다. 그리고 실제 감옥 생활을 장기간 하게 된다면 생각하는 것처럼 쉽지 않을 것이라는 생각도 들었다.

"좋아요. 나를 빼내 줄 수 있다면 빼 주세요."

"돈이 든다."

"얼마나 드는데요?"

"일본 돈으로 천 엔은 들지."

"내가 가지고 있던 돈은 아이들을 위해 다 썼어요. 지금은 없어요."

"알고 있다. 돈은 내가 쓰겠다. 영창에서 나와 갚아야 한다."

진옥은 한숨을 내쉬었다. 이렇게 되어 다시 위안부 생활을 하게 됐다는 생각을 하자 탄식이 절로 나왔다.

모리다가 떠난 후에 하루가 지나자 그녀는 풀려났다. 약품을 밀매한 사건이 어떤 식으로 마무리되었는지 진옥으로서는 알 수 없었고, 알려고도 하지 않았다. 그녀는 나니와장으로 가서 여자들을 만났다. 그녀가 영창에 들어갔던 사실을 알고 있었는지 나니와장에 나타나자 여자들이 환영을 했다. 그리고 나니와장에는 새로운 아이가 태어나서 화제가 되었다. 배가 불렀던 덕순이 아이를 낳았던 것이다.

진옥은 덕순의 방으로 가서 아이와 산모를 보았다. 진옥을 보자 덕순은 반가워하면서 한 손을 뻗쳤다.

"어무이에, 아들이에예."

덕순은 진옥을 계속 엄마라고 불렀다.

"수고했어. 고생했지?"

"게안아예. 보이소, 우리 아들이에예."

진옥은 그녀의 옆에 누워 있는 갓난아기를 들여다보았다. 아직 머리카락이 제대로 자라지 않은 아기는 매우 작았다.

"누구 닮았어예?"

"덕순이 닮았지, 뭐."

"나 닮았으문 못생겼을 텐데예."

"네가 어째서 그러니. 너야말로 튼튼하고 착하잖니. 그리고 이 애는 사내야."

—"용감한 군인을 만들기야예. 황군을 만들어 싸우게 할 깁니다."

"황군?"

진옥은 기가 차서 그녀를 멍하니 내려다보았다. 대부분의 여자들은 민족의식이나 독립 의식이 없었다. 일본군을 싫어하기는 했지만 그것도 타성에 젖은 염증에 불과했다. 여자들은 단순할 뿐이었다.

"왜놈의 씨지만 황군을 만들어 어떻게 하자는 것이니?"

진옥이 화를 내자 덕순은 당황했다. 그녀는 진옥이 화를 내는 이유를 알 수 없었다.

"어무이예, 와 그래예?"

"아니, 아무것도 아니야. 몸조리를 잘하고 있어. 젖은 잘 나오니?"

"괜찮아예."

덕순과 아이는 다른 방을 쓸 수가 없었다. 모리다가 손님을 받는다는 이유로 방을 따로 주지 않았다. 그래서 산모와 아기는 다른 여자들과 함께 묵고 있었다. 여자들은 아기와 함께 있는 것을 좋아했다. 저마다 귀여워하면서 아기를 보살폈다. 그래서 아기의 어머니는 젖을 물릴 때 말고는 거의 떨어져 있었다. 아기는 여자들의 손에서 옮겨지면서 키워졌다.

해를 넘기면서 진옥과 일행들은 다시 위안소를 옮겨야 했다. 남방에서 위안소를 차린 용역 업자들은 여자들을 자주 사고팔면서 거래를 했다. 그래서 여자들의 이동이 자주 있었고, 그녀들의 의사와는 무관하게 험준한 전선이나 산악으로 들어가는 경우도 있었다. 다무라는 진옥을 포함한 열아홉 명의 조선 여자들을 인도네시아에서 위안소를 경영하는 용역 업자 후쿠다에게 팔았다.

필리핀에서 수송선을 타고 인도네시아로 들어갈 때 진옥은 막연하게나마 이시가와 소장을 만날 수 있을까 하는 기대를 했다. 그나마 부대장의 첩으로 있을 때가 편했고, 허세에 불과했지만 장교들에게 군림할 수 있었던 것이다. 그러나 여자들을 도주시켰다는 이유로 그녀와 상대를 하지 않고 훌쩍 떠난 이시가와 소장이 그녀를 다시 만날지는 의문이었다.

✣

인도네시아 자바에 도착한 진옥 일행은 후쿠다의 인솔을 받아 어느 성당으로 갔다. 그곳은 외부에서 보면 성당이지만 일본군이 점령한 이후 위안소로 개조해 놓은 곳이었다. 성당 안을 토끼장처럼 개조하여 쉰 개의 위안부 방을 만들어 위안소가 차려졌고, 간판에는 '도라지꽃 집'이라고 이름 붙였다. 진옥 일행이 갔을 때 이미 먼저 와서 영업을 하고 있는 조선 여자들이 있었다. 도라지꽃 집은 자바 섬에 있는 일본군뿐만이 아니라 군속들과 일반인들도 상대했다. 자바 섬에는 자카르타 시내와 암바라와, 수라바야의 포로수용소 부근에 위안소가 있었으나, 그 규모가 작고 여자의 수도 십여 명 안팎이었다. 자카르타에는 자바의 원주민이나 네덜란드인이 섞여 있었으나 도라지꽃 집만큼 크지 못했다. 자카르타, 반둥, 데라차프, 암바라와, 말랑에 포로 십일만 명을 산개해서 수용하는 포로수용소가 있었다. 그 포로수용소를 관리하는 일본군 부대에 조선인 군속이 많았다. 포로들은 비행장 공사에 노역을 했는데 대부분 영양실조로 쓰러져 가고 있었다.

무더운 적도의 열기 속에서 위안부들은 한 손에 부채질을 하면서 병사를 받아 내어야 했다. 남방은 북만주보다 보수가 조금 나은 편이어서 위안부 가운데 일부는 수익이 많아졌다고 좋아하는 여자도 있었으나, 그녀들이 받는 것은 자바에 있는 제16군 사령부에서 만든 군표였고, PX에서 물건을 살 수 있었다. 군표는 패전을 할 경우 아무 짝에도 쓸 수 없는 종이쪽지에 불과했다. 그러나 여자들은 일본의 패전을 전혀 생각하지 않았고, 군표가 곧 돈으로 생각될 뿐이었다.

여자의 방에는 창마다 모기장을 쳐놓았으나, 모기의 침범을 완전히 막아 내지 못하고 있었다. 더러는 말라리아에 걸려서 사단 의무관실로 옮겨져 치료를 받기도 했다.

패전이 짙은 일본군이었지만, 전투는 계속 벌어졌고, 이따금 미군 전투기의 폭격이 있었으며 전상자의 수가 늘어났다. 이따금 새로 낸 간선도로로 포로들이 트럭 가득 실려 비행장 건설 현장으로 가고 있는 모습이 위안소 저편으로 내다보일 때가 있었다. 트럭에 실린 포로는 모두 초췌하고 얼굴이 부었으며, 몸이 말라 있었다. 이따금 기침을 하는 포로도 보였다. 트럭이 지나갈 때 길가에 있으면 먼지와 함께 시체 썩는 냄새가 풍겼다. 살아 있는 포로를 수송하는데도 그 트럭에서는 시체 썩는 냄새가 코를 찔렀다.

병사들에게 시달리던 반둥의 도라지꽃 집 위안부들은 일주일 가운데 월요일은 쉬었다. 그때 그녀들은 부대 선전부에서 만든 영화를 감상하기도 했는데 조선인 히나쓰(日夏英太郎)라는 사람이 만든 '너와 나'라는 영화를 보았다. '너와 나'는 삼 년 전에 일본 동경과 조선 경성에서 개봉된 국책영화였다.

'너와 나'라는 영화는 창씨개명을 한 조선 청년이 등장하는데, 내선일체의 결의에 불타 자원해서 지원병이 되어 전선으로 가는 조선 청년 이야기였다. 문예봉, 기향란, 고스기, 이사무, 마루야마 사다오 등의 영화배우들이 출연했다. 여자들은 영화 속의 배우들을 보고 저마다 지껄여 대며, 더러는 배우를 사모하는 듯 그리기도 했다. 영화의 내용은 상투적인 선전이었지만, 그러한 영화를 접할 수 없었던 위안부들은 그것을 보고는 계속 화제에 올리는 것이었다.

제16군 사령부에 그 영화를 만든 히나쓰가 선전 부원으로 왔다. 히나쓰는 자바에 와서 또 다른 선전영화를 촬영하려고 준비하고 있었다.

진옥은 도라지꽃 집에서 장교 전용 위안부로 잠시 있었다. 그녀는 뛰어난 미모 때문에 장교의 입에 오르내렸고, 그 소문을 듣고 군속 히나쓰가 찾아왔다. 군속도 위안소를 출입했기 때문에 그는 전표를 끊어 진옥의 방에 들어갔다. 진옥과 잠을 자려고 간 것이 아니고 그녀가 미모라는 말을 듣고 영화를 만드는 감독의 입장에서 찾아간 것이다. 방으로 들어가 처음 진옥을 본 히나쓰는 과연 뛰어난 미인이라는 점에 공감했다. 히나쓰는 그 무렵에 '봉화'라는 영화를 준비하고 있었다. 여자 주인공을 비롯해서 다수의 여자 엑스트라가 필요했다.

히나쓰는 진옥의 방에 들어가 잠자리를 갖지 않고 그녀를 방문한 목적을 설명했다.

"영화를 만든다고요? 나보고 배우가 되라는 것인가요?"

"그렇소."

"배우는 싫습니다."

"돈이 생기는 일입니다. 그렇게 되면 이런 곳에서 이런 일을 하지 않아도 됩니다."

"이런 곳에서 이런 일을 하는 것이 돈 때문인 줄로 알고 있나요? 강제로 끌려와서 강요받고 있다는 사실을 알고 있나요?"

"…… 내가 돈을 써서 여기서 빼내 주지요. 그리고 다른 조선인들도 함께 출연했으면 합니다."

진옥은 응하지 않았다. 군부대에서 어용으로 만드는 영화에 출연을 하여 욕되게 하고 싶지 않았다. 설사 창부생활을 할지언정 민족을 배신하는 어용은 하지 말아야 한다는 생각이었다. 그러나 히나쓰는 그녀에게 끈질기게 접근해 왔고, 밖에서 만나기를 원했다. 도라지꽃 집은 분위기가 좋지 않았기 때문이었다.

두 사람은 자카르타의 카페에서 마주 앉아 차를 마셨다. 히나쓰는 몸집이 작고 호리호리했는데, 일본 옷을 입고 허리에는 칼을 차고 있는 낭인 모습이었다. 그가 본래 조선인인 걸 알고 있었던 진옥은 첫 대면부터 비위가 상했다. 그러나 히나쓰는 '빈당 수라바야'라는 민간인 영화사를 경영하고 있는 실력자이기도 해서 얕볼 수는 없었다.

"조선 이름이 무엇입니까, 히나쓰 상?"

"조선 이름이라니요?"

히나쓰는 시치미를 떼고 반문했다.

"하하하. 나는 다 알고 있어요, 당신이 조선인이라는 것을. 그런데 일본 사람 행세를 하고 있지요? 당신이 조선인이라는 사실을 아는 사람은 헌병대와 특무기관의 극소수뿐이겠지만, 나 역시 속일 수 없어요."

"어떻게 아셨습니까? 내 조선 이름은 없습니다."

"……."

히나쓰는 매우 당황하는 기색이었지만, 그는 다른 말을 했다.

"나는 어렸을 때부터 일본에서 자랐기 때문에 조선말도 잘 모릅니다. 부모님은 조선인이었지만, 나는 일본에서 태어나 일본에서 학교를 다녔습니다. 처음부터 일본 이름으로요."

"나를 만나려고 한 용건은 무엇이에요?"

"저번에 도라지꽃 집에 찾아갔을 때도 말했지만, 당신의 협조를 부탁드립니다. 지금 '봉화'라는 영화를 만들고 있는데 다수의 여자들이 필요합니다."

"봉화? 무슨 내용이지요?"

"인도네시아 민족의 독립정신을 다룬 것입니다. 인도네시아 민족은 삼백오십 년 동안 네덜란드의 식민 지배를 받아 왔는데, 독립을 해야 되며, 그 독립정신을 고양하는 내용입니다."

"하하하."

진옥이 간드러지게 웃었다. 카페에 들어와 있는 사람들이 그들 쪽을 돌아보았다. 카페에는 일본군 장교들과 자바 주민, 관리들의 모습이 보였다.

"하하하. 인도네시아는 독립을 하려면 일본군에게 적극 협조하라는 내용이겠군요? 나는 '너와 나'라는 영화를 보고 구역질을 했어요. 당신은 반역자야."

"진정하십시오, 아가씨. 우리는 시대의 흐름에 순응해야 합니다."

"당신 조국이 조선이라는 것을 잊어서는 안 될 것이에요."

"알고 있습니다."

"봉화라는 영화에서 여자들이 많이 필요한 이유는 무엇이지요? 우리 애들을 어떻게 등장시킨다는 것이지요?"

"창녀 얘기가 잠깐 나오는데, 그 역할이 필요합니다."

"……."

진옥은 화가 나서 자리를 차고 일어났다.

"진정하십시오, 아가씨. 나는 후쿠다로부터 승낙을 받았어요."

"후쿠다가 아무리 승낙을 해도 애들은 내 말을 들을 거예요. 내 앞에 더 이상 나타나지 말아요."

진옥은 한 마디 뱉고 밖으로 나갔다. 젊은 여자가 보통 성미가 아니라는 생각을 하며 히나쓰는 히죽 웃었다. 그러나 그는 그것으로 포기할 수 없어 며칠 후 다시 도라지꽃 집을 방문했다.

그곳에 갔으나 후쿠다와 진옥은 없었다. 토끼장처럼 막아 놓은 성당 안에서 여자들이 병사를 받고 있었다.

"어디서 오셨습니까?"

선전부 차를 밖에 세워 놓고 히나쓰가 관리실로 들어서자 관리하고 있는 인도네시아 중년 남자가 물었다.

"나는 제16군 사령부 소속 선전부 영화반에서 나왔소. 후쿠다 상이나 비키코 상을 만나기를 바라는데."

"후쿠다는 외출 중이고, 비키코는 모르겠습니다. 안에 있는지 찾아보십시오."

그러나 히나쓰는 안을 기웃거릴 용기가 나지 않아 망설였다.

"비키코도 외출 중인 것으로 알고 있습니다만 무슨 일로 오셨습니까? 비키코와 자고 싶습니까?"

"아니요. 그런 용무로 온 것이 아니고."

히나쓰는 하는 수 없이 돌아갔다.

제18장

"아가씨, 나의 조선 이름은 허영이라고 합니다."

히나쓰가 정중하게 말했다.

"허영? 조선 이름이 없다면서요?"

"제가 만들었습니다. 최근에 말씀입니다."

"모두 창씨개명하는데 당신은 일본 이름을 가지고 있다가 조선 이름으로 창씨개명했군요?"

"나의 부친께서 허 씨입니다. 창씨개명한 것은 아닙니다. 그리고 아가씨가 나에 대해 반감을 갖는 것을 느끼고 생각해 보았지요. 다른 여자들과 달리 아가씨는 민족의식이 강하군요. 들리는 말로는 전에 부대장의 부인이었다고 하는데."

그는 첩이라는 말을 못하고 부인이었느냐고 물었다. 그들은 히나쓰가 직접 몰고 있는 선전부 지프차를 타고 해안 길을 천천히 달리고 있었다.

“지나간 일이에요. 그 사람이 이곳 제16군단에 온 것으로 아는데 찾을 수가 없어요.”

“이름이 어떻게 됩니까? 내가 알아봐 주지요.”

“이시가와 미시마 소장일 것입니다.”

“이시가와 미시마? 들어본 것 같은데요. 어느 사단에 있는지 알아봐 드리지요. 어떻게 헤어졌습니까?”

진옥은 구체적으로 말하기가 싫어서 입을 다물었다.

“하하하. 알겠습니다. 배신을 당한 거로군요? 그러나 이시가와 장군도 옛정을 잊지 못할 것입니다. 아가씨가 이곳에 왔다는 소식을 접하면 이런 식으로 내버려 두지는 않을 것입니다.”

“나는 비록 이런 꼴로 있지만 부대장에게 비굴하게 다가가고 싶지 않아요. 그러니 어느 부대인지만 알아봐 주고 내 말을 전하지 마세요.”

“알겠습니다. 그런데 내가 하는 일은 협조하겠습니까?”

“봉화라는 어용 영화를 만들어 인도네시아 국민을 우롱하려고요? 너와 나라는 영화를 만들어 조선 민족을 우롱했듯이 말이에요? 그 일에 협조해 달라는 것인가요?”

“아닙니다. 객관화시킬 것입니다. 그 영화는 일본의 이미지는 별로 안 나오고, 네덜란드의 식민 지배와 그에 항거하는 인도네시아 국민이 나옵니다. 독립정신을 심어 줄 수 있습니다.”

“나에게 뭘 원해요.”

"아가씨를 직접 영화에 출연시키고 싶습니다. 물론 다른 여자들도 함께 말입니다."

"나보고 배우가 되라고요? 하하하. 이제는 별거 다 하게 되는군요."

길옆으로 야자수가 우거지고, 촌락 하나를 지나가고 있었다. 그 촌락에는 자바 원주민들이 살고 있었는데, 군용차를 본 여자 일부가 재빨리 숨는 모습이 보였다. 차가 그곳을 지나 한동안 올라가자 서양식으로 건축한 별장이 보였다. 별장은 무척 크고 아름다웠다. 히나쓰는 별장 앞에 차를 멈추고 주위를 둘러보며 영화 봉화의 배경장면으로 사용할 풍경이라고 설명했다.

"여기 산호초의 섬사람들이 최근 이런 노래를 부르고 있습니다. 우잔 다탕 캄핑 라리, 닛뽕 다탕 부란다 라리, 아메리카 다탕 시아바 라리."

"무슨 뜻이에요?"

"비가 오면 산양이 도망간다. 일본이 와서 화란이 도망간다. 아메리카가 오면 누가 도망가나. 하하하."

"그때는 우리가 도망가겠지요."

"우리가 아니라 일본군이겠지요."

히나쓰의 말에 진옥은 움찔하면서 그를 쳐다보았다. 그는 어용 영화를 만들었음에도 한편 민족의식이 있는 것을 느끼게 했다. 히나쓰는 지나온 촌락을 가리키면서 말했다.

"여기는 아름다운 곳이지만 전쟁과 굶주림이 있는 지옥입니다."

"나는 못 느끼겠는데요, 히나쓰 상?"

"나는 여기저기를 다녀 봐서 잘 압니다. 대본영은 이곳 반다 해와 자바 해 지역 일대의 섬에 일백 개의 항공 기지를 건설할 계획을 세우고 진행하고 있습니다. 그러나 연합군의 반격은 의외로 빨라서 지난여름, 카달카랄도에 연합군이 상륙하고 지난겨울에는 동부 뉴기니의 부나가 연합군의 손에 넘어갔습니다. 호주 북부에 연합군의 항공기 일백 대가 있고, 주로 B−24 기종인데, 그곳에서 비행기가 뜨면 플로레스 섬, 암본 제도, 서부 뉴기니가 연합군의 제공권에 들어갑니다. 그래서 일본군은 비행장 건설에 박차를 가했습니다. 미군은 비행장을 일주일 동안 만드는데, 일본은 삼 일만에 만들라고 도쿄 육본상이 지시하는 바람에 이 섬에 억류되어 있는 이십오만 명에 해당하는 포로들이 비행장 건설에 끌려 나가 혹사당합니다. 식량은 부족하고 보급은 원활하게 되지 않아 포로 전부가 영양실조 상태입니다. 쇠약해진 몸에 이질이 걸려 죽어 갑니다. 환자가 영양실조에 걸려 죽음에 임박하면 대나무를 반 쪼개서 그것을 깔아 놓은 침대 위에 눕힙니다. 환자의 몸에서 물이 흘러내리면 그 대나무 틈으로 땅에 떨어집니다. 그 물이 떨어진 곳은 구더기가 우글거립니다. 구린내가 나면서 시체 썩는 냄새가 수용소 전체에 풍깁니다. 하루에 수십 구의 시체가 나옵니다. 그것을 묻지도 못하고 적당히 화장해 버립니다. 산호초 섬이어서 땅을 깊이 팔 수 없어 묻지 못하지요."

진옥은 얼굴을 찌푸리고 듣고 있었다. 그러나 그녀는 그의 말을 끝까지 들으면서 히나쓰의 정체가 무엇일까 하는 생각을 했다. 그는 말해서는 안 되는 잔혹한 현실을 폭로하고 있는 것이었다.

"자바 포로수용소의 육천여 명이 바루코, 아미하이, 지앙, 마우메레의 네 곳 비행장 건설을 맡아서 했는데, 건설이 끝났을 때 생존한 포로가 이천칠백여 명이었습니다. 반 이상이 비행장을 건설하는 과정에서 죽어 갔습니다."

히나쓰는 진옥의 표정을 힐끗 보더니 다시 입을 열었다.

"일본군은 비행장 건설을 위해 기계와 장비들을 갖추어 남방으로 계속 수송했지요. 이를테면 불도저, 견인차, 자동 화차, 콘크리트 믹서, 쇄석기, 삭도기 등의 장비 말입니다. 그것을 갖춘 세 개 중대 육백마흔여덟 명이 한 조가 되어 비행장을 건설하도록 짜여 있었지만, 장비가 일본에서 남태평양을 건너오는 과정 중 그 정보가 새어 나가 거의 모두 미군 잠수정에 폭파되어 바닷속으로 가라앉았습니다. 그러자 기계 대신 포로를 활용하는 인력동원으로 충당한 것입니다. 수송하는 식량마저 폭격을 맞아 바닷속으로 침몰하자, 포로들의 급식은 날로 악화되어 영양실조로 죽어 갔던 것입니다. 채소와 단백질이 부족해 영양실조가 계속되어 포로들은 산호초의 하얀 모래를 제대로 볼 수 없었습니다. 흰 모래사장을 보면 눈물이 쏟아지는 것이었습니다. 그래서 그들은 대나무 껍질을 벗겨서 안경의 테를 만들고 거기에 셀로판을 붙여 색칠을 한 선글라스를 쓰기도 하더군요. 더구나 소금이 부족해 포로들은 쓰러져 갔습니다. 나는 그곳을 다니면서 일본이 승전한다는 내용의 선전 삐라를 만들어 뿌리기도 했지만, 아무도 믿지 않았고, 죽음의 그림자만이 섬 전체를 내리눌렀습니다. 그 포로들을 감시하는 간수 대부분은 조선에서 끌려온 청년들이었습니다. 포로들이 현장에서 죽으면 옆쪽에 구덩이를 파고 묻더군요. 그것도 다른 포로를 시켰습니다. 조선의 청년 감시원들은 총검을 들고 구덩이 파는 것을 멍하니 지켜봅니다.

포로 가운데는 인도네시아 각 섬의 원주민들이 압도적으로 많지만 영국군, 네덜란드군, 미군도 적지않이 포함되어 있습니다. 그 거구의 백인들이 영양실조가 되어 벌래처럼 쓰러져 갔지요. 하루는 어느 포로수용소에서 포로들에게 선전영화를 보여 주려고 사무실에 앉아 있을 때였습니다. 영국군 일천여 명이 노역하고 들어왔는데, 드럼통에 차를 끓여 한 잔씩 주는 시간이었습니다. 포로들을 한 줄로 세우고 차를 마시게 했는데, 포로들은 피곤에 지치고 목이 마른지 한 잔을 얻어 마시고도 다시 뒤에 가서 줄을 서서 기다리는 것이었습니다. 그래서 시간이 지나도 줄이 끊기자 않자 한 명의 감시원이 중간의 줄을 끊었습니다. 그러자 그다음 차례에 있던 포로가 항의했던 것입니다. 감시원이 총검으로 후려치자 포로는 피를 흘렸습니다. 그것으로 끝난 것이 아니고, 그 모습을 지켜본 일본군 병사가 나서더니 그 포로를 트럭에 태워 군법회의에 넘기기 위해 헌병대로 데려간다고 하고 숲으로 갔습니다. 조금 있다가 숲에서 총성이 울렸지요. 그러자 서 있던 영국인 포로들이 일제히 묵도를 하는 것이었습니다.

그 일본군은 돌아와서 사무실에 들어오더니 우리에게 설명하는 것이었습니다. 산으로 데리고 가자 알맞은 야자나무가 있어 그곳에 묶었는데 그 포로가 큰소리를 치며 눈가림이 필요 없다고 했답니다. 다른 감시원에게 총검으로 찌르라고 했는데, 이자가 제대로 못 찔러 단번에 죽지 않았답니다. 그래서 권총으로 쏘아 죽여 주었다고 무용담을 늘어놓듯이 말하는 것이었습니다. 포로의 생사여탈권이 간수나 일본군에게 있었던 것입니다."

"히나쓰 상, 잘 알겠는데 나에게 하고 싶은 말은 무엇입니까? 자바 섬 일대에서 벌어지고 있는 포로들의 비참함을 나에게 들려주는 것이 핵심은 아닐 텐데요?"

"왜 그런 얘기가 나왔는지 모르겠습니다, 사실은 다른 일입니다만."

"무엇이에요? 영화 촬영에 대한 협조예요?"

"그건 아무것도 아닙니다. 나는 사실 아가씨에게 관심이 많습니다."

그가 말하는 관심이 무엇을 의미하는지 몰라 진옥은 잠자코 있었다. 그러나 그대로 지나칠 수 없어 진옥은 물었다.

"관심이 많다니요? 나하고 연애하자는 거예요?"

"원, 천만의 말씀입니다."

"그럼 무슨 관심인가요?"

"남방으로 오면서 여자들을 집단 탈출시키려고 시도하신 일이 있다면서요? 반이 탈출에 성공했다는 말도 들었습니다."

"나에 대한 정보를 자세히 알고 있네요. 그런 것은 어떻게 아셨어요?"

"부대 선전실이라는 곳이 바로 정보 창구이기도 합니다. 알 수 있지요. 특무기관에서는 아가씨를 위험한 조선인으로 보던데요. 하하하."

"위험한 조선인? 하하하. 그래서 날 어떡하겠다는 거예요?"

"고려독립청년당이라고 들어 보셨습니까?"

"처음 듣는데요."

"조선 청년으로 구성된 지하조직입니다."

"헌병대에 노출되면 어떡하려고 그렇게 쉽게 털어놓아요?"

"조선인이라는 확신을 가지고 털어놓습니다. 특별한 배신자가 아닌 이상 조선인으로서 고자질하지는 않습니다. 그리고 또 그런 조직이 있다는 것을 일본군 특무기관에서도 알고 있습니다."

"뭐하는 조직이에요?"

"생존을 위한 지하조직일 뿐입니다."

"독립을 위해서 뭘 할 수 있어요?"

"때를 기다립니다."

"고려독립청년당이라고요? 요점은 나보고 가담하라는 뜻인가요?"

"그렇습니다."

"나 같은 일개 위안부 출신이 그런 조직에 가담해서 무슨 도움이 되겠어요?"

"……."

"정보 수집을 원해요?"

"아닙니다."

"그렇다면 나를 가담시키지 말고 측근에 놔두세요. 내가 가담해 있다가 그 조직이 노출되면 같이 무너져요. 나는 일본군을 미워하지만 스파이 활동을 할 용기가 없어요."

"스파이 활동이 아닙니다."

"거기서 거기지요. 내가 가담을 안 해도 배신하지 않으니 안심해요. 나는 여기 오기 전에 북만주에 있을 때도 중국인 여자 스파이의 신분을 알고 숨겨 주고 탈출시킨 일이 있어요. 일본군은 나의 적이에요."

"고맙습니다, 아가씨. 우리는 아가씨를 믿고 있습니다."

자바에 조선 청년들의 지하조직이 있다는 사실을 알자 진옥은 한

결 마음이 놓였다. 일종의 위안이기도 했다. 그 조직이 무슨 일을 하는지는 알 수 없었다. 눈치를 보니 미군이나 연합군에게 정보를 흘려주는 것도 아닌 듯했다. 생존을 위한 조직이라고 한 것은 조선인끼리 뭉쳐서 결속하는 비밀 조직으로 보였다. 어쨌든 소문난 영화감독 히나쓰가 고려독립청년당의 관계자라는 생각을 하니 뜻밖이었다.

히나쓰는 영화 촬영에 대한 얘기를 몇 마디하고 그곳을 떠났다.

✣

진옥이 위안소로 쓰는 성당으로 돌아왔을 때 여자들이 복도로 나와 덕순의 방 앞에 서 있었다. 여자들은 아기를 들여다보았고, 조그만 생명이 꼼지락거리자 매우 신기해했다. 그러면서 그것은 타인의 일이며, 어쩔 수 없다는 듯한 체념을 했다. 여자 가운데는 더러 아기를 무척 귀여워하는 사람도 있었고, 어떤 여자는 딱하다는 동정의 표정으로 혀를 차기도 했다.

여자들이 아기를 보려고 모여서 웅성거릴 때, 부대 쪽에서 공습을 알리는 사이렌이 울렸다. 사이렌 소리는 멀어서 잘 들리지 않았으나, 중간에 가로막는 산이 없는 평지였기 때문에 알아들을 수는 있었다. 사이렌이 울리는 소리와 거의 동시에 폭탄 터지는 소리와 기총 소사하는 총성, 비행기의 소음이 들렸다. 전투기들은 부대를 중심으로 폭격했다. 부대에 있는 대공포가 터지며 포성은 대지를 뒤흔들었다. 부대의 위안소는 이 킬로미터 떨어져 있었으나, 그 폭탄의 소리는 땅을 울리며 크게 들렸다. 전투기는 십여 대로 보였고, 파상공격을 했다. 원을 그리며 폭격하다가 전투기 한 대가 성당을 발견하고 한 바퀴 돌았다. 공습경보가 울리면 여자들은 각자 방으로 가서 엎드려 있었다. 비행기의 소음과 함께 폭음이 울리자 여자들은 방으로 뛰어들었다. 그동안 여러 차례 공습이 있었으나 성당을 공격한 일은 없었다. 그러나 이번에는 전투기 한 대가 성당을 기웃거리며 두세 바퀴 돌더니, 성당 입구에 있는 일본군을 발견하고 기총소사로 쏘아 대었다.

관리실이 기관총탄을 맞고 부서졌다. 유리창이며 나무로 만든 판자벽에 구멍이 났다. 관리실 안에 웅크리고 있던 두 명의 인도네시아 남자가 밖으로 뛰어나가 나무 밑에 숨었다. 관리실을 공격했던 전투기는 성당을 향해 총을 쏘았다. 그러자 유리창이며 지붕이 깨어졌고, 그 안에 있던 여자들이 놀라며 비명을 질렀다. 덕순의 방에 있던 아기가 요란한 소리에 놀라며 울었다. 기총소사 소리와 함께 아기 울음소리가 성당 안을 울렸다. 진옥은 아기를 안고 흔들면서 다독거렸다. 누워 있던 덕순이 불안한 표정으로 아기를 바라보았다.

성당을 향해 몇 번 기총소사를 하던 비행기는 부대 쪽으로 갔다. 그리고 부대에서 몇 분간 폭음이 들리다가 그쳤다. 비행기들은 폭격을 마치고 그곳을 떠났다. 공습해제를 알리는 사이렌이 토막지듯이 끊겼다 들리곤 했다. 해제 사이렌이 울려도 계속 숨어서 나오지 않던 관리실 요원들이, 밖으로 나와 하늘을 올려다보는 여자들을 보고 나오기 시작했다. 밀림 속에서는 하늘이 가려 보이지 않았기 때문에 비행기가 완전히 떠났는지 알 수 없었고, 사이렌 소리도 작게 들려왔다.

관리실의 남자들이 부서진 관리실 벽이며 유리창을 둘러보았다. 성당의 유리창 일부도 깨어져 있었다. 다행히 부상을 입거나 죽은 사람은 없었다.

어디에 있었는지 숨어 있다가 후쿠다가 나타났다. 그러자 인도네시아 관리인이 그에게 말했다.

"비행기가 교회는 공격하지 않는데, 교회가 아니라고 생각했던 것 같습니다. 어떤 조처를 취해야 할 것 같습니다."

"어떤 조처를 취하자는 것인가?"

"교회 지붕에서 떼어낸 십자가를 다시 달고요."

그 말을 듣던 사람들이 웃음을 터뜨렸다.

"왜 웃나? 하나님의 보호를 받으며 손님을 받는 것이다."

후쿠다가 말했다.

"십자가 옆에 흰색 기를 달아야겠습니다. 여긴 교회니까 총을 쏘지 말라고 말입니다. 아메리카군 놈들은 기독교 신자가 많으니까 그렇게 해 놓으면 여길 공격하지 못할 것입니다."

공습을 받은 후로는 성당 지붕에 십자가와 흰색 기를 걸어 놓았다. 병사들이 그 십자가를 보며 성호를 긋는 장난을 했다.

성당에서는 오전 열 시가 되면서 병사들을 받기 시작했다. 열 시부터 개장이라는 것을 알고 있는 병사들이 꾸역꾸역 모여들었다. 부대 밖으로 나오는 일이었기 때문에 병사들은 중대장의 외출증을 함께 끊어서 나왔다. 위병소를 통과하려면 그것이 필요했던 것이다. 위안소를 방문하는 병사들은 외출시간도 제한되어 있었다. 대부분 두 시간 이내에 귀대해야 했다. 그러나 그들은 두 시간씩 소요되지 않았는데 병사에 따라서는 삼 분 이내에 끝내고 돌아가기도 했다.

트럭을 타고 십여 명의 군속들이 위안소 앞에 와서 멈추었다. 그들은 반둥 지역의 포로수용소 감시원들로서 모두 조선 청년들이었다. 모자와 어깨에 커다란 별 마크가 있었는데, 군복과는 약간 다른 용인 복장이었다. 조선인 군속들은 관동군이 주둔한 중국이나 만주에서는 위안소에 출입시키지 않았다. 그것은 병사들만 받아도 위안부의 수가 모자라기도 했지만, 차별을 둔 이유는 대부분의 위안부들이 조선 여자였기 때문에 같은 민족과 가까이 하는 것을 꺼렸다. 중국에서 조선 학병의 도움을 받아 조선 위안부들이 도망하는 경우가 많았다.

조선말을 하는 청년들을 만나자 위안부들은 모두 기뻐했다. 좀처럼 조선말을 하는 병사를 만나기가 어려운 일이었다. 만주에서 조선인 학병을 만날 경우도 있지만 극히 드문 일이었다. 그런데 십여 명의 조선인 청년들이 뛰어들어서 귀에 익은 고국의 말을 들을 수 있었던 것이었다.

"어떻게 왔어? 붙들려 왔지?"

군속들은 여자에게 묻기도 했다. 일이 끝나면 나가야 했지만 군속들은 그대로 앉아서 이야기했고, 여자들도 붙드는 편이었다.

"속아서 왔어요. 전요, 집이 수원인데요. 방직공장에 보내 준다고 해서 경성열차를 타고요 만주로 갔어요. 그런데 기차 속에서 알았는데요, 그게 아니었어요."

여자는 이제 슬픔이나 분노도 없이 남의 얘기하듯 지껄이는 것이었다. 체념한 상태에서 더 이상 어쩔 수 없다는 투였던 것이다.

"오빠는 어떻게 왔어요?" 하고 묻는 여자도 있었다. 대부분 그녀들보다 나이 든 청년들이었기 때문에 오빠라고 부르기도 했다.

"나는 징용되어 왔지."

"일본군이 되었어요?"

"우리는 병사가 아니야. 우리는 군속이야. 군속이 뭔지 알아?"

"알아요. 군대에서 일하는 노무자예요. 높은 군속은 장교로 대우한다는데요?"

"우리는 졸병보다도 못한 용인이야. 일등병보다 그 아래야. 그래서 우리는 일등병 보고도 경례를 붙여야 해."

"졸병 밑에도 또 있어요?"

"우리 같은 경우지."

여자는 웃었다. 그렇게 이야기꽃을 피우고 나가지 않자 관리실에 있는 후쿠다는 입을 실룩거렸다. 점심 무렵이 되어 병사들이 꾸역꾸역 모여들자 모든 방이 차서 줄을 서야 했다. 그러자 후쿠다는 복도에 대고 소리쳤다.

"군속들은 일을 끝냈으면 나가라. 대관절 얼마나 길게 하는 거야?"

후쿠다가 소리치고는 통로를 서성거렸다. 그의 고함소리에 덕순의 방에서 잠자고 있던 아기가 깨어서 울었다. 위안소 안에 아기의 울음소리가 들리자 안팎에 있던 병사들의 눈이 휘둥그레졌다. 그들은 주위를 두리번거리며 히죽거리고 웃었다. 방 안에서 작업을 하다가 부근에서 아기의 울음소리가 터지자 깜짝 놀라는 사람도 있었다.

방에서 나온 군속 가운데 더러는 울고 있는 아기를 보기 위해 통로를 서성거리며 살폈다. 울음소리가 들리는 방문을 열어젖히고 덕순과 아기를 보았다. 덕순은 아기의 입에 젖을 물리려고 애썼으나 아기는 젖을 먹지 않고 울었다. 들여다보던 군속은 다시 문을 닫았다. 덕순이 부끄러워하며 아기를 숨기려고 했기 때문에 군속은 미안하다고 하면서 문을 닫은 것이었다. 문을 닫은 군속은 깊은 한숨을 내쉬었다. 그의 생각으로는 덕순과 그녀의 아기가 한심스러웠던 것이다.

또다시 공습을 알리는 사이렌이 울렸다. 봄이 되면서 공습은 잦았는데 불규칙한 시간에 전투기가 날아오기도 했지만, 병사들이 식사할 시간에 맞추어 공습하는 경우가 많았다. 식사를 하거나, 휴식하는 그 무렵에는 대부분 긴장을 풀거나, 무기에서 손을 떼고 있었기 때문에 그 기회를 이용하여 급습하는 것이었다. 부대에 레이더 장치가 되어 있었으나 그 기능은 믿을 만한 것이 되지 못했고, 주로 망루에서 관찰하여 사이렌을 울렸다. 그러나 공습경보와 거의 동시에 비행기가 나타났는데, 미군의 P-38 전투기는 엔진을 끄고 소리 없이 다가와서 기총소사를 퍼붓는 것이었다. 갑자기 총성이 들리며 시커먼 물체가 허공을 가로지르는 것이었다. 일본군의 전투기도 사방에 있었으나 그 수에 있어 열세였고, 비행장을 건설하고 있는 중이어서 적절하게 배치시키지 못한 상태였다.

연합군의 비행기는 도토다윈에 삼백 대가 증강되면서 반다 해와 자바 해 상공을 제압하고 있었다. 그리하여 자바 섬의 병력은 제공권을 빼앗긴 상태에서 서둘러 방공호를 만들고 있었다.

P-38 전투기는 폭탄 투하보다도 저공비행을 하면서 기총소사를 퍼붓는 것이 특징이었다. P-38 전투기 세 대가 성당 상공을 기웃거렸다. 위안소 입구에 줄을 서 있던 일본군들이 공습경보를 받고도 피

하지 않고 땅에 엎드렸다. 자기 차례를 다른 병사에게 빼앗기지 않으려고 하는 것이었다. 그러나 전투기가 상공을 날면서 기웃거리자 겁을 먹고 숲 속으로 뛰었다. 성당의 위치도 숲 속이었으나 나무가 없는 공터였기 때문에 상공에서 내려다보였다. 그러나 조금 안쪽으로 들어가면 밀림이어서 어두컴컴했고, 상공에서 사람의 모습은 보이지 않았다. 전투기는 숲 속으로 뛰는 일본병을 향해 기총소사를 퍼부었다. 그들이 비명을 지르며 쓰러졌다. 지붕 위에 십자가가 있었으나, 그것이 위장한 것으로 알았던지, 전투기는 성당을 향해서도 총을 쏘아 대었다.

아침에 깨어진 창문으로 총탄이 날아 들어가 일부 위안부들의 방 벽에 총탄이 박혔다. 여자들은 비명을 지르며 이불을 뒤집어썼다. 병사들과 군속들은 방에서 뛰어나가 가운데 통로에 엎드렸다.

아직 일을 마치지 못한 병사는 총탄이 벽에 박히고 있었으나 그대로 작업을 했다. 여자가 놀라 몸을 빼려고 했으나 사내는 짓누르면서 벗어나지 못하게 했다. 여자는 한 손으로 부치던 부채로 병사의 어깨를 후려쳤다.

"비켜요, 총알이 날아오잖아요."

"잠깐만, 잠깐만."

병사는 몸을 흔들면서 매달렸다.

"비켜요, 공습 끝난 다음 마쳐 드릴게요."

"잠깐만, 잠깐만 기다려."

병사는 여자를 붙들고 늘어지면서 기어이 일을 끝마쳤다. 상공에서는 계속 전투기 소리가 들렸기 때문에 병사는 일을 끝내고도 일어서지 못하고 여자의 몸 위에 그대로 엎드려 있었다. 여자가 사내의 몸을 옆으로 밀치고, 이불을 뒤집어쓰며 벽에 기댔다.

성당 위를 돌면서 기총소사하던 전투기는 오래 머물지 않았다. 전투기들은 사단본부와 부근의 건물에 총탄을 퍼붓기 위해 북쪽으로 날아갔다. 그러나 가까이에서 전투기들이 허공을 돌면서 총탄을 퍼부었기 때문에 전투기가 성당 상공을 떠났어도 병사들은 몸을 움직이지 않았다. 조용하던 성당 안에서 여자가 비명을 질렀다. 창문 가까이 있다가 총탄을 맞고 정신을 잃었던 한 여자가 깨어나며 스스로 놀라 비명을 지른 것이다.

덕순은 아이의 입에다 젖을 물리고 아이의 귀를 두 팔로 감쌌다. 아이를 끌어안고 젖을 먹였기 때문에 아이의 울음소리는 없었다. 비명을 지르던 여자는 팔에 관통상을 입어 고통으로 신음했다. "아야, 아야." 하고 여자는 울부짖었다. 그러나 아무도 그 여자에게 뛰어가지는 않았다. 여자의 비명이 계속되자 통로 가운데 엎드려 있던 군속 한 명이 몸을 일으켜 비명이 들리는 방으로 갔다. 몸집이 깡마른 그 조선 청년은 벗겨진 모자를 한 손에 움켜쥐고 방문을 열고 안을 들여다보았다.

"다쳤어?"

군속은 여자에게 물었다. 여자는 팔의 고통 때문에 대답할 수가 없었다. 그녀의 방은 창문가에 있었고, 창문의 햇빛을 받기 위해 방의 벽 한쪽이 개폐되어 있었다. 성당 창문의 유리가 깨어져 방 안에 널려 있고, 주저앉아 있는 그녀의 주위에 피가 흘러내려 질펀했다. 팔에서는 계속 피가 흘렀는데 여자는 무서움과 고통으로 울부짖기만 했지 지혈할 생각을 하지 않았다. 군속이 뛰어 들어가 그녀의 치맛자락을 찢어 그것으로 팔을 묶어 지혈시켰다. 피가 많이 흘러 옷이 온통 젖어 있었고, 방바닥에도 뿌려져 있었다.

"상처를 묶어야지, 울기만 하면 어떡하니."

여자는 군속의 말이 들리지 않았다. 고통으로 울기만 할 뿐 다른 말을 하지 못했다. 치맛자락으로 동여매자 피가 멈추고, 고통도 약간 덜한지 그제야 그녀는 군속을 쳐다보았다. 여자의 눈에서 눈물이 흘러내려 목을 적시었다.

공습은 끝나고 비행기도 모두 사라졌다. 그렇게 요란하던 소리가 뚝 그치고 조용했다. 병사들이 움직였고, 이불을 뒤집어썼던 여자들이 이불을 걷어붙이고 땀에 젖은 몸을 부채질했다. 성당의 유리창이 깨어졌을 뿐 별다른 피해는 없었다. 다만 지붕에 구멍이 뚫렸으나 그것은 아침의 공습 때도 마찬가지였다. 여자의 방 이층에는 지붕을 하지 않고 성당 천장이 보이도록 했기 때문에 총탄으로 구멍 난 천장을 통해 하늘이 보였다. 여자가 누워서 남자를 받으면 천장의 구멍을 통해서 하늘이 올려다 보이는 것이었다.

밖으로 뛰어나간 병사들 몇 명이 부상을 입었고, 건강윤희(健康潤姬)라는 여자가 오른쪽 팔에 관통상을 입었다. 어깨에서 약간 내려온 곳이었는데, 피를 많이 흘려서인지 그녀는 창백한 얼굴이었다. 군속이 그녀를 부축해서 밖으로 나가려고 할 때 윤희는 정신을 잃었다. 군속은 그녀를 업고 관리실로 갔다. 윤희를 비롯한 부상자들은 트럭에 실려 육군병원으로 향했다.

정오의 공습으로 부상자가 생기자 후쿠다는 방공 대피소를 팔 계획을 세웠다. 그는 부대의 장교들을 움직여 포로를 시켜 참호를 파려고 했다. 다음 날 아침, 성당이 있는 위안소에 삼백여 명의 백인 포로들이 헌병과 군속들의 감시를 받으며 왔다. 그들은 네덜란드군으로 제대로 먹지 못해 깡마르고 초췌했다. 모두 기운이 없어 보였고 핏기 없이 창백했다. 빨래를 하거나, 위안소 안팎을 서성거리는 여자를 보아도 그들은 아무 느낌도 없는 듯 멍하니 바라볼 뿐이었다. 그들은 워낙 굶주리고 있었기 때문에 여자들에게는 별로 신경 쓰지 못했고, 눈에 보이는 것은 먹을 것뿐이었다. 그들은 밀림에서 작업을 하다가도 뱀을 보면 재빨리 잡아먹는 것이었다. 그러한 뱀이 충분히 있는 것도 아니었고 뱀의 껍질을 벗겨 고기를 나누어 먹었지만, 그 양이 만족스러울 수는 없었다. 그래서 뱀의 껍질마저 씹어 먹는 포로가 있었다. 그들의 굶주림은 극에 달했고, 아사자가 늘어나고 있었다.

삼백여 명의 포로들의 손에는 제각기 괭이와 삽이 들려 있었다. 포로들은 들고 있는 괭이나 삽으로 땅을 파기 시작했다. 처음에 팔 때는 푸석푸석했으나 조금 파들어 가면 산호초로 된 땅이어서 딱딱했다. 그럴 때는 괭이로 찍어서 돌같이 단단한 흙덩이를 부수어야 했다.

포로들은 땅을 조금 팠으나 단번에 지쳐서 제대로 괭이질이나 삽질을 하지 못했다. 그러면 군속들이 총검의 개머리판으로 후려치기도 하면서 소리쳤다. 그렇게 하지 않으면 그들 군속을 지휘하는 일본군이나 헌병들로부터 문책을 당하는 것이었다. 그래서 군속들은 헌병의 시선을 느끼며 포로들을 거칠게 다루었다. 여자들은 밖에 나와서 백인 포로들이 땅을 파는 것을 지켜보았다. 방공호라고 하지만 굴을 파는 것이 아니라 참호처럼 깊은 웅덩이를 파는 것이었다. 깊은 참호 속에 들어가면 기총소사나 폭탄을 피할 수는 있었다. 참호 위에 판자를 걸치고 흙을 덮으면 완전한 방공호가 되었다.

포로들의 작업은 느렸지만 삼백여 명의 많은 숫자가 일을 했기 때문에 정오 무렵이 될 때는 키를 넘기는 깊은 호들이 파여졌다. 그러한 작업이 밖에서 진행되고 있을 때도 병사들은 위안소를 찾아와서 여자와 포개졌다. 하복부의 아픔 때문에 소리를 지르는 여자가 있어 밖에서 땅을 파는 백인 포로의 귀에도 들렸다. 그러나 그들은 아무런 느낌이나 변화가 없었다.

방공호를 파던 포로 가운데 다섯 명이 쓰러졌다. 모든 작업장에서 항상 일어나는 일이라는 듯 군속이나 일본군 감시병들은 쓰러진 포로를 옆으로 치우고 작업을 계속 시켰다. 쓰러진 포로는 한쪽에 조용히 누워 있거나 신음을 하다가 죽기도 했다. 조용히 누워 있었기 때문에 죽었는지 살았는지 가까이 가서 들여다보기 전에는 알 수 없었다. 더러는 지쳐서 쓰러지기도 했는데, 처음에는 지친 것인지, 정신을 잃은 것인지 확인하기 위해 감시병이나 군속들이 쓰러진 포로의 몸을 때렸다. 지쳐서 쓰러진 포로는 힘이 들었으나 맞는 것이 괴로워 정신을 차려 일을 했다. 천천히 꼼지락거리다가도 일을 하면 때리지 않았다. 정신을 잃고 쓰러진 포로는 매를 맞아도 일어나지 않았다. 그럴 때는 다리를 잡아끌고 가서 한쪽에 뉘어 놓았다. 그의 몸에서 땀인지 물인지 계속 흘러내렸고, 작업이 계속되는 동안 죽는 것이었다. 죽은 것이 확인되면 조금 떨어진 곳에 구덩이를 파고 묻었다. 그러한 일도 포로가 했다.

점심때가 되자 트럭으로 도시락이 실려져 왔다. 일을 하는 포로에게는 수용소에서 대기하는 포로보다 약간 나은 급식을 해 주었다. 그들의 노동력을 필요로 했기 때문에 최소한의 급식을 해야 했다. 그러나 그 최소한의 급식도 제대로 되지 않을 경우가 많았다. 그것은 부대에서 할당한 급식량을 중간의 장교들이 떼어 내어 파는 경우도 있었고, 애초 부대에서 예정된 급식량이 내려오지 못했다. 보고서에는 예정된 급식량이 명기되었지만, 부대 관계자들이 떼어먹는 것이었다. 그러나 그 짓도 패전이 짙어 가던 1944년 후반부터는 떼어먹을 식량조차 없었고 포로들은 옥수수 죽으로 연명해야 했다.

❖

덕순의 아이는 사달이라는 이름으로 불렸고, 위안소 안에서 컸다. 아무것도 모른 채 누워 있을 때는 무방했으나, 아이가 크면서 무엇인가 느끼기 시작할 때는 난감한 일이었다. 그래서 진옥은 아기를 가까이 있는 원주민 촌락에 맡기는 문제를 상의했다.

"그라문 얼라가 보고 싶어 우야꼬예."

덕순은 잠시 아기와 떨어져 있는 것이 싫어서 반대했다.

"보고 싶은 게 문제가 아니라 아이를 생각해야지. 아이가 이상한 짓을 한다면서? 보는 게 그게 전부니까 그렇지."

"가까운 민가에서 키우지예. 돈 주고 주민한테 봐다라 카고 하루에 한 번 가 보면 되지예?"

"그렇게 해."

덕순은 진옥과 함께 위안소에서 가까운 촌락으로 갔다. 그곳에서 가까운 촌락도 십 리는 떨어져 있었다.

진옥은 덕순과 함께 웅가촌이라는 조그만 마을에 들렀다. 그곳에는 혼혈민족이 집단을 이루어 사는 일백여 호의 집이 있었고, 주로 농사에 의존하고 있었으며, 극히 일부가 마을을 가로지르는 강에서 고기를 잡아 생활했다. 강에서 잡은 물고기를 자카르타 시장으로 가져가서 팔았던 것이다.

진옥은 마을의 촌장을 찾았다. 촌락민들은 일본군을 경계하는 눈초리였으나 별다른 몸짓은 하지 않았다. 촌장은 없었고, 그의 아내로 보이는 중년 여인이 영어와 일본어를 섞어가면서 말했다.

돈을 주면 맡겠다고 하여서 덕순은 촌장의 집에 아기를 맡기기로 결정했다. 인도네시아 여자는 일당으로 일 엔씩 달라고 했다. 하루씩 일당을 달라는 것은 적합하지 않아 월별로 계산해 주겠다고 했다. 그러자 촌장의 아내는 고개를 내저으면서 말했다.

"우리는 하루밖에 못 믿어요. 매일매일 세상이 뒤바뀌어서."

약간 어처구니없는 일이었지만 일당으로 주든 월급으로 주든 관계가 없어서 그렇게 하기로 했다. 진옥은 먼저 얼마간의 돈을 여자에게 건네주었다. 인도네시아 여자는 진옥이 준 돈을 이리저리 살펴보았다.

"너에게는 군표밖에 없지?"

"일본 돈도 있어요."

"군표로도 받을 수 있느냐고 물어볼까?"

진옥이 인도네시아 여자에게 물어보았다. 촌장의 아내는 곰곰이 생각하더니 받을 수 있다고 했다. 부대 인근의 촌락은 부대에 있는 물건을 사고파는 시장이 형성되어 있어서 군표를 사용하고 있었다. 주민들이 받은 군표는 업자의 손으로 환금되어 다시 부대로 가거나 일본 돈이라든지, 인도네시아 돈으로 바뀌었다. 부대 부근에서는 일정한 환율을 유지하면서 서너 가지의 화폐가 사용되는 것이었다. 실제 돈이 돌아다니기는 만주 화폐, 조선 화폐, 일본 화폐, 인도네시아 화폐, 달러(미국 화폐), 파운드(영국 화폐)까지 눈에 띄었지만, 군표 사용이 가장 많았다. 그러나 촌락의 주민들이 인정하는 돈은 군표와 인도네시아 화폐, 그리고 점령 당국의 돈인 일본 화폐뿐이었다. 주민들 가운데 더러는 화폐를 신용하지 않고, 물물교환을 원했다. 바나나를 한 광주리 주고 담배 한 갑을 가져간다든지 하는 교환이었다.

진옥 일행은 웅가촌을 떠나 위안소로 돌아왔다. 위안소에서 점심 식사를 한 후에 덕순과 진옥은 차에다 아이의 소지품과 옷을 실었다. 사달의 퇴소식을 올리자고 여자들이 떠들었다. 여자들은 그녀들이 만든 장난감들을 차 속의 바구니 속에 넣어 주었고, 아이의 목에 꽃을 달아 주기도 했다. 아이의 뺨에 뽀뽀를 하며 이별하는 여자도 있었고, 아이를 안고 한동안 서서 아쉬워하는 여자도 있었다. 아이는 아직 말을 제대로 하지 못했으나 엄마라든지, 아줌마라든지, 이모라는 말을 했다. 여자들은 모두 이모라고 부르도록 했기 때문에 아이는 "이모, 이모." 하면서 방글방글 웃었다. 아이를 차에 태우고 위안소를 떠났다. 관리실에 있는 하사관들은 히죽히죽 웃으며 내다보았고, 위안부들은 위안소 밖으로 나와서 손을 흔들었다. 아이를 태운 차는 먼지를 일으키며 밀림 속으로 사라졌다.

자바는 10월의 건기가 시작되면서 무더웠고, 메말라 갔다. 먼지가 구름처럼 일어나 밀림을 뒤덮었다. 그러나 나뭇잎은 항상 푸르고 윤기가 났으며 하늘은 청명했다. 한낮은 무더웠으나 아침저녁이나 밤은 서늘했다. 전쟁만 없고 먹을 것이 풍부하다면 천국처럼 아름답고 맑은 곳이었다.

차는 곧 웅가촌의 촌장집에 닿았다. 촌장의 집에는 열 살 정도 되어 보이는 사내아이가 있었다. 촌장의 아내는 그 사내아이의 위에 있는 아들은 일본 부대에 병보로 갔다고 설명했다. 병보란 병사의 보충역으로 열여섯 살에서 스물다섯 살의 청년들을 징병했는데, 그것을 말하는 것이었다. 일본군은 군병력이 부족했기 때문에 조선의 젊은이들을 끌어갔듯이, 인도네시아 젊은이들을 병보로 끌어가서 전쟁에 이용했다.

덕순이 아들 사달을 촌장의 집에 놓고 떠나려고 하자 아이가 울었다. 덕순도 발길이 떨어지지 않아 마당에서 서성거렸다. 아이는 낯선 분위기에 겁을 먹으면서 울었다. 촌장의 아내가 아이를 달래려고 했지만 낯설었기 때문에 몸을 밀치며 가지 않으려고 했다.

"아이의 이름은 사달이에요. 처음에는 낯설어 해도 곧 친해질 거예요."

진옥이 일본말로 말했으나 여자는 알아듣지 못했다. 그래서 진옥은 "사달, 사달." 하고 아이를 가리키며 말했다. 그러자 촌장의 아내는 아이 이름이 사달이라는 것을 알고 사달이라고 불렀다. 덕순은 눈물을 글썽이며 아이를 달랬다. 어머니가 자기를 떼어 놓고 가려는 것을 눈치 채자 사달은 덕순의 목을 끌어안고 매달리며 놓지 않았다. 그러자 덕순이 눈물을 흘리며 소리 내어 울었다.

"덕순아, 울면 안 돼. 달리 어떻게 할 방법이 없잖니?"

진옥이 옆에서 말했으나 덕순의 귀에는 들어가지 않았다. 덕순은 흐느껴 울었다.

"매일 와서 보면 되잖니?"

"어무이에, 알았어예."

덕순은 목에 매달려 떨어지지 않으려고 하는 아이를 뿌리치듯이 떼어 놓았다. 촌장의 아내가 아이를 안았다. 아이는 촌장의 아내에게서 벗어나려고 발버둥 쳤다. 발버둥 치다가 아이는 자바 여인의 얼굴을 할퀴었다. 심한 상처는 아니었으나 얼굴에 피가 맺혔다. 여자는 가벼운 비명을 질렀으나 그래도 아이를 놓치지 않았다.

"어머나, 미안해요."

진옥이 대신 사과했다. 진옥이 영어로 미안하다고 하자 여인은 알아듣고 미소를 지으며 괜찮다고 했다. 더 이상 머뭇거리면 아이의 고통만 가중될 것 같아 진옥은 덕순을 끌고 마당을 벗어났다. 담장이 없이 바로 나무가 줄을 지어 서 있는 모퉁이를 돌아 차를 세워 놓은 곳으로 갔다. 덕순은 진옥에게 옷자락이 잡혀 끌려가면서도 뒤를 연신 돌아보았다. 나무에 가려 아이의 모습은 보이지 않고 울음소리만 들렸다. 아이는 "엄마, 이모." 하고 되풀이해서 불러 대었다. 아이는 몹시 놀라 우는 듯했고, 어머니와 이모가 자기를 떼어 놓고 가는 것으로 알고 있는 듯했다. 그래서 아이의 울음은 발악적이고, 찢어지는 듯했다.

손을 놓으면 덕순이 다시 아이에게로 뛰어갈 것 같아 진옥은 그녀의 몸을 잡고 차에 밀어 넣었다. 운전병이 담배를 피우고 앉아 있다가, 담배를 밖으로 던져 버리고 차의 엔진을 걸었다. 차는 파초나무 그늘에 세워져 있었다. 차는 그곳을 떠났다. 차가 멀어지면서 아이의 울음소리도 멀어졌고, 이윽고 들리지 않았다. 뽀얀 먼지를 일으키며 차는 웅가촌을 뒤로 하고 밀림 속을 달렸다.

차에서 몸이 흔들리며 진옥은 착잡한 기분으로 옆에 앉아 있는 덕순의 얼굴을 바라보았다. 덕순은 소리 내어 울지는 않았으나, 두 눈에서는 쉬지 않고 눈물이 흘러내렸다. 그녀의 뺨으로 흘러내린 눈물은 입술을 적시면서 옷에 떨어졌다. 얼굴이 온통 눈물로 젖었으나 닦아 내지 않았다. 진옥이 손수건을 꺼내 덕순의 얼굴을 닦아 주었다. 덕순이 진옥의 품에 쓰러지며 흐느꼈다.

"엄니, 어떡해예."

"울지 마. 울면 어떡하니? 각오한 일이잖아? 완전히 헤어지는 것도 아니고, 떨어져 사는 것뿐이야. 네가 매일 찾아가 보면 되잖니?"

"……."

그렇기는 하지만 덕순은 견디기 어려운 듯 흐느껴 울었다. 그녀들이 탄 차는 곧 위안소에 닿았다. 덕순은 마음을 진정시키고 차에서 내렸다. 오후가 되자 위안소에는 병사들이 찾아오기 시작했다. 관리실에서 후쿠다가 나오더니 덕순에게 말했다.

"고우 상, 너를 찾는 병사들이 많다. 네가 없어 다른 여자에게 갔다."

덕순은 들은 척도 하지 않고 안으로 들어갔다. 다시 공습경보가 울렸다. 이제 공습경보가 내려지면 위안부들과 병사들은 성당 옆에 파놓은 방공호로 피신했다. 방공호는 어두컴컴하기는 했지만 방에서 일을 치르지 못하고 쫓겨 온 그들이 그곳에서 작업을 하는 경우도 있었다. 옆에서 일을 벌여도 여자들은 못 본 척했다. 그러한 일이 매일같이 되풀이되었기 때문에 여자들에게 있어 새로운 것이 아니었다. 다만 불편한 장소에서 작업한다는 생각밖에 없었다.

저녁 무렵에 상병 한 명이 덕순의 방에 들어오더니 항상 있던 아이가 없자 두리번거리며 물었다.

"내 아이 어디 갔니?"

"누가 당신 아들이라고 했어요?"

덕순은 서툰 일본말로 반박했다.

"난 내 아들이라고 생각한다. 어디 갔니?"

"원주민 촌에 보냈어요."

"보모를 두었니?"

"그런 셈이지요."

"돈 많이 벌어야겠구나. 내가 자주 찾아올게. 그래야 내 아들 벌어먹이지."

"웃기시네. 웃기지 말고 빨리해요."

"뒷사람이 줄 서서 기다리는 것도 아닌데 뭘 서두르니? 너희들은 서두르는 것이 습관이 됐어."

상병은 혁대를 풀어 내렸다.

저녁때가 되어 또 한 차례의 공습이 있었다. 그러나 비행기는 이제 성당의 위안소는 공격하지 않았다. 그곳에 여자 위안부들이 있다는 정보가 입수되었는지 어느 시기 이후부터는 일본군의 모습이 보여도 전혀 총을 쏘지 않았다. 그러나 공습이 있으면 여자들은 방공호 속으로 숨었다.

저녁 식사를 마치고 덕순은 밀림 속을 서성거리며 아이를 생각했다. 저녁을 먹었을까. 제대로 밥을 먹었는지, 울면서 먹지 않았을 것으로 생각하자 그녀는 가슴이 아팠다. 달려가서 아이를 만나고 싶었지만 아이가 더욱 고통스러워할 것 같아서 참았다.

날이 바뀌자 덕순은 먹을 것을 사들고 웅가촌으로 향했다. 하루에 한 번씩 만나기로 약속이 되었고, 위안소 관리실에서도 인정했기 때문에 덕순은 아침 식사를 마치자 나섰던 것이다. 위안부들은 그 시간이면 빨래를 하거나 잠을 자거나 더러는 모여 앉아 화투를 했다. 덕순은 빠른 걸음으로 밀림 속을 걸었다. 울창한 나무숲 사이를 지날 때는 하늘을 가려 어둠침침할 정도였다. 찻길이 뚫려 있어 가는 데는 불편하지 않았다. 웅가촌까지는 십 리 길이었지만, 덕순의 생각으로는 무척 멀어 보였다.

덕순은 반 시간 정도 지나서 웅가촌을 볼 수 있었다. 촌락에는 사람들이 웅성거리며 모여 있었는데, 냇가에 운집해 있었다. 강에 빠져 죽은 시체를 건져 낸 것이었다. 덕순은 가슴이 철렁했다. 사달의 일이 걱정되었으나 촌장의 집은 강에서 떨어져 있었기 때문에 그렇게 염려할 일은 아니었다. 덕순이 촌장의 집으로 들어가자 사내아이가 보고 집안을 향해 소리쳤다. 촌장과 그의 아내가 밖으로 나왔다. 아이의 모습이 보이지 않자 덕순은 또다시 가슴이 철렁했다.

그러자 촌장의 아내가 아이가 잔다는 시늉을 해 보였다. 밤늦게까지 어머니를 찾으며 보채다가 늦게 잠이 들어 아직까지 일어나지 않았다는 내용의 손짓을 했다. 덕순은 아이가 잠자는 방을 들여다보았다. 사달의 얼굴에 눈물이 말라 있는 자국이 보였다. 덕순은 먹을 것을 아이 옆에 놓고, 잠자는 아이를 한동안 들여다보았다. 아이를 깨우면 다시 소란해질 것이고 아이가 괴로워할 것 같아 덕순은 조용히 앉아 있었다. 반 시간 동안 앉아서 아이의 얼굴을 들여다보다가 자리에서 일어섰다. 덕순은 웅가촌을 떠나면서 다리가 떨리는 것을 느꼈지만 갈팡질팡해서는 안 된다는 결심을 하며 힘껏 걸었다. 그리고 울지 않으려고 입술을 깨물었다. 처음 아이를 떼어 놓을 때처럼 격한 감정은 없었으나 웅가촌에서 멀어지면서 그녀의 가슴은 슬픔으로 메어졌다.

다음 날은 덕순이 진옥과 함께 웅가촌을 방문했다. 그때는 아이가 깨어 있어서 어머니를 알아보고 반가워했다. 아이를 놓고 떠날 때 아이가 다시 울면서 매달렸다. 그러나 처음과는 달라진 것을 알 수 있고, 사흘이 지났을 뿐인데도 아이는 놀랍도록 새로운 환경에 적응하고 있었다.

며칠이 지나면서 아이는 어머니를 따라나서려고 하지 않았고, 웅가촌에서 사는 것을 당연하게 받아들이기 시작했다. 어머니는 하루에 한 번씩 다녀가는 사람으로 인식하기 시작했다. 아이는 촌장의 아내와 그 아들과 친해졌고, 한 달이 지나면서부터는 덕순이 찾아가도 계속 촌장의 아내 품에서 떨어지지 않았다. 그러한 아들의 태도에 덕순은 눈물이 글썽해졌다. 아이가 잘 적응하고 있는 것은 다행이라고 생각하면서도 덕순은 서러워서 슬픔을 감추지 못했다.

그해 봄이 되면서 연합군의 세력은 반다 해 일대를 장악하면서 포로수용소가 밀집해 있는 몰러카즈 제도를 위협했다. 플러레스 숨바의 비행장도 파괴되고, 일본군은 패배의 연속이었다. 진옥은 히야스를 통해서 이시가와 소장이 암본 전투에서 폭격을 맞아 죽었다는 사실을 알게 되었다.

성당 위안소를 관리하는 후쿠다는 전세가 나빠지자 여자들을 다른 업자에게 팔고 자신은 일본으로 건너갔다. 후쿠다로부터 여자들을 사들인 업자 마사이찌는 제84사단의 장교들과 결탁하여 여자들을 암본 사령부 산하로 옮길 준비를 하고 있었다.

그들이 비밀리에 여자들을 수송할 준비를 하고 있을 때 관리실의 인도네시아 남자가 진옥에게 와서 가만히 속삭였다.

"고우 도꾸준이 죽었소."

"누가 죽었다고요?"

고우 도꾸준은 덕순의 일본 이름이었다. 그녀가 방에 있을 것으로 알았는데 죽었다고 말하는 것이 이해되지 않았다.

"가 보면 알 것입니다. 지금 연락이 왔는데요."

"어디서 죽었다는 것이지요?"

"웅가촌의 강가에서 시체를 건져 내 놓았습니다."

"강물에 빠져 죽었단 말이에요?"

"그렇습니다."

"무슨 말인지 모르겠군. 왜 빠져 죽었지?"

"자살로 보입니다."

"아이는 어떡하고?"

"아이가 먼저 빠져 죽었습니다."

"어머나……."

"아이가 놀다가 익사했는데, 그 소식을 듣고 뛰어간 고우상이 뒤이어 빠져 죽은 것입니다."

진옥은 말없이 서서 하늘을 바라보았다. 하늘은 맑고 높았다. 가슴이 메여 그녀의 입에서는 아무 말도 나오지 않았다. 덕순의 죽음은 아들을 잃었다는 슬픔도 컸겠으나 처해진 운명에 대한 좌절도 컸으리라는 생각이 들었다.

진옥은 금순과 춘자를 데리고 웅가촌으로 갔다. 웅가촌을 가로지르는 하천은 폭이 좁았으나 수심이 깊었다. 촌락의 사람들이 웅성거리며 서 있었다. 사람들이 몰려서 있는 가운데 거적으로 두 명의 시체를 덮어 놓은 것이 보였다. 웅가촌의 촌장과 그의 아내는 진옥이 나타나자 매우 민망한 표정을 지었다. 촌장의 아내는 울고 있었다.

진옥은 덮은 거적을 들치고 죽어 있는 두 구의 시체를 들여다보았다. 그녀는 눈물조차 나오지 않았다. 아들과 어머니는 얼굴이 부어 있기는 했으나 평온한 표정이었다. 오히려 행복한 표정으로 눈을 감고 있었다. 진옥은 거적을 덮고 몸을 일으키고는 촌장을 비롯한 주민들에게 말했다.

"이 모자를 여기 웅가촌의 강가에 묻어 주세요, 내가 돈을 줄 테니."

촌장은 진옥이 내미는 돈을 받지 않았다. 그는 묻어 주겠다고 약속을 했다. 촌장은 웅가촌의 장년 몇 사람을 시켜 무덤을 파도록 했다.

모자의 시체는 관도 없이 거적으로 싸여서 흙 속에 묻혔다. 아이와 덕순의 몸 위에 흙이 덮이는 것을 지켜보며 따라간 금순과 춘자는 울었다. 진옥의 두 눈에서도 소리 없이 눈물이 흘러내렸다.

제19장

자바 제16군 사령부 산하의 일 개 여단이 암본의 이랑에서 미군 폭격기로 산산조각 났다. 항구에서 퇴각을 준비하고 있는 파견군은 비가 계속 내리는 가운데 포로를 시켜 모든 화물을 운반했다. 포로들은 하나같이 지쳐 있고 짐을 내리면서도 여기저기서 쓰러졌다. 리앙에는 비행장을 건설하기 위해 포로와 군속들, 그리고 일본병들이 운집해 있었다. 리앙에 내려 짐을 옮기고 있을 때 빗속을 뚫고 나타난 미군 전투기들이 집중 폭격했다.

많은 피해를 내고 부대는 분산되어 부루 섬과 세람 섬으로 나누어졌는데, 암본이 본부가 되면서 위안부들은 그대로 남았다. 춘자와 금순도 열 명의 위안부 속에 포함되어 파견군을 따라왔다. 리앙에는 부대가 머물 숙소가 마련되어 있지 않았고 민가도 없었기 때문에 여자들이 기거할 방은 없다.

부대는 야자나무 잎과 대나무로 짜서 숙소를 만들거나 천막을 쳐서 임시 막사로 사용했다. 부대가 진지를 구축한 지역에는 산호초 땅이어서 물이 나오지 않았다. 우물을 팔 수 없었기 때문에 취사를 하려면 십 리 떨어진 냇가로 가야 했다. 대나무 통을 연결하여 산에서 물을 끌어내는 간이 수로시설을 만들기도 했지만, 물이 자주 막히고 연결이 빠지거나 햇볕에 대나무가 쪼개져 자주 파손되었다. 그래서 수리반을 만들어 그것만을 고치는 병사를 두기도 했다. 해안지역에 참호를 파서 진지를 구축했는데, 여자들의 숙소가 따로 있는 것이 아니고, 진지 옆에 대나무와 야자 잎으로 방을 만들어 사용했다. 그래서 비가 오면 야자 잎 사이로 물이 떨어져 내렸고, 누워서는 잎사귀 사이로 하늘이 보였다. 여자들은 밤하늘에 보이는 남십자성을 바라보면서 병사를 받았다.

폭격이 없는 날은 그곳에서 지낼 수 있었으나, 미군기의 공습이 있는 날은 여자들도 참호 속에서 병사들과 함께 지내는 경우가 잦아졌다. 참호에서 돈을 주고받으며 성행위를 했고, 담배 한 갑으로도 한 번 행위를 할 수 있었다. 참호에서 지내는 날이 많아지자 여자들이 입고 있는 치마가 더러워지고 거추장스럽게 되어 그녀들도 군복으로 갈아입게 되었다. 그리고 하사관이나 장교들이 그들의 옷을 빨게 했다. 여자들은 빨래뿐만이 아니라 부상병을 치료하는 일도 했다. 위생병이 있었지만 그들의 손길이 턱없이 모자라서 여자들이 거들게 되었던 것이다.

시간이 지나면서 위안부들의 모습이 변해 갔다. 참호에서 성행위를 할 경우 제대로 샤쿠를 끼지 않아서 성병이 전파되었다. 파견대에 따라간 군의 소위 한 명이 여자들의 음부를 조사하자 거의 모두가 임질에 감염된 것을 알고 계속 약을 먹도록 했다. 그리고 치유될 때까지 작업을 하지 못하게 했지만, 금지 조치를 지키지 않고 병사의 강요에 못 이겨 계속 남자를 받았다. 고무 샤쿠는 숫자가 모자라고, 보급품이 폭격으로 파괴될 때 함께 없어져서 여자들은 샤쿠를 여러 번 빨아서 사용했다. 여러 번 빨면 구멍이 났는데, 구멍이 미세했기 때문에 보이지 않아 그대로 사용했다. 구멍이 났다는 것을 알지만 위생병들의 눈을 속이려고 그대로 구멍 난 샤쿠를 사용하는 여자도 있었다.

오전 중에는 대나무와 야자나무 잎으로 만든 위안소에서 여자들이 쉬었다. 그녀들은 더위 때문에 몸이 많이 노출되도록 벗고 앉아 부채질을 하면서 화투를 했다. 육 개월 동안 파견되었다가 돌아간다는 약속을 받고 지원했지만 금순과 춘자는 암본의 생활이 자바와는 비교가 되지 않을 만큼 악조건이어서 무척 후회하고 있었다.

"얘, 진옥이 말을 듣고 오지 말 걸 그랬어."

금순이 화투장을 펼치며 춘자에게 말했다. 세 명의 여자가 둘러앉아 화투를 하고 있었다. 금순의 입에는 담배가 물려 있었다.

"우리가 안 오면 다른 여자가 와야 되잖아. 어차피 누군가 끌려올 텐데. 우리가 좋은 일 했지, 뭐."

춘자의 말에 옆에 앉아 있던 행순이 말을 받았다.

"왜놈 말하듯 하네. 왜병들은 모두 그러더라. 자가가 안 오면 누군가 와야 하는데, 자기가 조국을 위해 왔노라고."

"망할 자식들. 그러면서 군대 와서 하는 짓이 노략질과 계집질이야."

"이 섬에서 못 돌아가는 거 아니니?"

"어디는 돌아갈 데가 있니? 자바도 마찬가지지, 뭐."

그녀들은 자포자기한 상태에서 부담 없이 지껄여 대었다.

"지금 몇 시니?"

행순이 춘자에게 물었다.

"너 야마구찌 소위가 준 약 먹고 있니?"

"먹으면 뭘 해. 지금 열한 시야."

"아직 두 시간 남았네."

한 시부터 병사를 받도록 되어 있어서 그것을 말하는 것이었다. 군의 소위가 약을 주었으나 별로 효과가 없다는 춘자의 말은 고무 샤쿠가 없어 또다시 성병에 감염될 수밖에 없다는 것이다. 여자의 수가 절대적으로 부족했기 때문에 임질에 걸렸다고 해도 쉴 수 없었다. 위생병 후쿠다 병장이 여자들의 위생과 모든 것을 맡아서 일하고 있었다. 후쿠다 병장은 고무 샤쿠를 다른 부대 의무대에 연락하여 얻으려고 애쓰지만 부족한 것은 그쪽도 마찬가지였다.

하루는 헌병대에서 트럭 하나에 원주민 여자들을 싣고 왔다. 원주민 여자들은 몸을 제대로 씻지 않는지 피부가 더럽고 지저분했으며, 피부의 상처에 고름이 있어 병사들이 가까이 하기를 싫어했다. 그래도 여자가 부족했기 때문에 헌병대에서 십여 명을 납치해 온 것이다. 여자들은 무서움으로 눈을 크게 뜨고 떨고 있었다. 그러나 먹을 것을 주고, 돈을 보여 주자 단번에 누그러들었다.

"야마구찌 소위."

헌병대를 인솔해서 여자를 납치해 온 히라가와〔白川〕 중위가 말했다.

"원주민 열다섯 마리야. 조사해 봐."

"뭘 조사합니까?"

야마구찌는 시침을 떼고 반문했다. 히라가와 헌병 중위는 도수 높은 안경을 쓰고 있었다. 그는 안경 속에서 눈살을 찌푸리며 뱉었다.

"뭘 조사하긴 뭘 조사해. 구멍 청소를 해 보라니까."

야마구찌 소위는 위안소 옆에 임시로 설치해 놓은 막사 의무실로 여자들을 데리고 들어갔다. 막사 한쪽이 개폐되어 있기 때문에 안이 들여다보였다. 간이침대를 가리키며 여자에게 옷을 벗으라고 했다. 여자들은 일본군이 윽박지르자 두려움 속에서 입고 있는 옷을 벗었다. 열다섯 명이 옷을 모두 벗고 줄을 지어 섰다. 위안소의 방에서 조선 위안부들이 내다보며 키득거리고 웃었다.

간이침대 앞에 가운을 입은 야마구찌 소위가 앉아서 여자를 한 명씩 세워 놓고 살펴보았다. 수술대에 눕도록 하고 몸에 있는 상처에 약을 발라 주었다. 그리고 음부에 면봉을 넣어 점액을 찍어 내어 현미경으로 들여다보았다.

"임질보다도 잡균이 많다. 불결해서 생긴 것이다."

야마구찌 소위는 원주민 여자들을 살펴보고 병명을 적은 다음, 그녀들의 이름을 지어 주고 주지시켰다.

"넌 앞으로 하루히메〔春姫〕다. 알았느냐, 하루히메?"

제대로 알아듣지 못했지만, 소위는 그렇게 결정했다. 그리고 위생병에게 먹물을 가져오도록 해서 젖무덤 아래에 춘희라고 써넣었다.

"하하하. 좋은 이름이다."

다른 원주민의 여자 검사를 마치고 소위가 하루코(春子)라고 이름을 지어 주자 옆에 서 있던 위생병이 말했다.

"소위님, 하루코라는 이름은 있습니다. 저기 화투를 하고 있는 조선인 위안부입니다."

"뭐? 있어? 그렇지. 저기 입이 큰 여자가 하루코지. 그럼 너는 하루코가 아니고 하나코(花子)다."

"하나코라는 이름도 있습니다. 자바 본대에 남아 있습니다."

"자바하곤 관계없어. 그래, 너는 하나코라고 하자."

소위는 그 여자의 젖무덤 아래에 화자라고 써넣었다.

"내가 작명가로 나갔으면 출세했겠지?"

야마구찌 소위는 히죽거리며 위생병들에게 말했다.

"성은 필요 없이 이름뿐입니까, 소위님?"

한 명의 위생병이 물었다.

"성이 무슨 필요냐? 어차피 다른 여자들도 그렇잖은가. 성은 모두 건강(健康)이다. 건강하루히메(健康春姬)면 된다."

여자들이 위생검사를 받고 있는 동안 위생병 일부는 기존의 위안소 옆에 열 채의 간이 위안소를 만들었다. 대나무와 야자 잎으로 엮어서 만들었다. 처음에는 야자 잎이 무성해서 비를 막을 수 있었으나 나중에 잎이 마르면 비가 샜다. 그렇게 되면 여자들은 병사들에게 부탁하여 야자 잎을 따오게 해서 다시 지붕에 얹었다. 원주민 위안부들은 조선 위안부들보다 화대를 싸게 해서 삼 엔으로 했다. 오 엔의 조선 여자보다 지저분했기 때문에 취한 조처이기도 했고, 조선 위안부들의 자존심을 신경 써서 취한 일이기도 했다. 희귀한 백인 위안부를 제외한 원주민 여자에 대해서는 일본이나 조선 여자보다 싸게 책정하는 것이 하나의 전례로 되어 있었다.

원주민 여자들은 모두 경험이 있었지만 일본 군인을 받지 않으려고 저항하기도 했다. 돈을 보여 주어도 그것이 화폐 가치로 인식되지 않았고, 군표는 더욱 믿지 않았다. 그래서 빵이라든지 담배와 같은 물건으로 화대를 대신했다. 그러나 그것은 처음 며칠간이었고, 그다음부터는 강요에 의한 윤간이라고 해야 옳을 만큼 일방적인 것이었고, 군표를 받지 않을 수 없었다. 패전의 분위기가 고조되고 있는 판국에 군표는 아무짝에도 쓸 수 없었으나 위안부들은 군표를 받는 것도 타성에 젖어 있었다.

네덜란드 관리의 딸로 보이는 열여섯 살의 백인 여자 한 명이 헌병대의 손에 끌려왔다. 히라가와 헌병 중위는 어깨를 추썩거리더니 야마구찌 의무 소위에게 말했다.

"이 여자는 장교들의 부탁을 받고 특별히 데려왔다. 장교용이니까 검사해서 배치해."

"어디서 데려왔습니까?"

"부녀자 포로수용소에서 한 마리 빼 온 것이지. 장교들이 왜 사관용 위안부가 없느냐고 성화여서 말이야."

백인 여자는 금발의 미녀로서 여러 번 윤간당하기는 했으나 처녀의 고운 자태를 그대로 지니고 있었다. 그녀는 막사 안으로 끌려들어와서 주위 사람들의 눈치를 살폈다.

"벗어라. 검사를 해야 한다."

일본말을 알아듣지는 못했으나 여자는 옷을 벗으라는 말로 알아듣고 옷을 벗었다. 하얀 피부가 눈부시게 보였다. 가까이에서 피부를 들여다보면 살결이 매끄럽지 못하고 거칠했고, 팔에는 잔털이 많았으나, 조금 떨어진 곳에서 보면 눈으로 빚어 놓은 사람처럼 희고 아름다웠다.

네덜란드 여자는 발가벗은 채 엉거주춤 서 있었다. 야마구찌 소위는 스물다섯 살 전후로 젊었으나 그러한 일에는 숙달되어 있었다. 여자의 몸을 손가락으로 쿡쿡 찌르며 돌아보라고 했다. 여자는 몸을 돌렸다. 소위는 여자의 엉덩이를 쓰다듬어 보더니 다시 몸을 돌리라고 했다. 여자는 몸을 돌렸다.

"좋군, 몸매가 좋아. 무엇보다 젖통이 커. 일본 여자나 조선 여자는 젖통이 보잘것없는데, 백인 년은 젖통이 큰 것이 좋아. 엉덩이도 대문짝만해서 밑에서 받치는 데는 손색이 없다."

육체를 감상하는 것은 위생검사와 관련이 없지만, 소위는 두루두루 살펴보았다. 빨간 젖꼭지를 손가락으로 집어 보기도 하면서 들여다보았다.

"처녀가 아니냐? 젖꼭지는 어떤 놈한테 깨물렸지?"

젖꼭지를 들여다보던 소위가 과장되게 분노하며 여자에게 물었다. 여자는 무슨 말인지 알아듣지 못하고 몸을 떨었다. 지켜보던 위생병들이 재미있어 키득거리고 웃었다.

"뭐, 떨 건 없다. 수술대 위에 누워라."

소위가 수술대 위에 누우라는 손짓을 하자 여자는 위로 올라가 발랑 눕더니 가랑이마저 벌렸다. 그렇게 순종하면 죽이지 않을 것으로 생각하는 태도였다.

"오, 그래. 착하군."

소위는 면봉을 여자의 음부에 넣어 찍어 냈다. 그리고 현미경을 통해 들여다보았다.

"음, 깨끗하군."

소위는 고무장갑을 끼고 손가락을 백인 여자의 질 속에 넣어 만져 보았다. 손가락을 이리저리 휘저었다. 백인 여자는 눈을 껌벅이며 잠자코 있었다. 야마구찌 소위는 여자의 질을 만져 보고 나서 손가락을 빼더니 위생병들에게 말했다.

"이상이 없는 우량품이다. 마지막으로 성애의 실험 점검을 해 보려고 하니까 너희들은 잠시 자리를 비워야겠다."

네 명의 위생병이 그 말을 듣자 웃음을 터뜨리고 밖으로 나갔다. 그들이 나가자 밖으로 향한 곳에 칸막이를 쳐서 여자를 가렸다. 그리고 야마구찌 소위는 자신의 혁대를 풀고 바지를 벗었다. 훈도시를 풀고 수술대 위로 올라가려다가 웃옷도 마저 벗고, 자신도 발가벗은 몸으로 여자의 위로 올라갔다. 여자가 눈을 껌벅이며 보다가 가랑이를 벌렸다. 여자의 몸은 가늘게 떨고 있었다. 여자는 잠자코 있었는데, 소위가 발기한 성기를 삽입시켰다. 여자는 아무런 감각을 느끼지 못하는지, 아니면 공포감 때문에 경직되어 있는지 잠자코 있었다.

"이년아, 그대로 있지 말고 너의 그 큰 엉덩이로 요동을 쳐봐라."

그러나 일본말을 알아듣지 못하는 여자는 잠자코 있었다. 다만 재빨리 가랑이를 벌려 주었을 뿐이었다. 소위는 배설하고 내려와서 실망하는 표정으로 백인 여자를 흘겨보며 지껄였다.

"너의 성감은 죽었구나. 없는 것인지 무서워서 나타나지 않는 것인지 알 수 없다. 무서워할 것은 없다."

소위는 옷을 입고 칸막이를 걷어 낸 다음 여자에게 옷을 입으라고 했다. 위생병들은 밖의 야자수 그늘에 앉아 부채질을 하며 잡담을 늘어놓고 있었다. 소위가 밖으로 나오자 위생병 한 명이 말했다.

"우리도 백인 년 맛을 보면 안 될까요?"

"너희들 말이냐? 그래, 좋아. 알아서 해라."

소위가 말하고 저편으로 갔다. 위생병 네 명은 펄쩍 뛰면서 환호성을 질렀다. 그들은 심지를 뽑아서 순번을 정했다. 나이가 가장 많은 모리모도 병장이 선두에 뽑혔다. 그는 헛기침을 하면서 막사 안으로 들어갔다. 옷을 입은 여자가 엉거주춤 서 있다가 모리모도 병장이 들어오자 움찔했다.

"다시 옷을 벗고 수술대 위에 올라가 자빠져라."

모리모도 병장의 일본말을 전혀 모르지만 그의 몸짓을 알아차리고 여자는 옷을 벗고 수술대 위에 올라가서 누웠다. 눕더니 가랑이를 벌렸다. 모리모도는 히죽거리며 바라보다가 자신의 군복을 벗기 전에 여자의 몸을 구석구석 만졌다. 손장난을 하면서 여자를 쓰다듬었다. 여자에게 이상한 짓을 강요시켰고, 여자는 시키는 대로 했다. 시간을 오래 끌자 밖에 있던 위생병들이 투덜대며 안을 향해 소리쳤다.

막사 안에서 여자의 비명이 터졌다. 쾌락의 신음이 아니라 몸에 고통을 가해서 터져 나오는 비명이었다. 모리모도 병장은 자신이 흥분을 하면 여자의 몸을 물어뜯는 습관이 있었다. 그래서 위안부들도 그와 한 번 자면 다음부터는 받지 않으려고 했다. 심하게 물어뜯어 젖꼭지가 찢어지거나 어깨가 깨물려 피가 나기도 했는데, 한 번 겪었던 여자는 전표를 도로 돌려주며 가라고 했다. 그래서 그는 처음 상대하는 여자만을 택했다. 백인 여자를 물어뜯자 여자는 비명을 질렀고, 막사 안에서 비명이 터지자 이제 모리모도의 작업이 끝나고 있는 것으로 알고 다른 위생병들이 싱글싱글 웃었다. 모리모도 다음 차례였던 상병이 미리 혁대를 풀고 준비하고 있었다.

모리모도 병장이 바지춤을 올리며 밖으로 나왔다. 다음 순번으로 기다리고 있던 상병이 안으로 들어갔다. 여자는 누워서 울고 있었다. 두 개의 젖꼭지에서 피가 흘러 그녀의 하얀 허리께로 흘러내렸다. 젖꼭지는 물어뜯은 것같이 파열되어 있어서 상병은 소독약을 가지고 와서 발랐다. 여자는 고통으로 몸을 틀며 비명을 질렀다. 비명을 지르며 몸을 트는 것을 보자 상병은 충동을 느끼고 재빨리 수술대 위로 올라갔다.

네 명의 위생병을 받아 내자 여자는 기운을 잃고 축 늘어졌다.

네덜란드 여자의 방은 다른 위안부의 방보다 넓었다. 장교용이기 때문에 조금 더 넓고 크게 꾸몄을 뿐, 대나무와 야자 잎으로 만든 방이라는 점에서는 마찬가지였다.

위안부의 수가 늘어나자 병사들은 줄을 서지 않고 이용할 수 있었다. 한꺼번에 많은 병사가 몰려오는 단체손님일 경우에는 줄을 서지 않을 수 없었으나 대부분 밀리지 않고 이용했다. 다만 단골로

서 특정한 여자만을 찾을 때는 앞의 병사가 일을 끝내기를 기다리며 서 있어야 했다. 네덜란드 여자의 소문은 다른 부대에도 퍼져서 이웃 진영에서 원정 오는 장교가 있었다. 파견대의 위안소는 새로운 활기를 띠었으나, 연합군의 공격은 더욱 치열해지고 미 해병대가 암본의 리앙에 상륙할 것이라는 소문이 퍼지는 불안한 상태가 계속되었다.

미군 전투기의 폭격은 더욱 잦아졌고, 폭격이 심해서 자바로부터 보급이 제대로 되지 못해 병사들이며 여자들은 불편을 겪기 시작했다. 식량마저 부족해서 급식의 양이 줄어들었다. 동시에 제대로 먹지 못하자 위안소를 찾는 병사들의 수도 급격히 줄어들었다.

암본에는 포로들이 비행장을 건설하고, 포로수용소가 밀집되어 많은 숫자가 억류되어 있었기 때문에 연합군은 암본을 공격 목표로 삼고 기회를 엿보고 있었다. 제16군 사령부에서는 사수할 것을 암본 경비대에 명령했다. 경비대 전원이 옥쇄(단체자결)하는 경우가 발생할 가능성도 있었다. 암본의 사수 명령은 철회되지 않았고, 철회되었다고 해도 반다 해가 미군 잠수함의 장악 속에 놓이고, 폭격이 심했기 때문에 병력을 수송할 길도 없었다.

미 해병의 상륙 소문과 더불어 공중으로 살포되는 선전 삐라가 경비대의 참호며 위안소의 지붕 위에 떨어져 내렸다. 선전 삐라는 일본말로 되어 있었는데, 더러는 조선 학병이나 징용되어 온 군속들을 위해서 조선어로 된 것도 있었다. 헌병들은 돌아다니면서 그것을 거둬들였지만 수없이 떨어지는 삐라를 모두 회수할 수는 없었다. 일본군은 전세가 악화되어 패망으로 치닫고 있으며, 남방의 섬이 연합군에 의해 하나하나 수복되고 있다는 내용과 고향으로 돌아가는 길은 투항하는 길뿐이라는 내용이었다.

✣

호주의 육군과 미 해병이 암본에 상륙하자, 제84사단 산하의 파견대는 리앙의 해변에서 산속으로 들어갔다. 사수하라는 명령이었으나 진지가 불리한 위치였기 때문에 산을 중심으로 저항할 작전을 폈다. 그러나 두 개 대대 병력에 불과한 일천여 명 정도의 병력으로는 이만여 명의 연합군을 당할 수는 없는 일이었다. 결국은 버틸 만큼 버티다가 죽는 길을 택하려는 것이었다.

부대가 산속으로 옮기면서 영국인 포로 구백여 명이 함께 들어갔다. 그들을 인질처럼 붙들고 있어서 연합군들은 심한 공격을 하지 못하고 포진만 하고 주춤했다. 암본은 그렇게 넓은 지역이 아니었기 때문에 포위하고 집중 공격을 하면 전멸시킬 수도 있었다. 일본군이 영국인 포로를 데리고 들어간 것은 연합군의 집중 공격을 피하기 위해서였다. 그러나 포위망은 풀리지 않고 봉쇄되어 있었기 때문에 식량 보급이 되지 않은 일본군 부대는 심각한 양상을 띠어 갔다. 대치된 상태로 시간을 끌지 말고 결전을 벌여 판가름하자는 참모들의 의견이 나왔다. 격전을 벌일 때 영국군 포로가 거추장스러웠기 때문에 그들을 모두 죽이자는 의견도 있었다. 산속에는 동굴이 많았는데, 포로들을 동굴에 나누어 들어가게 하고 폭약을 터뜨려 생매장하는 방법을 연구했다.

비가 내리고 있는 새벽에 막사에서 잠자고 있는 포로들을 세 팀으로 나누어 가까이 있는 벼랑의 동굴 속으로 데리고 갔다. 연합군의 포격이 있어서 포로들의 희생을 막기 위해 피신시킨다는 이유로 데리고 갔다. 일본군을 의심했지만, 총검을 겨누면서 끌고 가는 것이어서 피할 수도 없었다. 세 곳의 동굴로 들어간 영국군 포로 구백여 명은(며칠 사이에 일백여 명이 굶어 죽어 실제는 팔백여 명이 끌려갔다) 동굴 안에서 땅을 뒤흔드는 폭음을 들었다. 그들이 갇혀 있는 동굴이 무너져 내렸던 것이다. 연합군이 공격하여 동굴을 파냈을 때는 열흘 후였기 때문에 당시 동굴 속에서 살아남은 자는 거의 없었고, 살아서 구제를 받은 자도 수송하는 과정에서 모두 죽었다. 연합군은 굴이 무너져서 사람들이 통조림처럼 눌려 있는 것을 발견했다.

포로를 죽인 일본군 부대는 최후의 결사를 위해 작전을 폈다. 그런데 그들에게 있어 또 하나의 장애가 있었다. 그것은 이십여 명의 위안부 여자들이었다. 그녀들은 모두 조선 여자나 원주민들이었기 때문에 함께 옥쇄할 명분이 없었고, 따라 죽지 않을 것이 분명했다. 일본인 부녀자들 사이에서는 입수자살(入水自殺)이라는 것이 당시 남방 섬에 유행처럼 번지고 있었다. 미군이나 연합군에 유린당하지 않는다는 절개로 부녀자들이 바닷속으로 들어가 자살하는 것이었다. 머리를 길게 풀어 헤치고 산호초가 있는 바닷속으로 걸어 들어가 빠져 죽는 일이었다.

미군 함정이 바다 앞에 정박하고 있는 동안 일본군 가족들은 그렇게 죽었다. 입수자살은 나이 든 여자만 하는 것이 아니었고, 갓난아기를 안은 어머니의 모습도 보였고, 소녀도 포함되어 있었다. 미군 함정에서 그 광경을 바라보는 미군들은 이해가 되지 않았다. 극히 일부의 점령지에서 원주민 게릴라에게 일본인 가족들이 집단으로 유린당하고 맞아 죽는 경우가 있었지만, 연합군이 점령하는 곳에서는 일본인 가족들을 보호해 주었다. 그러나 일본인 가족들은 그들의 남편이나 아버지가 타민족에게 했던 일을 자신들도 당한다는 고정관념이 있었기 때문에 유린당하는 길보다 깨끗하게 죽는 길을 택하고 있었다. 그렇듯이 일본군이나 가족들은 죽는다는 그 자체를 조국에 충성하는 일로 생각했고, 영광스럽게 여겼다. 그것은 남방 전선에서 이십여 만 명의 포로가 생겼을 때 일본군이 이해하지 못해 고개를 갸웃거린 것과 마찬가지였다. 전쟁에 패하면 자결할 일이지 이십여 만 명이나 살아서 잡히는 것이 이해되지 않았던 것이다.

연합군은 투항할 것을 종용했다. 투항하면 생명을 보장하며, 포로로서 대우해 줄 것이고, 전쟁이 종식되면 일본 고향으로 돌아가게 할 것이라고 했으나, 그것을 믿지도 않았고, 믿는다고 하여도 치욕스럽게 생각했다. 그러나 그것은 일본군의 입장이고, 위안부들은 그렇지 않았다. 금순과 춘자를 비롯한 열 명의 조선인 위안부들은 이제 대충 알아듣는 일본말로 투항하면 살려 준다는 연합군의 선전에 귀가 솔깃하지 않을 수 없었다. 계속 쫓기는 양상으로 보아 패전은 분명했다.

"애, 우리 아메리카군 쪽으로 가면 살 수 있을 거야."

춘자가 나직한 목소리로 말했다. 금순은 다른 여자의 눈치를 살피며 말을 받았다.

"도망갈 때 뒤에서 우리를 쏠 거야. 그냥 보내 줄 리 없어."

"중대장에게 보내 달라고 얘기해 볼까?"

"대대장에게 부탁해야 돼. 그런데 그런 말 꺼내지 않는 게 좋을 거야. 당장 우리를 죽이려고 할 거야."

그녀들은 동굴 속에 있었다. 한쪽에 희미한 기름불이 타고 있었는데, 그 불이 동굴 안을 흐릿하게 비춰 그녀들은 마치 물속에 있는 물고기 같았다. 밖에서는 계속 총성이 울리고 있었다.

금순과 춘자가 탈출에 대한 이야기를 나누고 있을 때 동굴 속으로 야마구찌 군의 소위가 뛰어들었다. 그가 입고 있는 군복은 흙투성이였고, 비를 함빡 맞아 젖어 있었다. 모자 창에서 물이 뚝뚝 떨어졌다.

"너희들은 여기 앉아서 뭘 하고 있느냐? 나와서 부상자 간호를 도와라."

소위가 큰 소리로 말하며 여자들을 밖으로 밀어내었다. 여자들은 끌어안거나 베고 있던 보따리를 안고 나갔다. 그 보따리에는 다른 소지품들도 들어 있으나, 여자들이 군인들로부터 받은 군표가 있었다. 패전하는 상황에 전표는 아무 소용이 없었으나, 그녀들은 그렇게 생각하지 않았다.

"소지품은 놓고 가."

그러나 소위의 말에는 들은 척도 하지 않고 대부분의 여자들은 보따리를 안고 나갔다. 그것도 그럴 수밖에 없는 것이 부대의 진지가 수시로 이동했기 때문에 보따리를 놓고 다니다가는 잊어버릴 가능성이 컸다. 부상자를 간호하기 위해 산속의 참호를 다니다가 다시 후퇴할 경우 동굴로 돌아와서 보따리를 가져가기는 힘든 일이었다. 그래서 여자들이 군표가 든 보따리를 안고 나가는 것은 당연한 일이었다.

여자들도 군복 차림으로, 쏟아지는 비를 맞았다. 여자들은 군화가 지급되지 않아 나무 신발을 신고 있었다. 게다 신발이 흙에 빠져 제대로 걷지 못했고, 원주민 여자는 맨발로 다니고 있었다. 금순은 게다 신발을 버리고 죽은 병사의 군화를 벗겨 신었다. 그것이 컸지만 게다를 신고 산을 오르내리는 것보다 편했다. 춘자와 금순은 퇴각하는 도중에 전표 보따리를 잃어버려서 소지하고 있는 것은 아무것도 없었다. 다만 군복 주머니에 접는 면도칼을 지니고 있을 뿐이었다.

비를 맞으며 위안부들이 야마구찌 소위를 따라간 곳은 넓게 파놓은 어느 참호였다. 위쪽에 천막을 쳐서 비를 가렸지만 바닥으로 물이 흘러내려 질척거렸다. 흙탕물이 질펀한 바닥에 야자 잎을 깔고 그 위에 부상병들이 이십여 명 누워 있었다. 여자들이 들어간 곳은, 그러니까 야전병원인 셈이었다. 위생병들이 부상자들을 살피고 있었으나 일손이 부족했다.

"보따리는 훔쳐가지 않을 테니 옆에 놓고 부상병들을 돌보아라. 위생병들을 따라다니며 시키는 대로 보조하라. 알았나?"

소위가 지껄였으나 위안부들은 대꾸하지 않았다. 그러나 신음을 하면서 피를 흘리고 있는 부상병들을 보자 여자들은 그대로 서 있을 수가 없었다. 여자들이 산개하여 부상병들을 돌보았다.

전표 보따리를 허리에 동여매기도 했지만, 보따리가 큰 여자는 그것을 한쪽에 걸어 놓았다. 그리고 부상병을 치료하다가도 가끔 그 전표 보따리를 돌아보았다. 그것을 누가 가져갈까 봐 염려하는 점도 있었지만, 그녀는 그 전표 보따리를 보면서 전쟁이 끝나 돌아가면 한밑천이 되니까 무엇인가 하리라는 포부가 있었던 것이다. 그런 생각을 하면 흙구덩이에 뒹굴면서도 마음이 안정되는 것이었다. 그래서 그녀는 그 전표 보따리를 자주 돌아보았다. 전표 보따리를 허리에 동여맨 여자는 마치 임신한 여자처럼 배가 불룩했다. 겉으로 동여매기 쑥스러워서 옷 속에 매고 그 위에 군복을 입었다. 남자들이 입는 군복은 컸기 때문에 그것이 가능했지만, 그렇게 되자 임신부처럼 배와 허리가 불룩했다. 전표 보따리가 감겨 있다는 것을 모르는 사람이면 그녀가 임신한 것으로 알았다.

"심한 중상자는 치료할 수 없다. 경상자만 치료하는 걸 원칙으로 한다."

소위가 위생병들과 위안부들에게 말했다. 위생병은 소위에게 말했다.

"중상자의 고통이 큽니다. 모르핀도 떨어졌습니다."

"그래? 고통이 심하면 아주 재워라."

소위는 나직하게 지시했다.

"양귀비를 주사해라."

양귀비는 아편을 말하는 것이었는데, 소위가 말하는 양귀비는 청산화합물이 포함되어 있는 독극물로서, 약간만 주사해도 죽었다. 심한 부상을 입고 괴로워하는 부상병들은 그 청산화합물로 안락사 시켰다. 양귀비는 의무실에서 통하는 독극물의 암호였다. 그러나 양귀비가 안락사를 시키는 독극물이라는 소문은 대충 퍼져 있어서, 그 말을 알아듣는 부상병이 있었다. 양귀비를 주사하라는 소위의 말을 들은 부상병 한 명이 신음 소리를 그치며 벽 쪽으로 몸을 움직였다. 그 부상병은 한쪽 팔이 잘려 나가고 없었는데, 지혈이 되지 않아 계속 피를 흘리며 고통을 호소했었다. 부상병은 벽 쪽으로 몸을 피하며 말했다.

"난 괜찮아. 난 중상자가 아니야. 팔 하나 정도야, 뭐."

그 부상병은 양귀비를 맞지 않으려고 몸을 피하며 지껄였다. 그는 계속 지르던 비명을 뚝 그쳤는데, 그것은 신기할 정도의 변화였다. 소위의 명령을 받은 위생병들이 중상자를 선별하여 양귀비 주사를 놓기 시작했다. 이십여 명 가운데 반이 중상자로서 그들에게 양귀비라는 독극물 주사를 놓기 시작했던 것이다.

"이건 잠자는 약이다. 맞으면 편하다."

위생병은 그렇게 말했으나, 독극물이라는 것을 알고 있는 부상병은 씨익 웃으며 말했다.

"어차피 죽을 몸, 빨리 죽여라. 고통스럽게 시간을 끌다 죽고 싶지는 않다."

그렇게 말하며 양귀비를 맞는 병사도 있었으나, 어느 병사는 "싫다, 싫어. 그건 싫어. 난 살고 싶다." 하고 소리쳤다. 그렇게 소리치며 주사를 맞지 않으려고 하자 옆에 있는 위안부 보고 부상병을 붙들라고 했다. 싫다고 주춤거리며 피하는 부상병은 한쪽 허벅다리에 총탄을 맞아 썩어 들어가고 있었다. 그는 몸을 붙드는 위안부를 힐끗 보더니 말했다.

"죽기 전에 너하고 그걸 한 번 하고 싶다. 내 주머니에 삼십 엔이 있다. 고국에 계신 어머니한테 송금시켜 주기 위해 나는 꼬박꼬박 모았다. 이걸로 너와 한 번 해 보고 싶다."

그 말을 듣자 주사기를 치켜들었던 위생병이 씨익 웃었다. 약간 장난스런 표정으로 위생병은 중상자에게 물었다.

"정말이니, 상병? 너는 월급을 모아 어머니에게 송금했니? 여자와 자 보지도 않았단 말이지?"

"그래요, 병장. 한 번만 하게 해 줘요."

"좋다. 이봐, 상병의 주머니에 손을 넣어 봐."

키가 작달막한 조선인 위안부는 위생병이 지시하는 대로 부상병의 주머니를 살폈다. 그의 말대로 물에 젖은 삼십 엔이 나왔다.

"그걸 네가 가져라. 그리고 한 번 해 줘라."

병장이 지시하자 여자는 히죽 웃었다. 그러나 삼십 엔이 생긴다는 사실, 더구나 돈을 손에 들고 있기 때문에 여자는 고개를 끄덕이고 군복 바지를 벗었다. 여자의 허리에는 전표 보따리가 매여 있었다. 여자는 그 보따리를 배꼽 있는 쪽으로 추켜올리고 허벅다리와 사타구니가 드러나게 했다. 그리고 병장과 함께 부상 입은 상병의 바지를 벗겨 내었다. 사타구니는 흙과 피로 범벅이 되어 있었다. 놀라운 일은 사경을 헤매는 상병에게서 어떻게 그런 힘이 솟았는지 그것이 우뚝 솟아 있었다.

여자는 병사의 위에 올라타고 앉아 작업을 했다. 위생병이 혀로 입술을 핥으며 재미있다는 듯 바라보았다. 옆에 있는 경상자들이 앉아서 멍하니 쳐다보았다. 여자들도 그쪽을 힐끗힐끗 보았지만 별다른 반응이 없었다.

밖에서는 포성과 총성이 울리고 있었다. 비는 계속 내렸으며, 빗물이 참호 속으로 흘러내려 야자 잎을 깐 바닥은 흙탕물이 불어나고 있었다. 밑에 누워 있는 상병이 한쪽 다리로 흙탕물을 치면서 꿈틀거렸다. 흙탕물이 여자의 얼굴에 튀었지만, 그녀는 한 손에 움켜쥐고 있는 삼십 엔을 생각하며 참았다. 흙탕물이 사타구니 주변을 질척하게 적시었다. 상병은 열심히 몸을 움직이더니 갑자기 멈추었다. 그는 죽었던 것이다. 죽은 병사의 그것이 그대로 서 있는 것이 매우 신기했다. 그래서 주위의 사람들은 이상하다는 듯 바라보았다.

"잘했다. 너는 이 병사의 마지막 소원을 들어주었다."

위생병이 여자의 등을 두드리며 말했다. 여자는 수줍은 미소를 지으며 흙탕물이 묻은 자신의 사타구니를 옷으로 닦아 내었다. 사내의 몸에서 묻은 피가 사타구니에 묻어 있었다. 군복 옷소매로 그것을 대충 닦아 내었다. 그들의 모습을 지켜보던 경상자 한 명이 여자를 불렀다. 그는 하사 계급을 달고 있었다.

"이봐, 나하고 한 번 하자. 나도 곧 죽을 것이다. 죽기 전에 한 번만 하자. 내가 차고 있는 시계를 주겠다."

하사는 왼쪽 손목에 차고 있는 시계를 풀어 보여 주었다.

"네덜란드 장교의 손목에서 벗긴 스위스 시계다. 이거 하나 사려면 일백 엔을 줘도 모자란다. 일백 엔인데 안 하겠니?"

"안 됩니다, 하사님."

위생병이 말했다.

"여긴 위안소가 아닌 야전병원입니다."

"저 여잔 위안부다, 병장."

"안 됩니다, 하사님. 위안부라도 여기 와서 일하고 있는 순간은 종군 간호사입니다."

"간호사도 보지 달린 여자다. 안 될 게 뭐가 있느냐?"

"안 됩니다."

"그러면, 이 새끼야. 아까 그 상병은 왜 해 주었니?"

"그자는 중상자로서 죽을 사람이었습니다."

"나도 죽을 사람이다."

"그 짓 하고 죽겠습니까?"

"그렇다. 하고 나면 날 죽여라."

"농담이 아니시죠?"

"병장, 나는 황군의 하사다. 거짓말하지 않는다."

하사의 말은 진담으로 보였다. 전쟁에 염증을 느낀 그는 섹스를 하고 죽으려는 태도 같았다. 하사는 농담이 아니라는 듯 진지했다. 그러나 위안소가 아닌 야전병원에서 그러한 일을 거듭 허용하면 징계받을 것이 염려되어 위생병은 꼬리를 사렸다.

"저는 모릅니다. 여기서 그렇게 해도 되는지, 모르겠습니다. 소위님이 허락하시기 전에는."

야마구찌 소위는 참호 쪽으로 가고 없었다. 위생병 조장으로 보이는 그 병장은 입장이 곤란하자 야전병원으로 되어 있는 막사를 나갔다. 그가 밖으로 나가자 하사는 히죽 웃으며 들고 있던 시계를 흔들었다.

"너 이리 와. 이 시계를 주겠다."

조금 전에 상병과 성희를 했던 키 작은 여자는 약간 수줍어하면서 다가갔다. 그리고 하사가 내미는 시계를 받았다. 조금 전에 받은 삼십 엔은 이미 전표 보따리 속에 넣은 후였다. 여자는 시계를 한 손에 쥐고 또다시 바지를 벗었다. 그리고 허리춤에 동여맨 전표 보따리를 배꼽 위로 올려 매고 야자나무 잎 위에 누웠다. 야자나무 잎 위지만 흙탕물이 질척거려 그녀의 엉덩이에 흙탕물이 묻었다. 하사는 발목을 붕대로 맨 경상자였는데, 앉은 자세에서 바지를 벗고 여자 위에 엎드렸다. 포성과 총성이 울리면서 비는 계속 퍼부었다. 참호 쪽에서 부상병들이 계속 옮겨져 왔다. 부상병을 옮기는 일은 위안부들이 했다. 위안부 일부는 전투가 벌어지고 있는 아래쪽 참호에 나가 있었다.

하사는 여자 위에서 그녀의 몸을 으스러지게 끌어안고 소리쳤다.

"아, 이것으로 마지막이군. 이렇게 해서 결국 죽는구나. 인생이란 어차피."

알아들을 수 없는 말을 지껄이며 한탄하면서 하사는 몸을 흔들었다. 하사가 여자를 심하게 다루었기 때문에 흙탕물이 사방으로 튀었다. 옆에 앉아 있던 다른 부상병들이 투덜거리며 불평했다. 더러는 다른 위안부에게 담배며 돈을 내보이며 하자고 제의하기도 했다. 돈을 많이 내놓으면 여자는 부상병의 청에 응해 주었다.

그렇게 되어 야전병원 참호에서는 부상병과 위안부들이 섹스를 하는 사태가 벌어졌다. 그것을 구경하자 흥분하여 위생병조차 위안부의 옷을 강제로 벗겼다. 그들은 양귀비라는 암호를 가진 청산화합물의 독극물 주사로 죽은 중상자 시체 옆에서 여자의 몸을 탐했다.

포성과 총성, 그리고 빗소리가 탐욕에 빠지는 그들의 분위기를 미묘하고 을씨년스럽게 만들고 있었다.

밖에 나갔다가 야전병원 막사로 들어오던 야마구찌 소위는 부상병들과 위생부들이 성합을 하는 것을 보고 "으악." 하고 놀라며 입을 벌렸다. 소위는 입을 벌리고 멍하니 서서 바라보았다.

"이 새끼들, 뭐하는 짓이냐? 여기가 위안소인 줄 아느냐?"

소위는 아직 일을 끝내지 않은 부상병들의 엉덩이를 걷어차며 소리쳤다. 엉덩이를 차이면서도 부상병은 삽입된 그것을 빼지 않고 필사적으로 여자를 끌어안았다. 여자는 흙투성이가 되어, 숫제 흙 속에서 뒹구는 모습이었다.

"그만두지 못해?"

"소위님, 죽기 전에 소원을 푸는 것입니다."

부상병 한 명이 변명하자 소위가 소리쳤다.

"이 새끼야, 죽기 전 소원이 겨우 씹하는 것이냐?"

일을 마친 하사는 죽을 생각은 하지 않았다. 그는 벽에 몸을 기대고 앉아서 물에 젖은 담배를 피워 물며 히죽히죽 웃었다. 시계를 받은 키 작은 여자는 그것을 들고 귀에다 대보았다. 시계의 시침이 돌아가는 소리를 들으면서 좋아했다. 여자의 미소가 순박하고 순수함으로 가득 찼다. 시계 시침 소리를 들으며 기뻐하는 그녀의 미소 속에 전쟁이나 죽음의 그림자는 없었다. 여자는 흙이 묻은 시계를 손으로 문질러 닦아 내고 시계 시침을 들여다보았다. 시계 시침은 하오 네 시 삼십이 분을 가리키고 있었다. 여자는 주위를 둘러보았다. 누군가 지금 몇 시냐고 물어주면, 네 시 삼십이 분이라고 대답하려고 하는 얼굴이었다. 그러나 지금 몇 시냐고 묻는 사람은 아무도 없었다. 포성과 총성이 울리는 이 순간에 시간이 중요한 것은 아니었다. 죽음의 그림자가 뒤덮고 있는 곳에서 시간은 불필요한 것이었다.

시간은 살려고 하는 자에게 앞으로 얼마나 더 살 것인가 하는 척도로서 필요할 뿐이었다. 하사가 시계를 풀어 준 것도 일종의 삶의 포기였다.

"중상자는 이리 데려오지 마라."

야전병원 막사로 실려 오는 중상자를 보자 야마구찌 소위가 소리쳤다. 위안부들과 위생병들이 부상병들을 옮겨 오고 있었던 것이다.

"여기 와서 양귀비를 주지 말고 거기서 줘. 힘들게 옮길 필요는 없잖아. 여기도 만원이다."

야마구찌는 신경질적으로 뱉었다. 그리고 위안부들을 흘겨보며 말했다.

"너희들은 여기서 그 짓 하지 마라. 돈을 많이 주고, 비싼 물건을 준다고 해도 그 짓을 해서는 아니 된다. 지금은 전투상황이지 노는 시간이 아니야. 너희들이 그렇게 일이 없으면 용맹스런 황군의 딸임을 보여 줘라. 총 들고 참호로 나가라."

"웃기고 있네, 개새끼."

한쪽에 앉아 지켜보고 있던 금순이 조선말로 지껄였다. 소위와 일본군은 알아듣지 못했으나 막사 안에 있던 위안부들은 듣고 웃음을 터뜨렸다. 원주민 여자들은 아무 표정이 없었다.

"백인 여자 어디 갔니?"

야마구찌 군의 소위는 두리번거리며 찾았다.

네덜란드 여자는 한쪽 구석에 앉아 있었다. 그녀는 쪼그리고 앉아 야자나무 잎사귀로 몸을 가리고 있어 눈에 뜨지 않았다. 부상병들이 계속 죽는 모습을 보자 겁을 먹고 피해 있었던 것이다. 그녀의 하얀 피부도 온통 흙투성이였고, 옷도 마찬가지였다. 그녀만은 군복으로 갈아입지 않고 원피스 차림이었다. 그러나 아래는 군복 바지를 입고 있어 괴이한 옷차림이기도 했다. 원피스가 찢어져서 한쪽 가슴이 약간 드러나 있었는데, 여자는 그곳을 한 손으로 가리고 있었다. 네덜란드 여자를 발견한 소위는 손짓해서 불렀다. 겁을 먹은 여자가 멍하니 바라보며 몸을 움직이지 않자 소위는 고함을 질렀다.

"빠가야로, 부르는데 냉큼 오지 못하느냐?"

야마구찌 소위의 고함에 여자는 움찔하면서 몸을 떨더니 소위 앞으로 나와서 누웠다. 여자는 소위 앞에 주저앉듯이 무너지더니 누워서 가랑이를 벌렸다. 아마도 누우라는 말로 알아들었는지 흙탕물 위에 누워서 눈을 껌벅이며 소위를 올려다보았다. 주위에 있던 위생병과 부상병들이 웃음을 터뜨렸다. 고통으로 신음 소리를 내던 부상병조차 그 모습을 보고 신음 소리를 멈추고 웃었다. 다가와서 뒤로 누운 백인 여자를 내려다보던 소위도 어처구니가 없는지 피식 웃었다.

"일어나. 자빠지라고 한 것이 아니다. 중대장님이 부상을 입으셨다. 그곳으로 가자. 너를 간호사로 붙이겠다."

백인 여자는 일어나라는 손짓을 보고 옷을 벗으라는 것으로 잘못 이해하고 누운 채 바지를 내렸다. 여자의 사타구니가 드러났다. 하얀 피부는 사라지고, 목욕을 하지 못한 채 병사들의 배설물로 뒤덮여 지저분했다. 소위가 그녀의 엉덩이를 걷어차며 소리쳤다.

"일어나."

그러자 여자는 바지를 벗어 드러난 가랑이를 벌렸다. 다리를 벌리자 여자의 음부가 드러났다. 위생병들과 주위의 부상병들이 들여다보았다.

"이런, 망할 년. 일본말을 전혀 알아듣지 못하는군."

소위는 생각하더니 영어로 말했다.

"스탠드 업."

그녀는 영어를 알아듣고 엉거주춤 일어나며 바지를 올렸다.

"컴 온, 컴 온."

소위는 여자를 손짓하여 부르며 밖으로 나갔다. 백인 여자는 소위의 뒤를 따라 밖으로 나갔다.

"히히히."

위생병이 말했다.

"중대장님 간호사로 쓴다고 하지만 핑계일 거야. 조용한 데 가서 그거 하겠지, 뭐."

"백인 년의 맛은 어떨까? 장교들 차지여서 난 생각만 굴뚝일 뿐 해보지 못해서 말이야."

"생긴 게 비슷하니 그게 그거지 뭐겠나."

부상병 일부는 음탕한 말을 주고받으며 킬킬거리고 웃었다. 대형 포탄이 가까이에서 떨어지는지 땅이 흔들리며 막사가 흔들렸다. 참호의 흙벽이 흔들리며 흙이 쏟아져 내렸다.

"저건 일백십오 밀리 포 같다."

"아냐. 일백오십오 밀리 포야."

부상병과 위생병들은 포에 대한 이야기를 하며 알아맞히려고 했다. 그때 그와 비슷한 대형 포가 더욱 가까이에서 떨어졌다. 참호 위를 덮은 천막이 훌떡 걷혀지며 날아갔고 참호 속으로 흙더미가 쏟아져 내렸다. 참호 위에 떨어진 것은 아니었으나 가까이에서 포탄이 폭발하면서 뒤집어 놓은 것이다. 세찬 바람이 휩쓸고 지나가면서 흙탕물을 뒤집어씌우고, 화약 냄새를 짙게 뿌렸다. 참호 위에 덮여 있던 대형 천막이 걷혀지자 하늘이 드러나고 비가 부상병 몸 위로 쏟아졌다.

빗속의 공기를 가르는 쉿쉿 소리는 계속 울렸고, 포탄은 그들 가까이에 집중적으로 떨어졌다. 위생병들과 위안부들은 참호 벽 쪽으로 가서 몸을 쪼그리고 피했다. 부상병들만이 누워 있는 그대로 노출되어 있었지만, 파편에 맞는 경우는 드물었다. 왜냐하면 참호는 아래로 깊이 파여 있었기 때문에, 폭풍만이 느껴질 뿐이었다. 포탄은 계속 퍼부어져, 흙탕물이 튀었고, 대나무를 쓰러뜨리면서 야자나무를 뿌리째 뽑아 뒤집어 놓았다.

⁂

부대는 골짜기 안쪽으로 진지를 이동했다. 걷지 못하는 부상병은 모두 양귀비 주사를 놓아 안락사 시켰다. 비가 그치고 햇볕이 쪼이는 한낮이 되면서 잠시 소강상태를 맞기도 했다. 일본군 부대가 뒤로 밀리자 연합군은 공격을 늦추었다. 우거진 밀림 때문에 햇빛이 제대로 들어오지 못했으나, 더러 나무가 없는 빈터가 있어 여자들은 그곳에서 옷을 입은 채 말렸다.

허리에 전표를 싸매고 다니던 여자는 그것을 풀어 물에 젖은 전표를 땅에 널어 말렸다. 땅에는 흙탕물이 질퍽했기 때문에 나무둥치나 돌이라든지 야자 잎 위에 놓고 말렸다. 햇볕이 뜨거웠기 때문에 축축하게 젖은 전표는 단번에 말랐다. 어느 여자는 만주에서부터 가지고 다니던 저금통장을 꺼내 물기를 말리기도 했다. 주로 조선인 위안부들이 전표 보따리를 풀어 널어 말렸는데, 위생병들이 힐끗거리며 쳐다보았다. 위생병 가운데 더러는 장난을 하느라고 마른 전표를 입으로 불기도 했다. 전표가 입김으로 날려 흙탕물 위에 떨어졌다. 여자는 몹시 놀라며 그것을 집어 들었다. 되풀이해서 위생병이 장난을 했기 때문에 여자는 몸으로 가로막으며 사정했다.

"그러지 마세요, 병장님."

"그거 한 번 해 주면 안 그러지."

병장은 그렇게 말하며 키득거리고 웃어 대었다. 병장이 입김으로 불지 않아도 바람이 불자 마른 전표가 펄럭이며 날아갔다. 전표는 흙탕물이며 수렁 위로 날아가 떨어져 다시 물에 젖었다. 여자는 당혹해하며 바람에 날리는 전표를 집었다. 물에 다시 빠진 것은 집을 때 찢어지기도 했다. 찢어진 전표를 보는 여자는 자기 몸에 상처가 난 것보다 더 아픈 표정이었다.

열대림의 기후는 햇볕이 뜨겁게 비추다가도 갑자기 비가 쏟아지는 것이었다. 구름이 뒤덮이자 전표를 널어놓은 여자들은 재빨리 거둬 다시 보자기에 싸서 허리에 동여매었다. 보따리를 들고 가는 것보다 허리에 매는 것이 더욱 안전했다. 그래서 대부분의 위안부들은 전표를 싼 보따리를 허리에 맸던 것이다.

병사들은 며칠간 밀림을 헤매면서 단 한 번의 급식도 받지 못했다. 빗물을 받아 마셨지만, 급식이 되지 않아 굶주렸다. 그러자 굶어서 쓰러지는 병사의 수가 늘어났고, 위안부들도 허기가 져서 계속 물만 마시다가 설사를 했다. 밤이 되면 비가 흩뿌리는 속에서 야자 잎을 덮고 잤다. 처음에는 굶주림으로 잠이 제대로 오지 않았으나, 밤이 깊어 가면서 지쳐서 쓰러지듯이 잠들기도 했다.

그들이 쉬고 있는 골짜기에는 도마뱀들이 있었다. 도마뱀들은 대부분 컸기 때문에 어느 것은 일 미터가 넘는 것도 있었다. 병사들은 도마뱀을 보면 군도로 쳐서 잡아 칼로 살을 파내어 먹었다. 여자들도 도마뱀을 보면 잡았다. 그것이 유일한 식량이었다. 여자들은 무기가 없었기 때문에 도마뱀을 잡아 이로 물어뜯었다. 도마뱀을 보고 망설이면 위생병들이 잡아가기 때문에 먼저 차지해야 소유물이 되었다. 그래서 잡는 즉시 이로 목덜미라든지 배를 물어뜯는 것이었다. 그러면 도마뱀은 꿈틀거리며 피를 내었다. 여자의 입에 도마뱀의 피가 묻었다. 굶주림 속이었기 때문에 뱀의 피라도 달콤했다. 도마뱀 한 마리를 잡으면 여러 명의 여자들이 둘러서서 이로 물어뜯어 완전히 죽였다. 그렇게 공동 작업을 해야만 고기가 돌아가는, 불문율 같은 것이 형성되고 있었다. 가만히 앉아 지켜보는 여자에게는 고기를 나눠주지 않았다.

이가 아닌 돌멩이로 뱀을 잡는 경우도 있었지만, 주위에 돌멩이가 없을 때는 망설이지 않고 물어뜯었다. 한 여자는 뱀을 도마뱀으로 착각하고 물어뜯었다. 뱀이 꿈틀하면서 여자의 팔을 감았다. 여자가 비명을 질렀고, 주위에 있던 다른 여자들이 모여들었다. 뱀은 구렁이로 보였는데, 굵고 길었다. 여자는 팔을 물렸으나 독사가 아니어서 치명상을 입지는 않았다. 여자와 뱀은 서로의 몸을 한 번씩 물어뜯은 셈이었다. 주위에 몰려든 여자들은 먹음직스러운 먹이를 보자 망설이지 않고 달려들었다. 여러 명이 한꺼번에 달려들어 뱀을 죽였다. 여자들의 동작은 민첩했다. 어느 여자가 뱀의 모가지를 잡고 이빨로 물어뜯었다. 여자의 입으로 뱀의 피가 흘러들었다. 일곱 명의 여자들이 한 마리의 뱀을 둘러싸고 물어뜯는 장면은 사람으로 보이지 않았다. 그러나 그것은 필사적이었고, 진지했으며, 적극적인 생존의 표현이었다.

뱀은 여자들에게 물려 축 늘어졌다. 누군가 면도칼을 꺼내서 뱀의 껍질을 벗겨 내었다.

야자 잎을 바닥에 깔고 나무뿌리 위에서 잠을 자고 일어난 춘자가 손으로 얼굴을 감싸며 비명을 질렀다. 그녀는 심한 통증으로 몸을 뒤틀며 소리쳤다. 뱀 고기를 먹던 금순이가 춘자에게로 가서 얼굴을 감싼 팔을 치우고 들여다보았다. 춘자의 왼쪽 눈에 산거머리가 달라 붙어 있었다. 산거머리는 피를 많이 빨아 먹어서 통통했다.

"가만있어. 몸을 움직이지 마, 춘자야."

금순은 춘자를 진정시키려고 했지만 아픔 때문에 그녀는 머리를 흔들었다. 눈에 박힌 산거머리를 손으로 떼어 내려고 했으나 떨어지지 않았다. 금순은 다른 위안부들에게 춘자의 몸을 붙들라고 했다. 여러 명의 여자가 달려들어 춘자의 팔다리를 누르고 머리채를 움켜잡아 움직이지 못하게 했다. 그러자 금순은 가지고 있던 면도칼로 춘자의 왼쪽 눈에 박혀 있는 산거머리를 동강냈다. 조심스럽게 잘라 내어 떼었다. 그러나 춘자의 왼쪽 눈은 피가 빨려 동자가 썩은 것처럼 보였다. 왼쪽 눈은 보이지 않았다.

"눈이 안 보여."

춘자는 소리쳤다.

"눈이 안 보여. 왼쪽 눈이 안 보여."

춘자의 비명에 옆쪽에 있던 위생병이 뛰어왔다.

"산거머리가 눈에 붙었어요."

한 위안부가 뛰어온 위생병에게 설명했다.

"한쪽이면 다른 쪽으로 보면 되잖아. 떠들지 마라."

위생병은 핀잔을 하고 갔다. 춘자는 왼쪽 눈의 고통 때문에 그대로 있지 못하고 일어서서 왔다 갔다 했다. 그녀는 아픔을 못 이기고 머리를 나무에 부딪히며 울부짖었다. 그러다가 갑자기 뾰족한 대나무로 자신의 왼쪽 눈을 찔렀다. 힘껏 찔렀기 때문에 그곳에서 피가 흘렀다. 여자는 자학적으로 찔러 넣은 대나무의 통증 때문에 비명을 지르며 주저앉았다. 위생병이 다시 왔다.

"웬 소란인가?"

위생병은 눈에 대나무를 박은 춘자의 모습을 보더니 질리는 표정을 지었다. 춘자는 흙탕물 위에 뒹굴면서 신음했다.

"이 여자가 미쳤군."

위생병은 혀를 차더니 돌아갔다. 금순은 당황해서 춘자의 몸을 안고는 왼쪽 눈에 박힌 대나무를 빼내었다. 눈에서 피가 솟구쳤다. 춘자가 고개를 젖히더니 웃음을 터뜨렸다. 그녀의 웃음이 너무나 강해서 금순은 섬뜩했다. 비명이 웃음이 될 수 있다는 것을 금순은 처음 느끼는 것이었다. 그러나 다음 순간 춘자가 미친 것이라는 데 생각이 미쳤다.

금순은 춘자를 끌어안았다. 춘자는 고통 속에서 몸을 비틀며 허우적거렸다. 그녀는 금순을 떠밀어 내고 흙탕물에 뒹굴었다. 그녀의 왼쪽 눈에서는 계속 피가 쏟아져 나왔다. 그녀가 대나무로 눈을 찔렀을 때 그 끝이 뇌에 미친 것을 알 수 있었다. 춘자의 착란은 순간적으로 일어났고, 그녀는 흙탕물에서 몸부림치다가 입으로 거품을 내뿜었다. 그리고 나머지 한쪽 눈을 희미하게 뜨면서 숨을 거두었다. 그것은 짧은 순간에 일어난 일이었다. 그래서 금순을 비롯한 다른 동료 위안부들은 그녀의 죽음을 넋 나간 사람처럼 멍하니 바라보았다. 거품을 물고 죽어 있는 춘자의 모습은 지켜보는 여자들을 섬뜩하게 했다.

금순과 동료 위안부들은 그녀의 시체를 묻어 주고 가려고 했지만 위생병들이 시간이 없다고 해 그대로 떠났다. 금순은 춘자의 시체 위에 야자수 나뭇잎을 덮어 주었다. 그것이 아무 소용이 없다는 것을 알면서도 그녀는 그것으로 그녀의 몸을 덮었다.

병사들과 여자들은 골짜기로 내려가 조그만 하천을 지나게 되었다. 하천 다리는 폭격으로 부서졌고, 강물은 불어서 흙탕물이 소용돌이치며 흘러갔다. 물살이 강한 흙탕물이어서 빠지면 헤어 나올 수 없는 곳이었다. 급류 속으로는 나뭇잎이며 갖가지 찌꺼기들이 휩쓸리면서 떠내려가고 있었다. 병사들은 부서진 다리를 의지하고 줄을 서서 건너갔다. 다리는 일본군들이 가설해 놓은 목조였는데, 이끼가 끼어서 매우 미끄러웠다. 병사들이 모두 건너고 위안부 차례가 되었다.

여자들은 게다를 벗거나 맨발 그대로 다리 난간을 잡고 건넜다. 대부분의 여자는 다리를 건넜으나, 커다란 전표 보따리를 들고 건너던 여자가 그것을 물에 떨어뜨렸다. 그 보따리는 단번에 밀려 떠내려갔고, 여자는 그 보따리를 향해 물살과 함께 잠겼다. 물속으로 잠긴 그녀의 모습이 위로 한 번 치솟았고, "사람 살려." 하고 조선말로 외치기는 했지만, 다음 순간 다시 물속에 잠겨 떠오르지 않았다. 위생병들과 여자들은 그녀가 떠오르기를 기다렸지만 물살에 휘말려 수심 깊숙이 잠겼는지 더 이상 모습을 나타내지 않았다. 그녀는 일본군을 받고 받은 전표 보따리와 함께 물속으로 사라진 것이었다.

원주민 여자들과 네덜란드 여자는 순조롭게 다리를 건넜다. 그런데 허리에 전표를 맨 조선인 위안부 한 명이 또 물에 빠졌다. 그녀는 물속에서 허우적거리며 물살을 이겨 내려고 했지만, 허리에 감은 전표 보따리가 물에 젖자 무거워서 몸을 제대로 움직이지 못했다. 그녀의 모습도 물속으로 잠겨 더 이상 보이지 않았다.

두 명의 위안부를 잃으면서 모두 하천을 건넜다. 일본군은 그 하천을 교두보로 삼아 마지막 전투를 벌이기 위해 하천 둑에 참호를 팠다. 그 둑에서 조금 떨어진 벼랑에 동굴이 있어 위생병들은 위안부들과 함께 들어가 그곳을 야전병원으로 삼았다. 하천 둑을 의지하고 하루가 지나자 강 건너에 연합군의 모습이 보이기 시작했다. 그리고 비가 내리는 속에서 다시 교전이 시작되었고, 위안부들은 참호 속을 다니며 부상 입은 병사를 치료했다.

치료라고 해야 특별한 것이 없이 상처 난 곳을 소독하고 붕대를 감아 주는 것이었다. 위생병의 수가 모자라는 부대에서는 위안부들의 간호는 도움이 컸다. 부상을 크게 입은 병사는 처음부터 치료를 포기했다. 치료할 만한 의료 장비도 없었고, 한 명의 군의 장교로서는 불가능했다. 중상자의 고통을 줄이기 위해 양귀비라는 독극물 주사를 놓아 주는 일이 최선이었다.

시간이 지날수록 전투는 더욱 치열해졌고, 일본군의 사상자는 늘어만 갔다. 연합군은 강을 건너지는 않았으나 화력으로 일본군 진지를 분탕질했다. 일본군 진지에서는 탄약마저 떨어지기 시작해서 지휘관들은 전투하는 사병들에게 총알을 아껴 쓰라고 지시하기에 이르렀다.

도강한 지 이틀이 지나자, 연합군 측에서도 도강 장비가 강 건너에 도착했다. 도강하면서 육박전을 전개할 것으로 추산되는 상황이었다. 전멸을 눈앞에 두고 일부 장교들은 항복하자고 했으나, 그러한 주장을 한 장교는 반역자라는 욕설을 들으며 옥쇄하자는 장교들의 주장에 밀렸다. 적과 마지막까지 싸우다 죽는 것으로 결정한 그들은 병사들에게 수류탄 한 개씩을 지급했다. 적이 도강해서 접근하면 그것을 던지고 뛰어나가기로 했다. 잔류 병력은 삼백여 명이었다. 일천여 명에서 칠백여 명이 죽고 삼백여 명이 남은 것이다.

부대 참모진은 아직 남아 있는 위안부에 대해서도 의논했다. 그녀들은 그대로 놓아두거나 연합군 측으로 보낼 수도 있었으나, 그렇게 되면 그동안의 비밀이 폭로된다는 이유로 함께 죽기로 결정했다. 옥쇄를 원하지 않을 것이기에, 강제로 죽이기로 했다. 그 일을 의무장교 야마구찌 소위에게 맡겼다.

야마구찌 소위는 그 통보를 받고 연합군이 도강하기 전에 일을 끝내기 위해 위생병 두 명을 불렀다. 병장과 상병이 소위의 말을 듣더니, 여자들을 무엇으로 죽이느냐는 문제를 놓고 의논했다.

"양귀비 주사를 사용하면 좋지만, 모두 알고 있기 때문에 맞지 않으려고 할 것입니다."

병장이 말하자 상병이 의견을 내놓았다.

"잠자고 있을 때 살며시 들어가 주사를 놓으면 어떨까요?"

"안 돼. 만약 한 명이라도 깨어 있다가 소리를 질러 소란을 떨면 곤란해. 제일 좋은 방법은 수류탄을 까서 던지거나 기관총으로 사살하는 게 간편한데, 탄약을 아껴야 하기 때문에 불가능해."

"독사를 몇 마리 굴속에 넣으면 어떨까요?"

병장의 말에 야마구찌 소위가 눈을 힐끗 뜨며 물었다.

"독사가 어디 있느냐?"

"강둑에 많이 있습니다. 지금 병사들이 그것을 잡아먹고 있습니다."

"여자들도 뱀을 잘 잡는다. 뱀을 넣으면 여자들에게 먹이를 제공하는 것밖에 안 된다."

"어둠 속인데 보입니까?"

"독사가 스무 명을 모두 물지는 않을 것이다. 엉뚱한 생각 말고 더 좋은 방법을 생각해."

"별로 신통한 방법은 없습니다. 수류탄을 넣고 기관총으로 쏘지요. 달리 방법이 없습니다."

"시간이 없다. 모두 굴속으로 불러들여라. 내가 훈시를 한다고 해."

야마구찌 소위는 두 위생병에게 지시했다. 저녁 무렵이 되면서 비는 그쳤으나 우중충한 날씨였고, 전투는 계속되고 있었다. 여자들은 참호를 다니며 부상병을 간호했고, 더러는 부축하여 야전병원으로 쓰고 있는 동굴로 데리고 갔다. 동굴에는 기름불이 타고 있었고 바닥은 바위였다. 물이 들어오지 않아 마른 바닥에 부상병을 눕힐 수 있었다.

"부상병은 어떻게 합니까?"

"중상자는 그대로 놔두고 경상자는 참호로 내보내."

야마구찌 소위의 지시를 받은 위생병들은 귓속말로 주고받으며 전달했다. 여자들은 모두 동굴로 모였다. 갑자기 동굴로 모이라는 말에 금순은 이상한 생각이 들었으나, 옥쇄를 강요하리라고는 생각지도 못했던 것이다. 야마구찌 소위는 여자들을 모아 놓고 말했다.

"이제 마지막 결전의 순간만이 남았다. 밖에 있는 일본군은 모두 마지막 결전을 하여 황군으로서의 영광스런 죽음을 택할 것이다. 그러나 너희들의 입장은 다르다. 모두의 안전을 위해 이곳에 은신해 주기 바란다. 너희들은 밖에서 어떤 일이 생겨도 나가지 마라, 연합군이 와서 불러내기 전까지는. 그동안 수고 많았다. 일본군 전체의 장병을 대신해서 그대들에게 치하하는 바이다."

야마구찌 소위는 그녀들의 마지막 운명에 대해 실제 치하의 마음을 가지고 지껄였다.

"너희들이 한 일이 하잘것없는 것 같았어도 사실 일본군의 사기를 높이는 데 절대적이었다. 너희들의 공로는 높이 치하되어야 마땅하다. 황군은 너희들을 기억할 것이다. 잘 가기 바란다."

야마구찌 소위가 말을 마치자, 서 있던 여자 한 명이 물었다.

"그냥 여기 숨어 있기만 하면 되는 거예요? 아메리카 군사가 와서 죽이면 어떡해요?"

"죽이지 않을 것이다. 그들이 부르면 백기를 들고 나가라."

"백기가 없어요."

"치마를 벗어 들어라."

여자들이 웃었다. 여자들은 불안하면서도 웃기라도 해야만이 그 불안감을 떨칠 수 있다는 표정이었다. 야마구찌 소위는 여자들을 둘러보더니 돌아서서 나갔다.

밖으로 나온 야마구찌 소위는 서 있는 위생병들에게 여자들이 나오지 못하게 하도록 지시하고 중대본부 참호로 가서 수류탄 한 개와 기관총을 들고 왔다. 그것을 위생병들에게 넘겨주고 말했다.

"먼저 수류탄을 던져라. 수류탄이 터지면 뛰어나올 것이다. 그때 쏘아라."

위생병들은 군의 소위의 지시대로 수류탄을 던져 넣었다. 단단한 바닥에 수류탄이 굴러 들어가는 소리가 들렸다. 그러자 여자들의 말소리가 뚝 그쳤다. 여자들은 민감하게 반응했다. 수류탄이 바위 위를 굴러 들어가는 소리와 여자들의 말소리가 그치고, 바로 다음 순간, 폭발하는 폭음과 함께 굴이 뒤흔들렸다. 그 폭발과 함께 여자들이 외치는 소리가 터졌다. 그 외침은 무엇을 말하는 것인지, 밖에 있는 병사들은 알아들을 수 없었다. 그 비명이 강하게 울려서 말소리보다 굉음으로밖에 들리지 않았기 때문이었다. 다음 순간 여자 몇 명이 소리치며 나오는 기색이었다. 그러자 기관총을 든 위생병이 쏘아 대며 안으로 들어갔다.

총에 맞은 여자들이 비명을 질렀다. 밖의 참호에서도 총성이 울렸지만, 굴속에서의 기관총 소음이 더욱 요란했다. 기관총을 든 병사는 안으로 들어가며 굴 안을 이리저리 돌리면서 쏘았다. 굴 안은 그렇게 넓지 않았기 때문에 기관총을 난사하는 데 오래 걸리지 않았다. 한동안 쏘다가 그쳤다. 그리고 기관총을 든 병사는 밖으로 나왔다. 소위는 허리에 찬 권총을 빼 들고, 옆에 있는 병사에게 불을 가져오라고 했다. 그들은 전등을 비추며 안으로 들어갔다.

여자들은 서로 얽힌 채 죽어 있었다. 처음 수류탄이 터질 때 죽은 여자의 모습도 보였고, 기관총에 맞아 죽은 모습도 보였다. 수류탄 가까이 있던 여자는 창자가 터지고 얼굴 형태를 알아볼 수 없는 상태로 있었다. 서로 얽혀 죽은 여자들은 원주민이었는데, 등에 총탄을 맞고 죽기도 하고, 머리를 서로의 가슴에 묻고 죽었다. 조선 위안부들은 따로따로 떨어져 죽은 경우가 많은데, 대부분 전표 보따리를 꼭 끌어안고 있었다. 마치 그것을 빼앗기지 않으려고 하는 태도였다. 어느 위안부는 그 상황에서도 치마를 벗어 들고 죽어 있었다. 총을 쏘며 들어오는 자를 연합군으로 착각했는지도 모를 일이었다. 백기를 흔들면 쏘지 않을 것으로 믿었던 것이다. 키가 작은 위안부는 며칠 전에 야전병원에서 하사 부상병으로부터 받은 시계를 두 손으로 쥐고 죽어 있었다. 금순은 한 손에 면도칼을 빼 들고 눈을 뜬 채 죽어 있었다. 살아 있는 사람은 아무도 없었다. 동굴의 끝에 네덜란드 백인 여자가 두 손을 모아 쥐고 가슴에 총탄을 맞은 채 앞으로 고꾸라져 죽었는데, 그녀의 자세는 마치 기도를 하다가 죽은 모습이었다. 마지막 순간 기도를 했는지도 모를 일이었다. 무엇을 기도했는지는 그녀만이 알 수 있을 것이다.

제20장

반둥에서 북동쪽으로 오십여 킬로미터 떨어진 곳에 임시 항공대가 설치되고, 항공병 교육장이 생겼다. 일본에서 소년들을 데리고 와서 삼 개월의 훈련을 시키고, 비행기를 태워 보냈다. 자바 해와 반다 해로 진입한 연합군 함대를 격파하기 위해 가미가제 특공대로 기르는 어린 병사들이었다. 일백이십여 명의 단기 항공 교육대생이 하사관과 장교의 인솔을 받아 여섯 대의 트럭에 타고 일백여 킬로미터 떨어진 도라지꽃 집으로 왔다. 차에서 세 시간 이상 시달려서 소년대원들은 지쳐 있었다. 성당 앞(소년병이 볼 때는 성당이었다)에서 내린 그들은 하사관의 지시를 받아 줄을 섰다. 네 줄로 줄을 서면서도 소년병들은 영문을 모르고 있었다. 단체손님을 맞이한 관리실에서 인도네시아 중년 남자가 나왔다. 미리 연락을 취했으나, 여자의 방에 다른 병사들이 있어 소년병들은 잠시 기다려야 했다. 하사관이 소년병들을 세워놓자 교관으로 보이는 대위가 나와서 헛기침을 하더니 입을 열었다.

"너희들은 여기 도라지꽃 집에서 하루를 보낸다. 여기 도라지꽃이 삼십여 명밖에 되지 않아 일백이십여 명인 너희들로서는 사 교대를 해야 한다. 저녁 여섯 시까지면 되니까 시간은 충분하다. 부대 교육비로 전표 매입도 했으니, 마음 놓고 즐겨라. 내일 아침 출정을 앞두고 아무쪼록 몸의 정기를 기르기 바란다. 질문 있는 자는 말하라."

"교관님……."

앞쪽에 있던 소년병 한 명이 팔을 들었다.

"무엇이냐?"

"도라지꽃이 무엇입니까?"

"여기 있는 여자 위안부들을 말한다. 이 여자들은 조선 처녀들로서 일본군에 봉사하기 위해 반도에서 머나먼 남방으로 온 충성심이 갸륵한 여자들이다."

그제야 알아들은 소년병은 얼굴을 붉혔다. 위안소에서는 다른 병사를 더 이상 받지 않았다. 일을 끝내고 위안소를 나가던 병사들은 위안소 앞에 줄을 지어 서 있는 열여섯 살 정도의 소년들을 보며 히죽히죽 웃었다.

"이놈들, 딱지 떼러 왔구나?"

한 마디 던지고 지나가는 병사들도 있었다.

위안소 안에 들어 있던 병사들이 모두 나가자 소년병들이 들어갔다. 창구에서 전표와 샤쿠, 그리고 방의 번호가 적힌 쪽지가 나왔고,

하사관이 그것을 받아 소년병에게 주었다. 전표와 고무 샤쿠를 받으며 키가 작고 앳된 소년병이 물었다.

"안 들어가면 안 되나요?"

"안 된다."

하사는 잘라 말하며 씨익 웃었다.

"명령이다. 지켜라. 그리고 반드시 샤쿠를 끼고 작업하라."

소년병은 얼굴을 붉히며 안으로 들어갔다. 가미가제 특공반인 그들은 비행기를 타고 적함 위로 떨어지는 일을 해야 했다. 죽으러 가는 마당에 숫총각의 딱지를 의무적으로 떼어야 했다. 소년들은 번호표를 보고 여자의 방 앞에 가서 말했다.

"안녕하십니까. 항공 교육대생 이시무라 왔습니다. 들어가도 되겠습니까?"

안에서 아무런 기척이 없자 소년병은 문을 열고 들어갔다. 문 밖에서 관등성명을 대고 들어가는 소년병도 있었지만 노크하고 들어가는 소년병도 있었다. 더러는 방 안으로 들어가 경례를 붙이고 소리쳤다.

"항공 교육대생 아오끼라고 합니다. 지금부터 숫총각 검열을 받으러 왔습니다."

숫총각 검열이란 하사관이 시킨 말이었다. 여자는 누워서 바라보다가 소년병이 온 것을 보고 반가워했다. 가끔 소년병들이 왔는데, 그때는 동생 같은 기분이 들고 귀여워서 잘 대해 주었다.

"어머, 너희들 왔니?"

"하이."

소년병은 부동자세로 서 있었다. 여자는 키득키득 웃고는 소년병의 곁으로 다가왔다. 그러면 소년병은 하사관이 시킨 대로 전표를 여자에게 내미는 것이었다. 그런데 전표와 샤쿠를 같이 내밀기도 하고, 방의 번호표까지 모두 내밀기도 했다.

"숫총각 검열해 주지. 해 주고 말고."

부동자세로 서 있는 소년병의 혁대를 풀고 옷을 벗기면 소년병은 두려움과 긴장으로 몸을 떨었다. 어느 소년병은 눈물을 글썽이기도 하는 것이었다.

"난 아직 여자하고 잠을 잔 일이 없어요."

소년병이 떨면서 말하는 것이다.

"알고 있어."

"어떻게 하는지 몰라요."

"알고 있어."

옷을 모두 벗기자 소년의 맨숭맨숭한 육체가 드러났다. 여자는 소년의 몸을 만졌다.

"떨고 있지 말고 이리 와."

여자는 옷을 벗고 손짓해서 불렀다. 가까이 다가와서 눕는 소년의 그것에 고무 샤쿠를 끼워 주었다. 건강한 소년들이었기 때문에 고무 샤쿠만 끼워 주어도 배설하는 소년병이 있는가 하면, 두려워하며 몸을 빼기도 했다.

의족을 하고 있는 옥경의 방으로 들어온 소년병은 경례를 붙이고 나서 말했다.

"숫총각 검열하려고 왔습니다."

"너 정말 숫총각이냐?"

"하이."

"이리와 봐. 만져 보면 알아."

옥경은 짓궂은 웃음을 흘리며 가까이 다가선 소년병의 사타구니에 손을 넣었다. 소년병은 수줍어하면서도 부동자세로 서 있었다. 소년의 그것은 힘차게 발기되어 있었다.

"아주머니, 저는 그 짓 하기는 싫어요."

소년병은 얼굴을 붉히며 변명하듯 말했다.

"그럼 왜 들어왔니?"

"교관님이 들어가라고 해서 왔어요. 그러나 우린 내일 떠나면 돌아오지 못해요."

"가미가제니?"

"하이."

"쯔쯧."

옥경은 딱하다는 듯 혀를 찼다.

"아주머니, 그러니 그냥 안아만 주세요."

"안아 줘?"

"하이."

"그게 무슨 말이니?"

"안아만 주세요. 그리고 했다고 생각하면 되잖아요."

"하기 싫으니?"

"그 짓은 싫어요. 이런 식으로는 싫어요."

"왜?"

"제가 아주머니를 사랑하는 것도 아니잖아요."

"그러니? 하하하, 귀여운 놈."

하기 싫다는 것을 억지로 할 필요는 없었다. 소년병이 원하는 대로 안아만 주기도 했는데, 그렇게 안겼다가 나가는 소년병도 적지 않았다. 나중에 여자들끼리 모여서 소년병 받은 이야기를 주고받을 때엔 여러 가지 모습이 나타났다. 어느 소년병은 배설하고 울더라는 말도 나왔다. 어느 소년병은 성경험이 있는지 능숙하게 처리하기도 하고, 한 번 배설하고는 아쉬워하며 한 번 더 해 줄 수 있느냐고 묻는 소년병도 있었다고 했다. 그런 소년병은 고참 병장의 빰을 치고도 남을 놈이라고 말하며 여자들은 웃어 대었다.

옥경의 품에 잠깐 안긴 소년병은 더듬거리며 말했다.

"아주머니 품에 이렇게 안기니까 고향이 생각나요."

"고향의 누구?"

"모든 식구들요."

"나도 그렇다. 나에겐 너만 한 여동생이 있다, 고향에……."

"이게 뭐예요?"

소년병은 옥경의 한쪽 다리에서 만져지는 딱딱한 의족을 가리켰다.

"난 한쪽 다리가 잘려나갔어. 그래서 의족을 한 거야."

"그러시고도 사람과 자요?"

"그럼 어떡하니?"

"……"

소년병은 창백한 표정으로 옥경을 쳐다보았다. 그는 곧 일어나서 경례를 붙였다.

"항공 교육대생. 숫총각 검열 잘 끝내고 물러갑니다. 안녕히 계십시오."

"잘 가요, 소년병. 또 와요."

그렇게 말하고 생각하니 그 소년병은 다시 못 올 길을 떠난다는 것을 깨달았다.

"훌륭하게 전사해요."

"하하."

일본군에게 있어 죽으라는 말은 모두 좋은 의미에서 사용되고 있었다. 전쟁에서 죽는다는 것을 영광으로 생각하는 습성 때문에 기분 나쁘게 생각하지 않았다. 훌륭하게 전사하라고 하면 극히 일부만 기분 나쁘게 생각했다. 그 소년병이 나가고 나자 다른 소년병이 들어왔다. 여자들은 각기 네 명씩의 소년병을 받는 것이었지만 대부분 빨리 끝났기 때문에 저녁까지 지연될 필요가 없었다. 정오가 조금 지나 소년 항공병들은 위안소를 철수했다. 조금 늦게 점심을 먹으면서 위안부들은 깔깔거리며 소년병에 대해서 이야기했다.

"나한테 온 한 녀석은 글쎄, 저 혼자 발기한 그것에 샤쿠를 씌우는데, 제대로 하지 못하는 거야. 거꾸로 씌웠다가 잘 안 되자 다시 뒤집어씌우면서 땀을 흘리는 거 있지. 그래서 내가 물어보았지. 여자와 자 본 일이 있느냐고. 그러자 이 녀석 하는 말이 여러 번 있다는 거야. 그런데 내가 보니 처음 하는 것 같아. 샤쿠도 처음 끼워 보는 것이고. 여자와 자 보는 것도 처음이야. 그런데도 여러 번 경험이 있는 척하며 으스대는 거야. 아주 우스운 놈이었어."

"내가 받은 놈은 크면 늑대가 될 거야. 처음에는 수줍어 하다가 그 짓을 하고 나더니, 나보고 하는 말이 거길 한 번 구경시켜 달라는 거야."

"거기가 어딘데?"

"애는? 몰라서 묻니?"

여자들이 웃었다.

❖

전쟁이 막바지로 접어들면서 연합군의 선전 삐라는 자바의 자카르타 근교의 공중에 살포되었다. 그리고 그 삐라와 함께 큰 부대를 중심으로 폭격이 계속되었다.

'우리들의 친구, 자바의 주민이여, 일본군은 필리핀에서 패퇴했다. 우리들은 이제 여러분들을 일본군의 가혹한 치하에서 구해 주려고 한다.

여러분! 무익한 전쟁은 하지 맙시다. 군인들은 군부와 재벌 책동에 춤추고 있으며, 귀중한 생명을 내던지고 있는 것입니다. 이처럼 어리석은 일이 또 어디 있겠습니까? 총을 놓고, 또는 손수건을 들고 참호에서 나오십시오. 당신의 생명을 보장하며 대우할 것을 약속합니다. 본국에서 사랑하는 부모와 처자가 당신이 돌아오기를 기다리고 있습니다. 무익한 유혈을 그치고 이 전단을 가지고 지금 곧 와 주십시오. 연합군은 여러분을 기다리고 있습니다.

당신의 어머니가 당신이 돌아올 귀향 열차를 기다리며 플랫폼에서 있습니다. 당신은 어머니를 실망시키는 무모한 죽음의 길을 택하겠습니까?

조선의 군속들이여! 이제 더 이상 일본군의 압제에 사역되지 말고 과감히 떨치고 벗어나십시오. 일본군의 진영을 벗어나 연합군 진지로 오십시오.'

여러 종류의 삐라가 도라지꽃 집의 지붕 위에도 떨어졌다. 그러나 어느 전단에도 위안부에 대해서는 언급이 없었다. 위안부는 전투와 무관했는지 모른다. 진옥은 여자들이 주워 오는 연합군의 선전 삐라를 들여다보며 말했다.

"몰러카즈 제도로 간 파견대를 따라간 우리 애 열 명이 걱정이야. 소식이 끊긴 지 여러 달이야. 제16군 사령부 참모들의 이야기로는 암본도 연합군에 의해 점령되었대. 우리 애들은 어떻게 됐을까."

"그 속에 금순이와 춘자도 있어."

옥경이 한숨을 내쉬며 말했다.

"가지 말라고 했는데, 그 애들은 그쪽으로 가면 조선 땅과 가까워진다면서 떠났어."

선전부의 차량이 먼지를 일으키며 위안소로 달려왔다. 히나쓰가 차에서 내리며 진옥에게 뛰어왔다.

"비키코, 암본에 파견된 여자들의 소식을 알았소."

"어떻게 됐어요?"

진옥은 긴장한 어조로 물었다. 히나쓰는 급히 달려왔지만 입을 열지 못하고 망설였다. 망설이는 히나쓰의 태도를 보자 진옥은 당했다는 생각을 하며 가슴이 철렁했다. 진옥의 옆에 있던 옥경과 영희, 그리고 다른 두 명의 여자도 긴장했다. 일본군이 패전하고 연합군이 점령했다고 해도 전투요원이 아닌 여자들은 무사할 것으로 기대하고, 그녀들의 소식을 다각도로 알아보았다. 선전부에 있는 히나쓰가 연합국 쪽의 통신기자 루트를 통해 여자들의 소식을 알아온 것이다.

"학살되었다고 해요."

"학살?"

진옥의 입술이 바르르 떨렸다.

"연합군이 죽였어요?"

"아니오. 일본군이 여자들을 모두 동굴에 넣고 사살했다고 해요. 일종의 옥쇄지. 살려 두지 않고 같이 죽자는 식이오. 일본 파견대도 전멸이라고 하오."

"죽으려면 저희들이나 죽지 왜 우리 애들까지 죽여? 그동안 찢어지는 고통을 참으며 욕망을 채워 준 것도 시원찮아 죽음도 동반하자는 거야, 개새끼들……."

진옥이 분노의 어조로 투덜거렸다. 영희가 두 손으로 얼굴을 가리며 울었다. 열 명의 동료들이 일본군에게 학살되었다는 사실도 끔찍했지만 영희의 머릿속에는 가깝게 지냈던 같은 고향 밤골의 여자들이 떠올랐던 것이다. 영희는 안경을 벗어 허리춤에 찌르고 소리 내어 울었다. 옥경의 눈에도 눈물이 맺혔다. 끝까지 살아남아 밤골로 돌아가자고 약속했지만 금순과 춘자의 삶은 끝났던 것이다.

"울지 마. 어쩔 수 없잖아. 전쟁은 곧 끝나. 우리들이나 악착같이 살아야지."

옥경이 눈물을 삼키며 영희를 달래었다. 영희는 계속 훌쩍거렸다. 진옥은 무거운 발걸음으로 히나쓰와 함께 선전부 차 쪽으로 걸어갔다. 저녁 햇살이 얼굴을 붉게 비추며 긴 그림자를 늘였다.

"암바라와에서 고려독립청년당 요원이 항쟁을 일으켰어요."

"뭐라고요?"

히나쓰의 말에 진옥은 놀라며 돌아보았다.

"두 명의 당원이 자결을 했소. 일본 주번사관과 하사 한 명을 죽이고."

"무슨 일이에요?"

"조선인 군속을 속박하는 데 대한 무력 항거였소."

"다른 당원들은 노출되지 않았어요?"

"군사령부 헌병대에서는 이미 눈치 채고 체포를 서두르고 있어요."

"내가 지금 힘이 없어 어쩌지요? 전같이 부대장의 첩이라면 입장이 다르겠지만."

"누구의 힘으로도 어쩔 수 없소."

"당신은 어떻게 돼요?"

"나는 가입한 당원이 아니오. 당신처럼 뒤에서 후원할 뿐이오."

"다행이네요. 그러나 체포되는 군속들이 당신 이름을 거론하면 어쩌지요?"

"쉽게 거론하지 않을 거요."

"고문을 할 거예요. 일본군의 고문이 얼마나 잔인한지 알잖아요."

그들은 차에 올랐다. 운전병이 일본군 상병이어서 그들은 입을 다물었다. 히나쓰는 조선말을 못해서 일본말로 주고받았다.

"그건 나중에 상의합시다."

히나쓰가 결론을 내렸다. 차에 엔진을 걸면서 출발하려고 할 때 사단 쪽에서 공습 사이렌이 울렸다. 공습 사이렌이 울리면서 거의 동시에 폭격기가 공중을 선회하는 것이 보였다. 대공포가 쏘아지고 포탄이 떨어져 내렸다. 이번에는 폭격기들이 높은 위치에서 폭탄을 투여했다. 선전부 차량은 하늘에서 잘 보이지 않는 숲 쪽으로 내달았다. 차가 먼지를 일으키며 숲으로 들어갔다.

진옥은 차 안에서 위안소 쪽을 내다보았다. 위안부들과 몇몇 병사들이 밖으로 뛰어나와 파놓은 방공호로 향했다. 그곳은 공격대상이 되지 않기도 했지만, 자주 있는 일이라는 듯 천천히 걸어 나오며 하늘을 올려다보고 웃고 있는 여자들도 있었다. 아예 성당 안에서 나오지 않는 여자들도 있었는데, 관리실에서는 여러 번 주의를 주었으나, 그녀들은 그대로 누워 있었다.

나무가 차량을 은폐했으나 위험했기 때문에 히나쓰와 진옥은 차에서 내려 숲의 언덕 밑에 몸을 숨겼다. 운전병도 차에서 내려 한쪽에 있는 종려나무 밑에 가서 앉아 담배를 피워 물었다. 진옥은 언덕 밑에 앉아 위안소 쪽을 바라보았다. 그녀의 시선이 경악을 했다. 담배를 꺼내서 입에 물던 히나쓰가 진옥의 시선을 따라 위안소 쪽으로 향했다. 히나쓰의 시선이 위안소로 향하는 바로 그 순간 시커먼 물체 하나가 성당 지붕 위로 내려왔다. 진옥의 손이 히나쓰의 손을 잡았다. 힘주어 잡는 그 순간 폭음이 울리며 성당이 부서졌다. 대형 폭탄 하나가 위안소 지붕 위로 떨어진 것이다. 그때 위안소에서 밖으로 나오는 여자의 모습이 보였다. 그녀들은 서로 이야기를 나누며 천천히 걸어 나왔던 것이다. 폭탄이 폭발하자 여자들은 쓰러졌다. 파편을 맞기도 했지만 폭발하는 폭풍에 몸이 날리듯이 쓰러졌던 것이다. 진옥은 두 손으로 얼굴을 가리며 "악." 하고 소리쳤다.

위안소의 건물 위로 떨어진 폭탄은 건물을 전소시켰다. 잔해 속에서 여자의 비명이 터졌다. 건물 안에 생존자가 있는지, 건물이 무너지는 소리와 함께 비명이 터져 나오고 있었다. 진옥은 몸을 일으켜 위안소로 가려고 했지만 히나쓰가 그녀의 팔을 잡아 제지했다. 진옥은 그의 팔을 뿌리치고 뛰어갔다. 히나쓰가 진옥의 뒤를 따라 뛰었다.

부서진 건물의 틈 사이로 여자가 기어 나오는 모습이 보였다. 방공호에 있던 관리실의 인도네시아 사람이 건물 쪽으로 뛰어왔다. 위안소 입구에서 쓰러졌던 여자들이 몸을 일으켰다. 진옥과 히나쓰는 부서져 내린 건물의 틈 사이로 해서 안으로 들어갔다. 안에는 연기와 먼지처럼 날리는 파편으로 가득 차 있었다. 여기저기 신음 소리는 들렸으나 사람의 모습은 보이지 않았다.

비명이 다시 커졌다. 진옥은 무너진 벽 틈 사이로 소리가 들리는 곳을 살폈다. 그곳에 네 명이 쓰러져 있었다. 여자의 몸에서 피가 흘러나왔다. 두 명은 이미 숨을 거두었고, 두 명은 살아 있었다. 비명은 그 두 명의 여자가 지르고 있었다.

"옥경아."

진옥은 쓰러져서 두 팔을 허우적거리는 옥경을 불렀다. 그녀의 다른 쪽 다리에서 피가 흘러나오고 있었다. 의족은 부서져 있었다. 벽에 짓눌려서 빠져나오지 못했다. 히나쓰가 벽을 밀어서 옥경의 몸을 겨우 빼내었다. 옥경의 옷자락을 잡은 채 쓰러져 있는 영희는 숨을 쉬고 있었으나 혼수상태였다. 진옥과 히나쓰는 두 구의 여자 시체와 부상 입은 영희와 옥경의 몸을 끌어내었다. 네 명의 여자들은 같은 방에서 나가지 않고 있다가 변을 당했던 것이다.

폭격기들이 떠나고 공습을 해제하는 사이렌이 울렸다. 방공호에 들어가 있던 여자들과 병사들이 밖으로 나왔다. 그들은 부서진 건물을 멍하니 바라보았다.

"차를 가져와요. 부상 입은 여자들을 옮겨요."

진옥이 소리치자 히나쓰가 숲으로 뛰어갔다. 그러나 그는 뛰어가다가 다시 돌아왔다. 운전병이 차를 몰고 숲에서 나오고 있었다. 부상 입은 여자는 다섯 명이었는데, 옥경과 영희, 그리고 다른 여자 세 명이었다. 옥경은 피를 흘리고 있었지만 큰 부상은 없었다. 한쪽 다리가 부서졌지만 살점이 찢어진 것이 아니고 의족이 깨어졌을 뿐이었다. 여자들이 부상자를 선전실 차량에 실었다.

영희는 부상 입은 곳이 보이지 않았으나 계속 혼수상태에 있었다. 진옥은 부상 입은 여자들과 함께 야전병원으로 갔다. 옥경은 별다른 처치가 없었다. 옥경의 부서진 의족을 보더니 위생병이 키득거리고 웃었다. 그때 한쪽에서 누군가 말했다.

"어이, 위생병. 이 여잔 죽었다. 밖으로 끌어내라."

그 소리에 진옥이 놀라며 쳐다보았다. 영희를 두고 하는 말이었다. 진옥은 영희의 몸 가까이 가서 들여다보았다. 그녀는 호흡을 하지 않았다.

"어떻게 된 거예요? 조금 전까지만 해도 살아 있었는데?"

"뇌에 손상을 입었소."

낯선 군의 소위가 말했다.

위생병들이 와서 영희의 시체를 들고 나갔다. 영희는 잠자는 것처럼 누워 있었다. 진옥은 영희의 들것을 따라 밖으로 나갔다. 밖에는 야전병원으로 왔다가 죽은 다른 병사들의 시체들이 가지런히 놓여 있었다. 들것 위에 있는 시체에는 광목 같은 천이 덮여 있었다. 영희의 몸 위에도 광목이 덮였다. 진옥은 영희 옆에 앉아 광목을 들치고 얼굴을 들여다보았다. 영희는 무엇을 생각하다가 죽었는지 웃는 얼굴이었다. 죽기 전에 환상이라도 본 것일까. 아마도 밤골을 보았는지 모를 일이었다. 진옥은 영희의 시체 옆에 앉아 우두커니 내려다보았다.

이렇게 하여 같은 고향 마을에서 잡혀 온 여자들이 하나둘 저 세상으로 떠나는 것이었다. 금순과 춘자는 파견대를 따라갔다가 죽었고, 영희는 폭격에 맞아 죽었다. 유일하게 살아남은 옥경은 불구자가 되었다. 그녀들의 운명을 생각하자 진옥의 눈에서 눈물이 흘러내렸다.

"전쟁은 그 자체가 죽음이고 지옥이오. 운다고 해결되는 것은 아무것도 없소."

히나쓰가 진옥에게 가까이 다가와서 말했다.

"죽음이고 지옥이지만 인간이 살고, 인간이 하고 있어요."

진옥은 말했다.

"우리는 살아남기로 약속했는데, 그것마저 뜻대로 되지 않아요. 살아남는 것만으로도 승리라고 생각하자고 했어요. 살아남아서 우리가 겪었던 일을 증언해야 해요."

"일본은 비키코와 동료들의 일을 지우개로 지우고 싶겠지. 그러나 역사는 그렇게 지워지지 않는 것이오."

히나쓰는 '민족의 혼'과 '봉화'라는 영화를 만들어 인도네시아 국민들에게 보여 주었다. 제16군 사령부의 의도는 인도네시아 사람들이 네덜란드 지배에서 벗어나 같은 동양민족인 일본에게 협조하기를 바랐었다. 그러나 영화의 테마가 독립정신에 강한 비중을 주어서, 일본군의 의도를 넘어 인도네시아의 민족정신을 분발케 일깨워 주었던 것이다. 그와 같은 일련의 영화를 비롯한 일본 군정의 적극적인 선전은 착오를 저지르기도 했다. 착오란 일본군의 의도를 넘어서고 있다는 것이었다. 인도네시아인은 독립정신으로 뭉치기 시작하면서 네덜란드군이 진입할 때 식민으로부터 탈피하기 위해 저항하기 시작했다. 저항군들은 가끔 영화 '민족의 혼'이라든지 '봉화'의 장면들을 언급하면서 독려했던 것이다.

영희의 시체는 다른 병사의 시체와 마찬가지로 화장했다. 그러나 위안소에서 이미 죽어 사단의 육군병원으로 옮기지 못한 여자들은 그곳에 묻어 주었다. 화장하려고 사단에 말했으나 받아들여지지 않았다.

영희의 시체를 소각하고 진옥은 야전병원에 남은 옥경을 문병했다. 그녀는 진옥을 만나자 허탈하게 웃어 대었다. 얼굴에는 슬픔도 없는 체념뿐이었다. 진옥은 그녀를 위해 무슨 위로의 말을 해야 될지 알지 못했다.

"진옥아, 영희는 어떻게 됐니?"

"……."

"왜 대답 안 하니?"

"……."

"죽었구나."

"……."

진옥이 고개를 끄떡였다. 옥경은 다리의 통증 때문에 모르핀을 맞고 있어서 졸음이 오는지 하품을 했다. 그러나 영희가 죽었다는 사실을 알자 그녀의 눈에서 눈물이 흘러내렸다. 이제는 더 이상 눈물이 나오지 않을 것 같은 옥경도 영희의 죽음 소식을 듣자 울었다.

언니라고 부르며 네 사람을 무척 따르던 여자였다. 가장 나이가 어리면서도, 임신이라는 그 엄청난 고초를 이겨 낸 순박한 여자였다. 언제나 순박함을 잊지 않았던 영희를 연상하며 옥경은 자신의 죽음이나 부상보다도 더 안쓰러워했다. 그러다가 그녀는 투약된 약기운 때문에 얼굴에 눈물을 흘린 채 잠들었다. 진옥은 손수건을 꺼내 그녀의 뺨에 흘러내린 눈물을 닦아 주고 나갔다.

그녀가 야전병원을 나섰을 때 연병장 한쪽에서 군속 삼백여 명을 모아 놓고 지휘관이 연설을 하는 모습이 보였다. 그대로 지나치려던 진옥은 걸음을 멈추고 바라보았다.

"날로 전투가 어려워지고 있는 이때에 군속의 신분을 가진 자네들이 난동을 부리고 다닌다는 정보가 있다. 있을 수 없는 일이다. 거리를 활보하면서 주정을 하고, 상관에게 폭행을 가하는 자까지 있다는 보고다. 조선 출신인 자네들은 한 사람 한 사람을 보면 모두 우수하다. 실력도 뛰어나다고 할 수 있다. 그러나 많은 사람이 모이면 웬일인지 뿔뿔이 흩어지는 경향이 있다. 자네들은 삼인칠당(三人七黨)이라는 말을 들었을 줄로 믿는다. 조선 출신자에게는 그러한 경향이 있다. 힘이 있으면 너도나도 자기주장만을 내세우며 나서기 때문에 일치단결해서 일에 대응 못한다. 그래서 자네들의 나라는 일본의 통치하에 놓이게 되었다. 이런 분열적인 성질을 극복하지 못한다면 이 전쟁의 중대한 때를 이겨 내지 못하게 된다. 이 중대한 때에 고향으로 돌아가고 싶다고 주장하는 것은 삼인칠당이나 다름없다. 내선일체의 마음을 갖기 바란다."

중좌는 군속들이 처음 약속된 이 년 계약 기간이 만료되어 조선으로 돌아가려는 추세를 보이자 그것을 막기 위해 훈시하는 것이었다. 중좌의 훈계가 끝나자 앞쪽에 있던 군속 한 명이 손을 들었다.

"질문이 있습니다."

"말하라."

"중좌께서는 삼인칠당이라고 말했는데 세 사람이 어떻게 일곱 개의 당을 만들 수가 있습니까? 저는 그러한 고등수학을 알 수 없으니 풀이해 주시겠는지요."

"뭐가 어째? 이 자식이."

중좌는 얼굴을 붉히며 화를 내었다. 한쪽에서 지나다가 걸음을 멈추고 듣던 진옥이 손뼉을 쳤다. 손뼉소리가 들리자, 중좌를 비롯한 군속들이 고개를 돌려 보았다. 양장을 하고 서 있는 젊은 여자가 박수를 치고 있었다. 중좌는 무엇이라고 더 말을 하려다가 한쪽에 서서 박수를 치는 진옥을 보자 찔끔하는 표정을 지으며 연단에서 내려갔다. 하사관이 줄을 지어 서 있는 군속들에게 해산을 지시했다. 군속들은 웅성거리며 헤어졌는데, 진옥 쪽을 힐끗힐끗 보며 무엇인가 수군거렸다. 진옥은 부대를 나와서 위안소 쪽으로 걸어갔다.

위안소로 쓰던 성당이 완전히 폭파되었기 때문에 보수하여 사용하기도 어려웠다. 그러나 여자들이 당장 기거할 방이 있어야 했기 때문에 관리실에서는 사단 공병대를 불러 임시로 통나무집을 만들었다. 통나무와 대나무로 기둥을 세우고, 지붕은 야자 잎으로 덮었는데 야자 잎이 마르면 비가 올 경우 새었다. 야자 잎이 마르지 않아도 소나기가 오면 빗물이 아래로 뚝뚝 떨어지는 것이었다. 그러나 그러한 집이 완성되는 데도 이틀이 걸렸다. 그동안 그녀들은 야숙을 하지 않을 수 없었다. 여자와 자려고 왔던 병사들은 위안소가 파괴되고 방이 없자 매우 난처한 얼굴을 하면서도 돌아가지 않았다. 밤에 노천에서 하자고 사정을 했지만 진옥이 허용하지 않았기 때문에 관리실에서는 병사를 받지 못했다.

위안소는 부서진 성당 옆에, 마치 난민촌같이 통나무와 야자 잎으로 지어졌고, 병사들은 그곳으로 들어가 작업했다. 대나무를 엮은 벽에 야자나무 잎을 덮고, 바닥에는 다다미를 깔았는데 병사들 일부는 성당 안보다 더 좋다고 했다. 성당 안에서는 기분이 언짢았다는 병사도 있었다. 간음하지 말라는 성경 구절을 알고 있는 병사였는지 모른다.

히나쓰는 이륜마차를 타고, 서류 뭉치를 들고 진옥이 기다리고 있는 자카르타의 마두라 거리로 왔다. 언제부터인지 진옥은 위안소에서 병사 받는 일을 하지 않았다. 그녀는 전에 부대장의 첩으로 있을 때처럼 용역 업자는 아니었지만, 여자들의 대표 역할을 하면서 용역 업자와 대등한 입장에 섰다. 한편, 군속으로 있는 영화감독 히나쓰와 자주 만나자 그와 동거한다는 소문마저 퍼졌다. 히나쓰는 서류 뭉치를 진옥에게 보여 주며 말했다.

"고려독립청년당은 주로 군속들이 중심이 되어 모인 결사조직이오. 여기 당의 전략이 적혀 있는데 보겠소?"

히나쓰가 내미는 서류를 보니 조선 글로 적혀 있었다. 진옥은 오래간만에 조선 글을 보자 가슴이 뛰었다. 당 총칙으로 보이는 내용은 다음과 같았다.

· 본부는 자카르타 본소에 두고 총 분견소는 반둥, 세마랑 암바라와에는 지구당을 둔다.

· 각 동지는 당의 목적을 위해 일본군 간부에게 신임을 얻을 수 있도록 하여 행동에 의심을 받지 말 것이며, 군사기밀을 탐지하고 정세 판단에 민첩해야 한다.

· 각 지구의 책임자는 최소한의 핵심 동지를 조직할 것이며, 동료 간의 유대를 공고히 한다.

· 현 전쟁이 연합군의 상륙을 예상할 수 있는 바, 이에 대하여 동료들은 수용소 내 포로 고위 지휘관급을 포섭하고, 연합군이 상륙할 때에 그들의 지휘 계열을 이용하여 작전계획을 세운다.

· 항일 투쟁은 일본이 패전할 때까지 계속하며, 지하투쟁을 위해서는 각 지구에 알맞은 투쟁 방법을 고안하여 화교와 인도네시아 민족 세력과 동조해서 공동전선을 확대한다.

· 기타 비당원으로서 동맹통신사 특파원 S 씨, 선전부의 H 씨 그리고 Y 씨가 우리들과 뜻을 같이하며 배후세력으로 후원한다.

글을 모두 읽고 나서 진옥은 히나쓰를 쳐다보았다.

"S 씨와 H 씨, Y 씨는 누구예요?"

히나쓰가 씨익 웃더니 설명했다.

"S 씨는 동맹통신사 특파원 신경철 씨고, H 씨는 바로 나요. 그리고 Y 씨는 유진옥 씨 당신이오."

"내 이름을 당원들이 알아요?"

"간부들만 알고 있소. S와 H와 Y가 정확히 누구라는 것은 모르고 있소. 간부들만 알고 있는데, 그건 우리를 보호해 주기 위해서요."

"보호는 우리뿐만이 아니라 군속들이 모두 받아야 할 텐데 이런 유인물이 나도는 것은 위험해요. 이런 건 없애고 머릿속에 넣도록 해요."

"그렇지 않아도 그렇게 하고 있소. 이것을 써 가지고 온 것은 이 조직을 확대하기 위해 당신의 도움을 얻으려는 것이요."

"이런 걸 보여 주지 않아도 도울 거예요."

"고맙소."

"뭘 돕지요?"

"고려독립청년당이 주축이 되어 수송선을 탈취하여, 군속들과 자바에 거주하는 조선인들, 그러니까 당신이 거느리고 있는 위안부, 약간의 조선인 간호사들을 모두 태우고 이 섬을 탈출하는 계획이오. 일본군은 패전하지만 언제 패전할지 모르며, 패전하면서 일본군은 어떤 짓을 저지를지 모르오. 그래서 그전에 조선인들을 자바에서 탈출시키려고 하는데, 해상과 공중은 연합군의 수중에 있소. 인도양으로 빠지면 연합군 함대를 만나는데 우리가 탈출한 선박임을 밝히면 구조받을 것이오.”

“배의 크기는요? 자바에 있는 조선인을 모두 태우려면 배도 커야 하고, 보안도 지켜져야 하고, 집결지도 문제예요.”

“그건 모두 준비하고 있소. 배는 이천여 명을 태울 수 있는 수미레 호요. 그 배는 포로를 실어 나르는 선박인데 배가 탄정프리옥 항을 떠나서 자바 해로 나가면, 그곳에서 탈취할 것이오. 선수를 서쪽으로 돌려 선다 해협을 돌면서, 선다의 어느 지점에서 조선인들을 태우고 인도양으로 빠지지. 수송선은 포로를 실어 나르는 배여서 경비는 군속이 맡게 되고, 선장과 기관장을 협박하면 되오. 포로 가운데는 해군장교가 있기 때문에 그것을 조사해서 그 사람을 시켜 항해토록 하는데, 배를 탈취하여 통신을 두절시키는 것은 가능하오. 그리고 배에 충분한 무기와 식량을 싣는 것도 가능하오.

문제는 조선인 이천여 명을 태우고, 포로를 내리는 일이오. 선다는 자카르타에서 서쪽으로 사십여 킬로미터 떨어져 있는데 중간에 초소가 세 군데 있소. 이천여 명을 그곳으로 옮기면 헌병대에 체크되어 추적을 받을 위험이 있는데, 요는 해안을 나누어 분산해서 타는 방법이 있고, 선다에 집결하되 한꺼번에 가지 말고 나누어 가서 정해진 시간에 집결하는 일이오.”

“그러한 일이 가능할지는 모르지요. 그러나 가장 중요한 문제점은 탈출 계획을 진행하는 행동보다 보안이에요. 나는 이곳으로 오는 도중에 대련이란 항구에서 내가 데리고 있던 쉰 명의 여자를 집단 탈출시키려고 했던 일이 있어요. 신분증과 여행증을 비싼 돈 주고 위조로 만들었어요. 그런데 반은 탈출에 성공하고 반은 실패했어요. 직전에 일부가 체포되었어요. 잡히지 않은 여자들도 어떻게 되었는지 확인하지 못했으니 알 수 없어요. 그 일로 부대장은 나를 보지도 않고 떠났지만. 나는 그때의 일이 가끔 생각나요. 그건 분명히 누군가 제보한 거예요. 내가 데리고 있는 누가 제보했어요. 누굴까? 그렇다고 누굴 의심하는 것처럼 나쁜 건 없어요. 우리의 탈출 계획을 헌병대에 밀고해서 헌병대는 그때를 기다리고 있다가 덮친 거예요. 대관절 누구일까? 아니면 헌병들이 우연히 알게 된 것일까? 그렇지는 않아요. 그 계획은 다른 여자들이 구체적으로 알지도 못했고, 얘기할 때는 조선말로 했기 때문에 헌병이 우연히 들은 것은 아니에요. 기다렸다 덮치는 것을 보면 제보한 거예요. 이 일도 마찬가지예요. 히나쓰, 노파심으로 하는 말이 아니에요. 사람으로 구성된 집단은 아주 미묘한 이해관계가 있어서 때로는 배신자가 있기도 해요. 고려독립청년당의 결사대원이 몇 명인지는 모르지만, 피를 흘려 서명했다고 하지만, 완벽하다고 믿으면 곤란해요. 프락치가 있을 수도 있어요."

"옳은 말이오. 그러나 이 계획은 이미 진행되고 있소. 취소시키기는 곤란하오."

"내가 도울 수 있는 것이 무엇이지요?"

"육로의 수송이오. 위안부 가운데 조선 여자 전원과 간호사, 그리고 군속 일부를 선다까지 옮기는 일이오. 세 곳의 초소에서 아무 저항 없이 통과하려면 부대의 고위직책을 가진 사람의 통행증이 필요하오."

"누구의 통행증이요?"

"제16군 사령관의 사인이 들어 있다든지……."

"제16군 사령관은 자바의 통치자이니 괜찮겠지요."

"그리고 안전한 수송입니다."

"언제 하나요?"

히나쓰는 잠깐 망설이더니 입을 열었다.

"배는 2월 8일 출항해서 싱가포르로 향하는데 수송 지휘관은 가사하라 중위입니다. 일본군은 한 개 분대만 승선하고, 포로 경비는 조선인 군속들이 마흔여 명 승선하며, 포로는 일천오백여 명 타는데, 일본 선원이 협력하지 않으면 포로 중에 있는 해군출신 장교의 도움을 받을 것이오. 선박과 통신 교환은 동맹통신 특파원 신형이 맡아 암호로 교신할 것이오. 배를 탈취하여 성공을 알리는 통신 교환이 있으면, 그 통신 교환은 다음 날 9일 낮 열두 시에 하기로 되어 있소. 그때 교신이 안 되면 한 시간마다 확인할 것이고, 10일 밤 한 시까지 교신 불능이거나 실패를 알리면 이 거사는 취소되고, 육로 수송은 포기되는 거지요. 당신과 나는 육로 수송의 책임자로, 책임자라기보다 배후 인물로, 트럭을 비롯한 차량과 증명을 받아 내야 하오. 수송은 10일 낮부터 시작해서 11일 밤까지 진행하는데, 선박은 11일 자정에 정박하고, 우리는 작은 배로 나가 배에 승선할 계획이오. 자바에 있는 군속을 비롯한 이천여 명의 조선인을 집단 탈출시키는 이 계획은 일본군을 아연케 할 거요."

"대단히 신나는 계획이네요. 돕겠어요. 왜놈들이 천우신조를 입버릇처럼 말하지만 그 일이야말로 천우신조를 바라야 하겠네요.

"비키코, 성공하기를 빕시다."

"내 이름은 유진옥이에요, 히나쓰."

"내 이름은 허영이오. 당신은 나를 일본 이름으로 부르면서, 뭘."

"당신이 만든 '너와 나' 같은 영화는 완전히 친일 영화예요. 조선 청년이 내선일체에 불타 출선해서 전쟁터로 나간다는 그 내용이 말이에요. 어떻게 해서 그렇게 웃기는 영화를 만들었어요?"

히나쓰는 계면쩍은 미소를 지었다. 그는 머리를 긁적거리더니 입을 열었다.

"나는 일본에서 태어나 그곳에서 자랐소. 전에도 얘기했지만, 그곳 영화사에 있다가 만든 것이오. 신흥 시네마 경도 기획부에 근무하면서 만들었는데 그 영화가 육본성의 인정을 받자 나를 자바로 보내 인도네시아 군정에서 선전을 맡으라고 했던 거요. 나는 일본에서 살았기 때문에 일본이 조선 민족을 얼마나 압박하고 차별하는지 실감하지 못했소. 그러다가 이곳에 와서 조선 군속들이 핍박받는 것을 보면서 나도 모르게 울분을 느꼈소. 내선일체라고 하면서 실제는 심한 차별을 하는 것을 목격했소. 그것이 계기가 되어 나는 내 조국에 대해서 곰곰이 생각했소. 나의 부모님은 조선 땅 강원도 춘천 사람이라는 사실, 나는 일본에서 태어나긴 했지만 내 피 속에는 조선 민족의 피가 흐른다는 사실, 당신도 영화를 함께 만들어서 잘 알겠지만 나의 그 독립정신의 의지, 민족에 대한 반성이랄까, 그 자각을 인도네시아 영화 '민족의 혼'과 '봉화'를 연출하면서 표출했소. 처음에는 당신과 조선 여자들을 봉화에 포함시킬까 했지만 내용을 수정했습니다. 당신도 배우로 나오기 싫다고 해서 넣지 않았고. 오늘은 이만 헤어집시다. 우리가 할 일은 참으로 중요하오."

히나쓰는 자리에서 일어서면서 덧붙였다.

"나를 기요미즈 세이 과장의 심복이라고 믿고 있지만 나는 그 사람과 의견 차이가 많은 사람이오. 기요미즈가 생각해 낸 스리에이(3A)운동, 즉 아시아의 빛, 아시아의 모체, 아시아의 지도자 일본이라는 슬로건은 자가당착에 빠진 구호요. 그 밖에 페헤라(민중덕력집결)운동, 자바농공운동, 민중동원운동과 쌀의 강제공출, 노무자 징용, 전쟁경제협력 등은 일본이 조선에 했던, 그리고 하고 있는 똑같은 식민발상이오."

"당신은 그 일의 선전을 맡은 충성스런 신민이 아닌가요?"

진옥이 비꼬자 히나쓰는 또다시 히죽 웃었다. 진옥은 처음에 그의 직분에 대한 반감을 가지고 있었으나, 그가 고려 독립청년당 후원자라는 사실을 알고부터는 그러한 생각은 없어졌다. 방금한 그녀의 농담도 전혀 악의가 없는 것이었다.

진옥은 위안부를 위시하여 조선인들이 자카르타에서 선다 해안으로 갈 수 있는 제반의 통행증을 마련하기 위해 화교의 증명서 위조자들을 만났다. 그 일은 극비리에 진행했다. 가장 가까이 지냈던 위안부들에게도 그 탈출 계획을 말하지 않을 생각이었다.

날짜가 다가오자 진옥에게는 하나의 문제가 대두되었다. 그것은 다리 수술을 하고 치료를 받고 있는 옥경의 문제였다. 옥경의 몸은 쇠약해져서, 함부로 몸을 움직이면 위험했다. 그래서 그녀를 그대로 병원에 두어야 했는데, 모처럼 탈출의 기회가 주어진 이때에 그녀를 빠뜨린다는 것은 가슴 아픈 일이었다. 그러나 그 사실을 그녀에게 말해 주어야 할 듯해서 작전이 시작되는 날 아침, 진옥은 옥경을 찾아갔다.

옥경의 다리 진통은 이제 심하지 않았으나 심리적인 자괴감이 더욱 심했다. 그녀는 지난날 제25사단에서처럼 장교의 전용 입원실에서 치료받지는 못했다. 넓은 홀에 칸막이를 한 간이 침대에 다른 부상병들과 같이 누워 있었다. 칸막이로 가려서 다른 부상병의 모습은 보이지 않았으나 신음 소리며 말소리가 그대로 들렸다. 진옥은 조선말로 나직하게 이야기했다.

"어떠니? 몸은 견딜 만하니?"

"살 것 같아, 군인을 안 받으니까."

"……."

"나에게 할 말이라도 있니?"

"그렇게 보이니?"

"응."

"사실 말이야, 중요한 얘기야. 조선 군속들이 집단 탈출 계획을 세웠어. 위안부 전원도 포함돼."

"그러니? 나는 못 가겠구나?"

"너는 위험해."

"진옥이 너도 가니?"

"나도 우리 애들과 운명을 같이하고 싶어."

"결국 너도 가는구나."

"응."

"배 타고 가니?"

"응. 배 타고 인도양으로 가서 연합군 함대의 보호를 받을 거야."

"연합군 함대?"

"아니면 그대로 빠져나가 제삼국으로 들어가는 방법도 있겠지."

"모두 떠나고 나 혼자 남는구나."

"미안해, 옥경아."

"괜찮아. 나는 어차피 고국으로 돌아가지 않을 거야. 이렇게 병신이 되어 돌아가면 뭘 하겠어."

"언젠가는 전쟁이 끝나. 몸이 그래도 고향으로는 돌아가야지."

옥경은 슬픈 표정도 없이 오히려 미소를 지었다. 그것은 모든 것을 체념하는 태도이기도 했다. 미소 짓는 옥경을 보자 진옥은 섬뜩한 느낌이 들었다. 진옥은 마음을 가다듬고 옥경에게 말했다.

"옥경아, 너는 어떤 일이 있어도 살아 있어야 해. 네가 네 입으로 말했지, 살아남는다고. 그것도 악착같이 살아남겠다고. 이러한 상태에서는 살아남는 것 자체가 승리라고 했지? 절대 딴 생각 말고 살아 있어. 전쟁은 언젠가 끝날 거야. 전쟁이 끝나고 안정이 되면 나는 반드시 여기로 와서 너를 데려갈게."

"고마워……."

"밤골로 가면…… 네 부모님을 만나서 네가 살아 있다는 사실을 전할게."

"그만."

옥경이 부모 얘기를 하자 격하게 반발했다.

"그만해. 나의 부모님에게 내가 병신이 되어 자카르타에 남아 있다고 얘기하지 마."

"물론 그렇게는 얘기 안 해. 그냥 남아 있다고만……."

"살았다고도 얘기하지 마. 아니, 모른다고 해. 만나면 모른다고 해."

옥경의 눈에 이슬 같은 습기가 어리었다. 그것은 슬픔이 아닌 일종의 분노였는데, 누구를 향한 분노인지는 알 수 없었다. 운명에 대한 분노도 포함되어 있었을 것이다.

"진옥아."

옥경은 마음을 가라앉히더니 조용히 불렀다.

"응."

"밤골에 대해서 얘기 좀 하다가 갈래?"

"길게 해도 돼. 계속 있을게."

"가야 된다며?"

"아니야. 여유가 있어."

"밤골이 보고 싶어."

"나도 그래."

"고향이 그립지만 갈 수도 없고, 갈 수 있다고 해도 이 꼴을 하고 어떻게 가겠니. 그건 다른 애들도 마찬가지일 거야. 너는 좀 다르구나."

"나도 처음에는 위안부였고, 나중에는 한 사람의 위안부였잖니."

"부대장의 첩이었지만 너는 좀 달라. 너는 밤골에서도 우리와 달랐어. 물론 지주 유진사님의 따님이었지. 소학교 때나 우리와 어울렸지. 그 후에 네가 경성의 여학교로 공부하러 간 이후 우리와 어울리지는 못했잖니. 그래도 너는 참 좋은 애였어. 나하고 친했던 금순이하고 그날 악극단 보러 간 일이 떠올라. 그 악극단을 보고 있을 때 얼굴사진을 찍혔어. 나중에 우리를 관리한 다마코 여자의 손에 금순이와 내 얼굴사진이 있는 걸 봤어. 그러니까 그때 그 악극단은 시골의 조선 처녀를 모으러 다녔던 것이었나 봐. 춘자와 영희도 마찬가지였어."

"나는 아버지의 세력 때문인지 너희들처럼 공공연하게 납치하지 못하고, 나도 모르게 유괴됐어. 정신을 잃고 쓰러졌지. 흉가에 밤새도록 묶여 있다가, 그 후에 자동차 안에서 시달리다가 너희들이 잡혀 있던 여관으로 끌려갔어."

"진옥아."

"응?"

"그래도 너만은 살아남아야 해. 우리 밤골의 처녀 가운데 너라도 살아남아야 돼."

"……."

옥경의 태도로 보아 아무래도 죽을 것 같아 진옥은 불안했다.

"옥경아, 네가 원한다면 나는 가지 않을게. 너하고 자카르타에 남겠어. 나는 여기 남아도 불편한 것은 없어."

"나를 위해 그런 생각하지 마. 오늘이 며칠이니?"

"7월 8일 아침이야."

"그러니? 지금이 몇 년도지?"

"1945년이야."

"고향을 떠나온 지도 4년이 되었네. 그때가 봄이었나?"

"기억이 잘 안 나."

"나도 그래. 굉장히 오랜 세월이 지난 것 같아. 그렇지 않니?"

"응."

진옥은 갑자기 슬픔이 밀려와서 옥경을 붙들고 울음을 터뜨릴 것만 같았다. 진옥은 억지로 참으려고 얼굴에 미소를 지었다.

진옥이 병원에서 옥경을 만나 이별을 나누고 있을 무렵, 여섯 명의 고려독립청년당 당원이 포함되어 있는 조선인 군속 마흔여 명은 자카르타에서 싱가포르로 가는 포로수송선의 경비를 하려고 탄정프리옥 항에 도착했다.

부두에는 수송 지휘관 가사하라 중위 이외에 장교가 세 명 더 있었다. 하사관과 병사들도 삼십여 명이었다. 군속들이 알기에는 한 개 분대라고 했지만, 실제 일본군 병력의 수는 많았다. 사하라 중위가 서 있는 앞에 하사관들이 서서 줄을 지어 승선하는 포로들의 소지품을 검사하고 있었다. 지난날에는 없던 풍경이었다. 포로의 소지품 검사도 군속들이 할 일이었다. 일본군의 수가 한 개 분대가 아닌 한 개 소대로 늘어난 것에서부터 소지품 검사를 직접하는 것까지 무엇인가 달라진 것이다. 부두에서 서성거리던 김현재라는 군속이 다른 군속에게 속삭였다.

"사태가 이상하게 돌아간다. 거사를 중지해야 될지 모르겠는데?"

"속단하지는 말자. 지금 결단을 내릴 시기가 아니야. 일단 승선한 다음 동정을 살피자."

포로들이 승선하고 있는 동안 군속들은 부두에서 서성거렸다. 예정 시간보다 앞당겨 포로들을 데려와서 승선시키는 일이 군속들을 당혹시켰다. 여섯 명의 청년 당원들은 부둣가에 서서 담배를 피우며 잡담하는 것처럼 연기하면서 작전을 할 것이냐, 취소할 것이냐를 의논했다. 그러나 결론을 내리지 못했다. 다만 승선한 후에 분위기를 보아서 하자고 했다.

포로들이 모두 승선하고, 수송선이 떠날 시각이 되자 고동을 울렸다. 수송선에 포로가 탔다는 것을 연합군에게 알려 잠수함이나 함대의 공격이라든지, 비행기의 공격을 막기 위해 백기를 달았다. 포로들이 탄 것을 알면 공격하지 않았던 것이다. 그러나 큰 함대를 만나면 공격을 받아 포로를 모두 빼앗기는 경우도 있었다. 수송선이 떠난다는 신호를 보내자 군속들은 승선하기 시작했다. 군속들이 승선하자 배는 부두를 떠났다. 그와 동시에 가사하라 중위가 나타나서 말했다.

"모든 군속은 갑판에 모여 사열을 받아라."

인원점호를 하는 것으로 생각하며 군속들은 갑판 위에 섰다. 소위 세 명과 하사관, 그리고 일본군들이 서 있었다.

"계획에 차질이 있어 경비는 병사가 한다. 군속은 내려가 대기하라."

인원점검도 없이 가사하라 중위는 명령을 내리고 안으로 들어갔다. 하사관의 안내를 받아 군속들은 배 아래 선창으로 내려가서 각방에 나누어 들어갔다. 안으로 들어가자 하사가 군속들에게 말했다.

"군속들은 대기하고 있는 동안 갑판이나 다른 부서로 출입하지 말 것을 경고한다."

그렇게 말하고 문 앞에 두 명의 병사를 보초 세웠다. 하사관이 나가려고 하자 군속 한 명이 물었다.

"우리를 왜 이러는 겁니까? 포로를 경비하러 승선한 우리가 포로가 돼 경비를 받는 쪽이 됐습니다."

군속들이 웃었다. 하사관은 입을 실룩하더니 말했다.

"나도 모른다. 상부의 지시다."

정말 모르는 것인지, 시침을 떼는 것인지 군속들은 하사관의 심중을 알 수 없었다. 하사관이 나가자 군속들은 수군거리며 대책을 논의했다. 고려독립청년당 당원들만이 세부적인 작전을 알고, 나머지 군속들은 어렴풋이 윤곽만 알고 있을 뿐이었다. 이를테면 수송선을 탈취한다는 막연한 소리를 들었다. 그리고 그 사실을 전혀 모르는 군속도 많았다. 어떤 방법으로 어떻게 탈취하느냐는 것은 청년 당원들만 알고 있는 일이었다.

"작전이 누설되었다고 봐야 해."

한 당원이 비통한 어조로 말했다.

"어떻게 알았지? 밀고자가 있는 것일까?"

그것은 알 수 없었다. 그 점에 대해서는 아무도 입을 열 수 없었다. 갑판으로 나갈 수 없는 군속들은 작고 동그란 창문으로 밖을 내다볼 뿐이었다. 배는 자카르타 항구를 떠나 항해하고 있었지만, 앞바다를 크게 돌고 있다는 것을 알 수 있었다. 배는 하루 동안 제자리에서 돌기만 했다.

"가고 있는 척하지만 돌고 있는 게 분명해. 해가 비치는 것을 보면 알 수 있지."

"왜 돌고 있을까?"

"수송선 탈취 정보가 새어 나간 거야."

"새어 나갔다면 더욱 망설일 수 없지. 기관총 반입했어?"

"했어."

"좋아. 그것이면 삼십여 명의 일본군은 제압할 수 있어. 기회를 보아 실행하지."

정보가 새어 나갔다면 전원 체포될 것이기에 실행하자는 방향으로 의견이 모아졌다. 그러나 그러한 일을 실행하려면 포로들의 협조가 있어야 했다. 미리 짜인 대로 포로 중의 본가르텐 대위를 통해 작전 수행을 알렸다. 멀미가 난다고 엄살을 한 군속 한 명이 선창에서 나가 포로들이 있는 다른 선창으로 침투했던 것이다. 본가르텐 대위가 군속들과 이어진 것은 그가 일본어를 하기 때문이었다.

"안 됩니다."

본가르텐 대위는 고개를 저었다.

"경비가 삼엄해서 포로들이 겁에 질렸습니다. 그런데 어떻게 폭동 비슷한 농성을 합니까?"

포로들이 폭동을 일으키면 모든 병사들이 무기를 들고 선창 안으로 뛰어온다. 장교들도 상황을 보려고 모일 것이다. 이때 군속들이 병사들의 무기를 빼앗고 기관총으로 위협해서 일본군을 무장 해제시키는 계획이었다. 흩어진 병사를 한곳으로 모이게 하려면 포로들의 선상 폭동이 있어야 하는데, 본가르텐 대위의 말처럼 삼엄한 경비에 질린 포로들이 폭동을 일으킬 리 없었다.

"공중에는 초계기가 날며 감시하고 있습니다. 거기다가 배는 아직 앞바다에 머물고 있습니다. 이 작전을 중지합니다. 우리들은 응할 수가 없습니다."

본가르텐 대위의 뜻을 군속들에게 전했다. 그래서 군속들은 포기한 상태로 하루를 보냈다. 그런데 하루가 지나자 배는 곧바로 전진하는 기색이었다. 그러자 기회를 보고 있던 군속들이 또다시 사람을 보내어 본가르텐 대위와 협상을 했다.

"생각을 바꿔 주시오, 본가르텐 대위. 일본은 패망하겠지만, 그날이 언제 올지는 알 수 없소. 함께 탈출하는 길이 사는 길이오. 당신네들은 포로수용소에서 처참한 노역과 굶주림에 대한 경험이 있잖소?"

군속의 말에 대위는 말했다.

"그건 알고 있습니다. 그러나 우리가 관찰한 바에 의하면 비행기가 따라오고 있습니다. 비행기가 공격을 할 수 없다고 하더라도 무전 연락을 할 것입니다. 이 배는 군함이 아니기 때문에 조그만 함정이 달려와도 격침될 수밖에 없을 것입니다."

본가르텐 대위의 말을 군속들에게 전하자 어느 군속은 선체를 주먹으로 치면서, "겁쟁이 백인 놈들." 하고 소리쳤다. 그러나 정보가 새어 나갔다면 수송선을 탈취한다고 해도 문제를 안게 되는 것이었다. 그래서 승선하고 있던 군속들은 더 이상 미련을 두지 않고 작전을 포기하기로 했다.

기관실을 장악하지 못했기 때문에 보내기로 했던 전문 암호의 성공 소식은 타전되지 못했다. 9일 낮 열두 시에 타전하기로 했지만 그때는 탈취 계획을 포기한 후였다. 그리고 해가 저물어 10일 밤 한 시까지 타전을 보내지 않아 자바 섬에서 무전 연락을 기다리며 육로 수송 준비를 하고 있던 일련의 팀들이 실패했음을 알았다. 진옥도 10일 낮에 수미레 호 탈취가 실패했음을 알고 뒷날을 위해 흔적을 지우기에 부심했다. 진옥은 만약 실패할 경우를 생각해서 육로 수송 준비를 노출시키지 않았다.

수미레 호는 삼엄한 감시를 받으며 11일 저녁에 싱가포르에 도착했다. 도착하자마자 싱가포르 군사령부 헌병대에 의하여 여섯 명의 고려독립청년당 당원인 군속들이 체포되었다. 체포 열풍은 자바의 전역에서 행해져 반둥, 암바라와, 세마랑, 수라바야 지역에서 헌병대에 의해 많은 군속이 연행되었다. 청년 당원 전원은 체포하지 못했으나 상당한 수의 군속들을 체포했던 것이다. 더구나 당원이 아니면서 뒤에서 후원한 동맹통신사의 신경철도 연행되어 갔다. 그는 무전관계의 연락을 맡으며 작전에 깊숙이 개입되었기 때문이었다. 육로 수송을 맡았던 히나쓰와 진옥은 노출되지 않은 것인지, 검거하지 않았다. 확실한 증거를 포착하지 못해서 보류시켰는지도 모른다고 생각하며 진옥은 비가 쏟아지고 있는 창밖을 내다보았다. 그때 하녀가 와서 손님이 왔다고 전했다.

그녀는 히나쓰가 묵고 있는 시내의 집에서 머물고 있었다. 동거하기 전부터 동거 소문은 돌았지만, 그녀는 히나쓰와 같이 살고 있었다. 그러나 그 동거 생활이 전에 부대장의 첩으로 있을 때와 같이 강압적인 것은 아니었다. 그녀는 히나쓰를 사랑하지는 않지만, 그와의 생활은 나름대로 하나의 방편이었다.

인도네시아 하녀가 일본군 손님이 왔다고 전하자 진옥은 올 것이 왔다고 생각했다. 헌병들이 그녀를 체포하러 온 것으로 알았다. 헌병들이 가택 수색을 해도 증명서라든지 일체의 증거물을 소각해서 없앴기 때문에 찾아낼 것은 없었다. 다만 협조하고 있다는 증거만이 유일한 것이다.

들어오라고 하자 하녀가 나가서 한 명의 일본군 병장을 안내했다. 병장은 우의를 입었는데, 가슴에 십자형의 패쪽이 붙어 있는 것으로 보아 위생병임을 알 수 있었다. 위생병이 집으로 찾아온 것을 보고 진옥은 가슴이 철렁하고 내려앉았다. 그녀의 머릿속에 옥경이 떠올랐던 것이다. 병장은 거실 밖에서 경례를 붙이고 말했다.

"니시다 하나코(西田花子)가 야전병원을 탈출했습니다. 그래서 조사할 것이 있다고 야전병원 의무관실에서 호출입니다."

옥경이 탈출했다는 말을 듣고 진옥은 안심을 하면서도 한편 걱정을 했다. 불구자의 몸으로 낯선 인도네시아에서 어떻게 견디려고 나간 것일까 하는 생각이었다.

"그녀가 나갔는데 왜 나를 보자는 것입니까?"

"자주 하나코를 문병 왔고, 위안부 관리실 측에서도 가장 가까운 사람이라고 해서 불러오라고 합니다."

"알았어요."

진옥은 옷을 갈아입고 그 위생병을 따라 밖으로 나갔다. 밖은 비가 오고 있었다. 위생병의 모자와 얼굴이 비에 축축하게 젖어 있었다. 하녀가 우산을 가져와서 진옥에게 주었다. 진옥은 하녀에게 육군병원에 다녀오겠다고 하고 위생병과 함께 나갔다. 길가에 의무대 차량이 서 있었다. 운전병은 담배를 피우며 차창 밖을 멍하니 바라보고 있었다. 길옆으로 인도네시아 노인이 끄는 인력거 한 대가 지나갔다. 인력거 안에는 일본 여자가 타고 있었고 비를 가리는 차광막이 쳐 있었다. 덮개는 햇빛을 가리는 차광막에 무엇인가 시커먼 천을 씌워 놓았다. 광목에 기름칠을 해서 물이 새지 않게 했다. 진옥과 위생병은 차에 올랐다. 운전병이 시동을 걸었다. 차는 비오는 마두라 거리를 지나 사단본부 안에 있는 야전병원으로 향했다.

위생병을 따라 의무관실로 들어가자 이름은 알 수 없으나 구면인 군의 소위 한 명과 대위가 기다리고 있었다. 대위는 진옥을 쏘아보더니 반말로 물었다.

"네가 여자를 빼돌렸는가?"

"내가 그럴 필요가 있나요?"

"전에 부대장의 첩이었다고 들었는데?"

"그게 지금 무슨 상관인가요?"

"다른 여자들은 위안소에 있는데 너만은 민가에 머무는 이유가 무엇인가?"

"나는 히나쓰와 동거하고 있습니다."

"히나쓰가 누구인가?"

옆에서 군의 소위가 나직한 목소리로 설명했다.

"제16군 사령부 선전실에 있는 군속입니다. 영화감독이라고 합니다. 봉화를 만들은……."

"뭐, 봉화? 나도 보았지. 재미있는 영화더군. 그래, 그 히나쓰라는 감독이 너를 위안소에서 빼냈단 말이지? 그런데 정당한 절차도 없이 부상자를 데려가는가?"

"하나코의 일은 나도 모릅니다. 나도 지금 소식을 듣고 당황하고 있습니다."

"너의 짓이 아니란 말이지?"

"내가 그럴 필요가 있나요? 치료비를 줘야 하는 일도 아니고, 완쾌되면 위안소로 돌아가도 당분간 손님을 받지는 못할 것인데, 굳이 빼내 갈 필요가 있나요?"

그렇게 말하면서 진옥은 그녀가 혹시 낯선 곳에 가서 자살이라도 하지 않았을까 하는 걱정이 되었다.

"알았어. 가도 좋다. 만약에 그 여자를 보면 정당한 절차를 밟아 퇴원하라고 해라. 적군 포로도 아닌데 왜 도망을 가는가?"

"……."

제21장

"닛뽕 렌쟝(일본 천황을 비꼬아서 부르는 말)이 항복한 거 알아요?"

1945년 8월 15일 저녁, 히나쓰는 진옥에게 달려와서 말했다.

"알아요, 나도 들었어요. 중대 발표가 있을 것이라고 해서 그것인 줄 알았어요."

진옥은 그 뉴스를 들은 다음 목욕을 하고 방 안에다 향을 피우고 죽어간 위안부들의 영혼을 위로했다. 살아남는 것만이 유일한 희망이었던 많은 여자들이 죽었다. 같은 고향인 밤골 여자 네 명 중에 세 명이 죽고 한 명은 실종이 되었다. 진옥은 일본 패전의 기쁨 못지않게 허탈하기도 했다. 일본이 곧 패망하리라는 사실은 추측하고 있었기 때문에 새로운 것은 아니었다. 히나쓰와 진옥은 마루에 마주 앉았다. 히나쓰는 축배를 들자고 포도주를 들고 왔다. 두 사람은 같이 마셨다.

"해방은 되었지만 우리 애들같이 여자정신대나 간호사로 끌려온 여자가 얼마나 될까 새삼 돌이켜 보게 되네요. 또 얼마나 죽었을까요?"

"그건 알 수 없지요. 그러나 조선총독부나 군부는 기록을 가지고 있을 것이오."

"히나쓰, 당신은 군부의 정보기관과도 밀접한 유대가 있지요? 그 정보를 빼내 줘요."

"그건 어렵다고 봐요. 육본성에서 관리하는 대외비일 것입니다. 그러나 내가 알기로는 상당히 많은 여자가 끌려왔고 반 이상이 죽었을 것입니다. 위안부들은 크게 세 가지 형태에 처해 있을 것이오. 상당히 많은 지역에서 일본 병사와 함께 옥쇄를 강요당했소. 옥쇄를 거부하고 적진으로 달아나는 여자는 등 뒤에서 쏘아 죽였다는 보고도 있었소. 또 다른 한 가지는 일본군과 싸우던 적의 병사나 게릴라에게 학살당하는 케이스요. 그리고 세 번째가 지금 자카르타 근교에 있는 도라지꽃 집의 여자 삼십여 명처럼 이 상태에서 패전을 맞이하는 일이오. 남방의 각 섬 기지에 있던 위안부 대다수가 옥쇄 당했다는 말이 있습니다."

"죽일 놈들, 죽으려면 저희들이나 죽지 왜 물귀신처럼 끌고 들어가는 것이지?"

"인도네시아 주민은 필리핀 주민과는 좀 다른 데가 있어요. 주민들이 일본군이나 위안부를 학살하지는 않을 것 같소. 그러나 인도네시아 독립군 민병대는 계속 부대에 와서 무기를 내놓으라고 하고 있소. 네덜란드군과 싸우겠다는 뜻 같아요."

"당신이 인도네시아 민족에게 그런 영화를 보여 준 덕분인가요?"

"그럴 리가 있소? 민족의 항쟁은 어느 민족이나 마찬가지지요. 그동안 억눌렸다가 이번 전쟁이 계기가 되어 폭발하는 것이겠지요."

"나에게 부탁할 일이 있어요?"

진옥의 말에 히나쓰는 히죽 웃었다. 그는 담배를 꺼내 입에 물려다가 한 개비를 진옥에게 내밀었다.

"안 피우는 걸 알잖아요."

"그랬었지, 참."

히나쓰는 담배를 피워 물며 주머니에서 서류를 꺼냈다. 모두 일본어로 타자되어 있었다.

"무엇이에요?"

"단체를 결성하는 일이오."

히나쓰는 담배 연기를 내뿜으며 말을 이었다.

"이것을 나는 한 달 전부터 생각하고 있었어요. 그리고 히로시마에 원폭이 투하되었다는 말을 들었을 때 일본의 항복은 시간문제라고 생각했소. 제2차 세계대전은 어떤 의미에서 누가 더 빨리 핵무기를 만드느냐는 전쟁이었소."

"무슨 말인지 이해가 안 돼요."

"세계전의 정세를 분석하면 그렇소. 그런데 일본에서는 이론만 앞서고, 엉뚱한 세균전 준비에 막대한 투자를 했지 핵무기를 개발하지 않았소. 독일에서 제일 먼저 앞섰지만 정보가 새어 나가 연구소가 파괴되면서 수포로 돌아갔지요. 소련이나 영국에서는 뒤늦게 개발했고, 미국에서도 뒤늦게 개발했지만 우수한 연구팀을 확보한 덕분에 제일 먼저 완성한 것입니다. 만약 독일이 먼저 개발에 성공했다면 어떻게 됐겠소? 일본이 먼저 성공했다면 어떻게 됐겠소?"

"생각만 해도 끔찍한 일이에요."

"역사는 또다시 수렁의 연속이었겠지요. 어쨌든 나는 이것을 구상했는데, 하루바삐 이러한 단체를 만들어야 하오."

진옥은 종이에 타자 된 글을 보았다.

'재자바 조선인민회 구성'이라는 제목으로 목적, 방법, 시기와 운영, 대상을 명기해 놓았다. 그 밖에 단체의 규약이 명시되어 있었는데, 진옥의 눈길을 끄는 것은 자바에 머물고 있는 조선 민간인, 조선 군속, 조선 위안부와 간호사 등을 모아 안전지대에 합숙시키고 식량을 공급한다는 내용이었다. 연합군이 와서 군정을 인수받고, 조선인이 조국으로 송환될 때까지 만에 하나라도 있을지 모르는 폭도들로부터 보호와 생존을 위해 자치 지구를 만들겠다는 것이었다.

"좋아요. 좋은 생각이에요. 그리고 얼마 전에 구속되어 형을 살고 있는 고려독립청년당 당원들의 석방도 서둘러요. 전쟁이 끝나면 사상범은 석방하는 것이 원칙이니까."

"그것은 이러한 단체가 구성되어 단체장 이름으로 요청해야 할 것입니다."

"좋은 착상이네요. 재자바 조선인민회 결성을 위해 축배를 들어요."

그들은 잔을 높이 치켜들었다.

"히나쓰 아니 허영 씨가 초대 회장이에요?"

"난 아니오. 난 일본군에 친일했다는 소문도 있어서 회장이 될 수 없어요. 공식적인 데는 이름을 내지 않을 작정이요. 유진옥 씨가 초대 회장이 되시오."

"하하하. 그건 곤란해요. 억지로 당한 일이지만 나도 부대장 첩까지 지냈는데, 공식적인 데는 이름을 내지 않을 거예요."

"그래도 부인회는 맡아 주시요."

"그런데 조선인민회에 대해서 다른 사람과 상의해 봤어요?"

"네, 동맹통신사의 조선인 기자들과 고려독립청년당 당원을 비롯한 군속들과 상의했소."

진옥과 히나쓰는 조선인민회 결성을 위한 구체적인 것을 의논했다. 그리고 진옥은 도라지꽃 집에 연락해서 그날 이후로 일본 병사를 받지 못하게 했다. 군표는 모두 엔화나 인도네시아 화폐로 바꾸어 주도록 했다. 패전을 했어도 아직 일본군의 군정으로 질서가 유지되던 자바에서는 당분간 군표가 유통되고 있었다. 그러나 진옥은 재빨리 군표를 부대에 가져가서, 민간인들이 사용하는 화폐로 바꾸었다.

조선인민회 결성을 위한 허가 요청서를 군사령부에 제출하고 십여 일이 지나서 히나쓰는 고려독립청년당 당원 구속자를 방문했다. 군 구금소에서 형을 살고 있던 고려독립청년당 당원 십여 명이 제84사단 장교 식당으로 들어와 둘러앉았다. 군 구금소는 제84사단 본부 내에 있었던 것이다. 우유와 향차가 열두 명의 군속들에게 나왔다. 히나쓰와 기다 대위가 다른 중위와 함께 참석했다.

저녁 태양이 창문을 통해 비스듬히 비치면서 눈이 부셨다. 죄수복을 입고 가슴에 수의번호를 달고 있는 구금 군속들은 제대로 먹지도 못했던 구금생활에 마르고 초췌했다. 히나쓰는 수의를 입은 군속들과 돌아가며 악수를 했다. 그들의 표정은 모든 것을 체념한 듯이 시큰둥했다.

"전쟁은 끝났소."

히나쓰가 입을 열었다.

"일본은 무조건 항복했고, 이제 곧 연합군이 들어와 군정을 인수할 것이오. 동시에 여러분들도 석방될 것이오."

군속들의 표정이 밝아졌다. 일본이 패전했다는 소식은 교도소에서 간수한테 들었으나 공식적인 석상에서는 처음 듣는 것이었다. 기다 대위가 일어서서 말했다.

"당신들은 오랫동안 고생했다. 수개월 동안 억류생활을 한 노고를 무엇이라고 말해야 될지 모르겠다. 석방하기로 결정하여 상부로부터 지시가 내려왔다. 그러나 당신들을 석방하는 데 있어 인수할 마땅한 단체가 있어야 한다. 지금 이곳에 있는 히나쓰 군이 그러한 조직을 만들고 있는 것으로 알고 있다. 그 조직이 결성되는 대로 당신들은 그 단체에서 인수할 것이다."

대위는 담뱃갑을 열어 앉아 있는 군속들 앞으로 가면서 한 개비씩을 빼서 피우도록 했다. 문 앞에 서 있던 헌병 하사가 라이터에 불을 켜 돌려가며 붙여 주었다. 패전하자 일본군의 태도가 달라져 있었다. 두 명의 군속이 담배를 피우지 않아 열 개비의 담배가 빠져나갔다. 대위는 자리에 앉아 자신도 한 개비 피웠다.

"나하고는 이것으로 이별일 것 같다. 당신들은 모름지기 희망에 차 있고, 조선의 독립을 위해 몸을 바쳤지만, 우리들은 이제부터 가시밭길을 걷지 않으면 안 된다. 이율배반적인 말이겠지만 당신네 조국의 광복을 축하하며, 당신들의 석방을 축하한다."

기다 대위는 더 이상 말을 잇지 못하고, 눈물을 글썽이더니 자리에서 일어나 나가 버렸다. 대위의 태도를 보고 군속들은 일본이 망했다는 것을 실감하는 것이었다.

조선인민회가 결성되어 자카르타의 코타(중국인 촌) 지역의 가옥 여러 채를 빌려서 본부로 삼았다. 진옥은 도라지꽃 집에 있는 위안부들을 그쪽으로 이주시키기 위해 위안소로 갔다. 관리실은 폐쇄되고, 용역 업자는 패전 소식을 접하면서 자취를 감추고 보이지 않았으며, 항상 관리실에서 근무하던 인도네시아 직원들도 보이지 않았다.

9월 1일 재자바 조선인민회가 세워지고, 숙소가 코타 지역에 만들어지자 위안부들도 이주하게 되었다.

인도네시아 전 지역은 치안이 마비된 상태에서 폭행과 도둑이 급증했고, 인도네시아 독립 민병대의 활약으로 새로운 전운이 돌고 있었다. 자바 인민위원회에서는 간부를 뽑아서 일을 했다. 그들은 제16군 사령관을 만나 부대에 있는 식량과 의복, 그 밖에 필요한 생필품을 보급받았다. 자바 지역의 군속과 종군 위안부, 그리고 그 수는 적지만 약간의 여자 간호사들이 코타 지역으로 모여들었었는데, 약 2천여 명이 되었다.

일본인 위안부들은 패전이 임박하자 퇴각하는 수송선을 타고 일본으로 돌아간 여자들도 있었고, 수송선을 타지 못한 일부 종군 위안부들은 사령부에서 부대 내로 옮겨 보호조치를 했다.

"귀국은 언제 해?"

일부 여자들이 진옥에게 물었다. 그녀들은 매일같이 하는 일이 없었다. 이천여 명이 삼 년간 먹을 수 있는 식량을 확보했기 때문에 별

다른 일을 하지 않고 조선인들은 귀국할 날을 기다리고 있었다.

"모르겠어, 귀국이 언제가 될지."

"조선으로 돌아가고 싶지 않아. 이런 꼴하고 어떻게 고향으로 가지?"

한 여자가 탄식했다.

"고향이 그립지 않아?"

"고향이 그립기는 하지. 그러나 이런 꼴로 어떻게 부모님 앞에 나타나지?"

"그건 네가 잘못한 게 아니야. 죄의식을 갖지 마."

"어쨌든 나는 안 갈랍니다."

고향을 떠나온 지 4년이 넘어서 타향살이에 익숙해진 것일까. 그녀는 창부의 몰골로 돌아가고 싶지 않았던 것이다. 고향으로 가지 못할 때는 가고 싶었으나, 이제 갈 수 있게 되자 선뜻 내키지 않는 것은 웬일일까. 그러한 이유로 현지에 남은 여자들도 상당히 많았다.

"귀국하지 않으면 어디에 남겠어?"

"여기 남지. 돈도 좀 벌었으니 뭘 하면 되지."

"얼마나 벌었어?"

영순은 수줍은 미소를 지었다. 그녀가 전선에 온 것은 3년이 되었는데, 그 세월 동안 일본 병사에게 짓밟혔어도 조선 처녀의 순박함을 그대로 지니고 있었다.

"많지는 않아도, 좀 벌었지요."

그러나 다른 여자들이 모두 영순처럼 돈을 모은 것은 아니었다. 남은 것은 상처밖에 아무것도 없었다.

조선인민회에 모인 사람들은 그 신분이 크게 둘로 나누어져 있었다. 남자들은 대부분 징용으로 남방에 끌려와 포로를 감시했던 군속들이었고, 여자들은 종군위안부 출신이었다. 조선인 학병은 일본군과 동일한 취급으로 부대에 있었다.

여자 숙소에는 도라지꽃 집의 조선인 위안부 서른두 명 이외에 얌바라와, 수라바야, 세마랑 지역에서 온 위안부 일백오십여 명도 함께 묵었다. 자바의 전 지역에서 모여든 조선인 위안부들은 삼백여 명이었고, 간호사 출신 여자들은 백여 명이 되었다.

진옥은 그녀들을 통솔할 조직이 필요할 듯해 민회(조선인민회의 약칭) 여성부를 만들어 여성 대표를 투표로 뽑기로 했다. 여자들은 진옥을 여성 대표로 내세우려고 했지만, 그녀는 일본군 부대장의 첩으로 있었던 것이 흠이라서 사양했다. 그녀는 뒤로 물러나서 후원해 주기로 하고, 간호사 출신 중에 한 명을 여성회장으로 선발할 계획을 가졌다.

제16군 사령부(인도네시아 점령군 사령부) 산하의 위안부는 일만 오천육백오십이 명이 기록되어 있는데, 그것은 일본군이 연합군에게 패전할 무렵의 위안부 수였다. 그중에 칠십이 퍼센트에 해당하는 일만 일천육십구 명이 조선에서 데려온 처녀들이었다. 그녀들을 조선 땅에서 직접 배로 데려오기도 했고, 중국을 통한 육로로 데려오기도 했으며, 진옥의 경우처럼 관동군의 부대 이동으로 함께 남방으로 온 경우도 있었다.

일만 명 이상의 조선 처녀들이 제16군 사령부 산하에 머물고 있었는데, 어째서 삼백여 명밖에 모이지 않았을까. 그것은 진옥으로서 하나의 숙제였다. 패전하기 전에 끌려온 조선 처녀들이 귀국한 예는 없었다. 탈출하여 고향으로 돌아간 처녀가 있었으나, 현지의 일본 경찰 때문에 숨어 살아서 정확한 숫자를 파악하기 어려웠고, 그 수는 극히 일부일 것이다. 대부분 고향으로 돌아가지 못했다면 그녀들은 어디에 있는 것일까. 일만 일천여 명의 조선 처녀들은 왜 삼백여 명밖에 남지 않았을까.

질병으로 숨지고, 부대와 함께 움직이면서 옥쇄, 학살, 폭격 등으로 죽었다. 나머지는 섬에서 섬으로 옮기는 배에서 일본군과 함께 침몰해 익사했다. 그래도 삼백여 명만 모인 것은 이해가 되지 않았다. 나머지 여자들은 거처를 옮기지 않거나, 인도네시아 촌락으로 숨거나, 포주가 아직도 붙들고 보내지 않거나 하는 경우일까.

위안부들보다 일백여 명의 간호사들이 학벌이 좋았기 때문에 그녀들 가운데 회장을 비롯한 간사를 선출할까 하는 생각을 했다. 그러나 위안부 가운데도 학벌이 좋은 여자가 있었다. 세마랑에서 위안부로 있었다는 박애자는 사범학교 출신이었는데, 초등학교 선생으로 있다가 납치된 여자였다. 그녀를 만나 상의하자 애자는 고개를 설레설레 흔들었다.

"진옥 씨, 이 일엔 학벌이 문제가 안 돼요. 내가 학벌이 좋다고 날 시켜도 안 돼요. 간호사로 징용돼 온 여자들이 대부분 소학교 이상은 졸업한 것이 확실하지만, 여기에 있는 동안 중요한 것은 상호 융합이에요. 학벌과 무관하게 투표를 시켜요. 지금 며칠되지 않아서 그렇지 조금 지나면, 한 일주일만 지나면 이런 일에 나서기를 좋아하는 여자가 있을 거예요. 그 여자는 반드시 통솔력도 있을 것이니까 그런 여자를 민회 여성회장으로 뽑도록 해요."

애자의 말이 옳다고 생각했다. 위안부 신상명세 기록에 보면 이화여전을 다녔던 여자도 있고, 동경에서 유학했던 여자도 있었다. 그러나 그와 같은 여자는 자살한 경우가 많고, 견디어 내지 못했다. 전문학교를 졸업한 또 다른 여자는 수송선을 타고 가다 침몰해서 죽었는데 기록에는 행불로 되어 있었다. 그 밖에 좋은 인력이 있었으나, 확인해 보면 삼백여 명 속에 포함되어 있지 않았다.

"회장은 사양해도 여자들을 위해 무엇인가 해 줘야 해요, 애자 씨."

진옥은 그녀의 얼굴을 쳐다보며 말했다. 애자는 예쁘장한 얼굴에 머리를 파마하고 있었다. 키가 작았으나 몸매는 아담했다. 그녀는 장교 위안부로 해군기지에서 주로 해군 장교를 상대했다고 했다. 해군은 육군만큼 거칠지 않았다. 위안소도 장이라는 말로 불렀고, 절에다가 만든 그 위안소에서는 단체손님은 받지 않았다고 했다. 애자는 해군 장교들만을 상대하는 고급 위안소에 있었던 셈이었다.

"제가 할 수 있는 일은 이곳에서 교실을 열어 조선 글을 모르는 여자나 군속에게 조선어를 가르치는 거예요."

"아주 좋아요. 군속은 모두 소학교 이상 학력을 가지고 있어 조선 글을 알 거예요. 그러나 위안부로 있었던 여자의 과반수가 조선 글을 몰라요. 가르치세요."

사범학교 출신인 애자가 주축이 되어 민회 부락 내에 '조선어 교실'이 세워졌다. 조선말과 조선 글을 모르는 여자는 누구든지 나와서 배우게 하고, 애자가 교장으로 있으면서 직접 가르쳤고, 다섯 명의 다른 여자들이 선생으로서 일했다. 특히 간호사로 왔던 고등여학교 출신 여자들이 선생으로 추천되었다.

조선어 교실뿐만이 아니라 이천여 명의 조선인 집단을 이루는 코타의 한 부락에서는《조선인민회보》라는 주간신문도 창간하여 발행하고, 영화감독이면서 영화사를 가지고 있었던 히나쓰가 주축이 되어 부락 내에 극장을 세우고 영화 상영을 비롯한 연극공연과 음악 감상, 그리고 무용 발표를 했다. 코타 지역 조선인 촌을 만들면서 새로운 세계가 태동하는 것이었다.

민회 여성부 회장으로 뽑힌 여자는 수라바야 지역에서 장교 위안부로 있었던 한정숙이라는 여자였다. 그녀는 키가 크고, 눈매가 서양인처럼 독특해서 혼혈아라는 질문을 자주 받는 여자였다. 일본말을 잘했으며, 특히 회장 유세장을 압도할 만큼 웅변을 잘했다. 여성부 회장은 무기명 투표로 선거를 했는데, 주위의 다른 사람이 추천을 하고, 본인의 의사가 있으면 출마하도록 했다. 진옥은 도라지꽃 집의 여자들을 시켜 박애자에게 표를 던지게 했지만, 유세 상황은 엉뚱하게 흘러 진옥의 배후 사주에도 불구하고 한정숙이 부상했다. 그녀는 회장 추천을 받고 망설이다가 하루가 지나고 결심을 하더니 측근의 여자들로 구성된 조직을 만들어 본격적인 선거운동에 들어갔던 것이다. 일곱 명이 회장에 출마했는데, 한정숙은 이백팔십오 표를 얻었다. 차석으로 당선된 박애자는 일백두 표였고, 나머지 다섯 명은 적은 수의 비슷한 득표 추세였다. 대부분 함께 있던 위안부들이 후보자를 지지했다. 일백 명의 간호사들은 과반수가 박애자를 밀었는데, 그녀가 사범학교 출신이라는 사실이 후원을 받는 데 도움이 되었다.

❖

진옥은 한정숙과 만나 자카르타의 번화가 레스토랑에서 저녁 식사를 했다. 한정숙은 한복을 입고 레스토랑에 나왔다. 특이한 복색이어서 인도네시아 사람이나 화교들의 시선을 받았다.

"그 한복은 어디서 난 거예요?"

"위안부로 있을 때 만들어 입었는데, 한두 번 입고는 안 입었어요. 삼촌이 일본 여자 행세하라고 하며 이 옷을 싫어했거든요."

"삼촌이라면 당신네 용역 업자 말인가요?"

"네."

"회장 당선을 축하드려요."

"감사합니다. 일을 제대로 해낼지 모르겠어요."

"아시는 바처럼 나는 민회에 들어가 깊이 개입하지 못해요. 그러니 한정숙 씨가 열심히 해 줘요. 귀국하기 전까지 여자들은 생활의 패턴을 바꾸어야 해요. 간호사 일백여 명을 제외하고 삼백여 명이 모두 위안부로 있었던 여자들인데, 수년간 그녀들이 겪었던 일은 하나의 증후로 나타날 거예요. 글을 모르는 여자 과반수가 일본 군인들이 쓰는 일본말이나 욕을 잘하는데 그것도 고쳐 주는 게 좋아요. 그동안 취미생활이나 봉재기술을 가르치는 것도 생각하고 있어요. 넓은 방이나 대청에다 교실을 만들어 가르치는 게 좋아요. 이러한 조직을 위해 여성부 내에 간사를 두고, 남자들의 일을 같이할 수 있는 여자 간부를 선발하세요. 저마다 특기 있는 사람을 골라 그 능력에 맞도록 하는 게 좋을 거예요."

"재봉틀이 있으면 양재를 가르칠 여자가 있는데……."

"좋아요. 재봉틀은 내가 구해볼 테니 그 여자에게 양재 기술을 가르치라고 하세요. 그리고 가르치는 사람에게 보답하는 의미도 있고, 배우는 사람의 참여도를 높이기 위해 극히 적은 액수의 수강료를 받도록 해요. 액수가 크면 안 배울 테니까, 선생에게 차나 식사 대접할 정도의 극히 적은 액수로 부담 없이 하세요."

"그렇지 않아도 여성부에 열 개의 반을 만들까 해요."

"어떤 반이에요?"

"간호사들로 구성되는 위생반은 여성뿐만이 아니라 이천여 명의 민회 사람 모두의 건강을 관리하고 의약품을 관리하도록 하는 반으로 이십여 명 정도로 구성할까 해요. 반장으로는 조선인으로서 간호장교가 한 사람 있어요. 다까무라 쥰코(奇村純子)인데 조선 이름은 모르겠어요."

"기록에서 본 것 같아요."

"그리고 섭외반, 교육반, 회계반, 규율반, 물자반, 취사반, 기사반, 예능반, 문화반으로 나누었어요."

"잘 나누었네요. 그런데 조금 중복된 것 같은 부서가 있는 듯한데, 일이 다른가요?"

"그래요. 취사반은 취사관계만 하지만 가사반은 의식주 전반에 대해 돌보고요. 그 모든 물품은 물자반에서 맡아 공급해요. 물론 물자가 창고에 가득 있지만 그걸 인출하는 일을 하죠. 예능반과 문화반이 중복되는 듯하지만, 예능반은 영화, 음악, 무용 발표 등 오락에 중점을 두고, 문화반은 연극, 신문 제작, 여성의 독서 장려, 그리고 우리가 겪었던 일을 수기로 써서 고발하는 일을 할 거예요."

"신문 제작이라니요?"

"제가 여성부 회장에 당선되자 민회 회장이신 장윤원 씨가 찾아와서 주간신문 《조선인민회보》를 만들려고 하는데, 취미 있는 여성을 추천해 달라고 했어요."

"재미있군요."

진옥은 가슴이 뭉클했다. 이천여 명의 소집단이지만 그들이 모이자 사람이 사는 것 같은 일들을 시작하는 것이었다. 그것은 얼마나 오랜 세월을 그들이 폐쇄된 억압 속에서 있었기에 조그만 자치부락에서 그러한 발상이 나올까 하는 생각이 들었다.

"주간마다 내는 신문은 등사하고요, 문화반장이 맡을 것 같아요. 그런 일은 여자가 맡는 게 좋잖아요?"

"그래요."

"진옥 씨도 좋은 글 주세요."

"나는 글을 쓰지는 못해요. 그러나 내가 겪었던 일을 낱낱이 진술할 수는 있어요. 나와 함께 왔던 같은 고향 밤골의 네 친구들 죽음을 나는 결코 잊지 못할 거예요. 그중 한 명은 실종되었지만 아직도 소식이 없는 것을 보면 죽은 것 같아요. 살아 있으면 당연히 찾아 올 텐데 말이에요. 나는 내가 살아가는 한평생 그 네 명의 친구를 가슴에 안고 일본을 저주할 거예요."

진옥은 눈시울이 붉어지며 눈물을 쏟을 것 같았다. 그러나 그녀는 감정을 억제시키며 울지 않았다.

"문화반장으로는 한맹순이라는 간호사 출신 여자가 맡을 거예요. 그 여자가 민회 회가를 작사했는데, 시인처럼 시를 잘 써요. 작곡은 고려독립청년당 당가를 작곡한 군속 출신 김현재 씨가 맡고요."

"아니, 언제 그렇게 반의 구성을 구체적으로 생각했어요?"

진옥은 약간 놀라는 기색이었다. 그녀가 여성부 회장에 당선된 것은 이틀 전이었다. 그러나 그녀는 반장에 적합한 사람까지 파악해 놓고 있었다. 진옥의 질문에 한정숙은 수줍은 웃음을 짓더니 말했다.

"선거할 무렵 만약 내가 회장이 되면 이렇게 일해야지 하고 청사진을 짜본 것이죠. 그래서 청사진을 들고 반장이 될 적합한 인물들을 물색한 다음, 그 여자들에게 찾아가 의견을 말했지요. 그래서 그녀들이 나를 밀어 주기로 했어요."

"어머나, 굉장한 정치 로비였네요."

진옥은 한정숙을 멍하니 쳐다보았다. 한정숙은 계속 수줍게 웃었다. 한정숙은 나름대로의 작전을 가지고 선거운동을 했던 것이다. 그녀가 회장이 되기 전에 이미 함께 일할 반장들이 결정되었던 것이다. 그리고 그 반장들은 자기 적성에 맞고 좀 더 색다른 일을 하고 싶다는 의욕 때문에 한정숙을 지지했던 것이다. 한맹순의 경우는 자신도 회장 후보에 올랐으면서도 간호사 동료들에게 자기를 찍지 말고 한정숙을 찍으라고 했다. 그녀는 문화반장이 더 좋았던 것이다.

자카르타 시내의 화교촌에 아주 미묘한 소집단이 형성되어 그 속에서 경제, 문화, 예술, 내무, 규율에 이르기까지 하나의 제국처럼 그 기능을 지니게 되었다. 자체 기강반이 있어 민회에 해를 끼치는 사람은 응징하도록 되어 있고, 제16군 사령부로부터 무기를 지급 받아서 경비도 하고 있었다. 그 구역 입구에 '재자바 조선인민회'라는 간판이 붙어 있고 경비초소가 있어 항상 두세 사람의 군속이 총을 메고 보초를 섰다. 그 주택을 외부인이 출입하려면 몸수색도 하고 확실한 용건이 있어야만 들여보냈던 것이다. 그래서 인도네시아 청년들은 그곳을 일본군의 부대 중의 하나로 보고, 무기를 얻으려고 찾아오기도 했다. 네덜란드군에 맞서 싸우려는 저항군들이었다. 그렇게 되면 군속들은 일본군이 아니며, 일본 사람이 아니라고 설명했다. 그래도 이해하지 못하고 고개를 갸웃거렸다.

"우리는 일본 사람이 아니오. 머리가 짧고 얼굴이 비슷하긴 하지만 우리는 조선인이오."

"조선? 조선이 뭐요? 뭐하는 건데?"

"뭐하는 게 아니고, 조선이란 나라에서 왔소. 당신네들이 삼백오십 년간 네덜란드 식민지로 있었듯이 우리는 삼십육 년간 일본의 식민지로 있었소. 그래서 우리나라는 그 이름도 알려지지 못한 거요. 식민지로 있었기에 우리나라 사람들이 반강제로 여기까지 와서 본의 아닌 전쟁을 한 것이오. 알겠소?"

구체적으로 설명을 해 주면 그제야 알았다는 듯 고개를 끄덕였다. 그리고 일본의 식민지였다는 말을 듣고, 이제 독립이 되어서 축하한다는 말을 덧붙이기도 했다.

"저게 당신 나라 국기요?"

인도네시아 청년은 간판 위에 펄럭이는 태극기를 가리켰다. 보초를 서던 군속은 그렇다고 대답했다.

"그렇소. 상해에 있던 임시정부 주석 김구 선생이 비밀리에 고려 독립청년당 당원에게 보낸 태극기요. 저것이 우리나라 국기요. 삼십육 년 동안 저 국기를 지니고 있기만 해도 검거되었소. 그러나 이제는 떳떳하게 내걸 수 있소."

"축하드립니다."

"당신네 나라, 인도네시아도 독립하는 거 아니오?"

"그렇지 못한 판국이어서 무기를 얻으러 온 것입니다. 네덜란드군은 우리나라를 계속 식민화하려고 해요."

"식민은 있을 수 없지요. 인도네시아도 자주 독립을 해야지요."

"우리는 필사적으로 싸울 것입니다."

청년의 눈이 반짝이며 빛났다. 청년들은 민회지구 보초의 설명을 듣고 돌아갔다. 그들의 항쟁이 계속되어 자카르타 시내를 비롯해 각 도시며 촌락은 어수선했다.

9월 중순으로 접어들면서 연합군이 자바에 상륙하여 단계적으로 군정을 인수하기 시작했다. 군정을 인수하는 양상은, 조선에 미군과 소련군이 들어와 군정을 인수하는 것과 비슷했다. 인도네시아인들은 네델란드군이 다시 인도네시아를 식민화하는 것을 반대했다. 그래서 민병대가 형성되었고, 이 독립군들은 일본군을 무장해제하고 군정을 인수한 연합군과 대치했다.

인도네시아 전역에는 새로운 양상의 기운이 감돌았다. 아직 귀국하지 못한 조선인들은 그 틈바구니에서 어느 편도 들 수 없는 묘한 입장에 놓여 있을 뿐이었다. 마음속으로는 인도네시아가 독립을 쟁취하기를 바라고 있었지만 표면적으로 도움을 줄 수 없었다.

군속의 일부는 인도네시아 독립군에 가담했다. 그들의 경우는 여러 가지 입장이 있었지만 삼 년간 자바에 머무는 동안 인도네시아 여자를 사랑하게 되었다든지, 인도네시아 여자와 결혼했다든지 하는 경우가 대부분이었고, 어느 민족이든지 독립해야 한다는 신념으로 가담한 군속들도 있었다.

인도네시아에서 일본 군정을 인수한 연합군은 영국군이었다. 네덜란드군과 섞여 있는 연합군 사령부에서는 코타 지역의 조선인에게는 간섭하지 않다가 9월 하순이 되자 담당 장교가 코타 지구 조선인촌을 방문했다. 회장의 응접실로 안내된 헤이닝 소령은 뜻밖의 제의를 했다.

"우리가 알아낸 바로는 당신들이 묵고 있는 지역에 병사를 위한 위안부(소령은 Prostitute라는 말을 썼다. 창녀라는 뜻이다)가 삼백여 명 있다고 들었소. 일본군 못지않은 사례를 할 테니까 내놓겠소?"

만약 진옥이 옆에서 들었다면 영국 장교의 얼굴을 할퀴었을 것이다. 주위에 있던 군속들의 눈이 분노로 빛났다.

"여자를 내놓을 수 없소."

회장이 잘라 말했다. 그러자 영국 장교는 어깨를 으쓱하며 팔을 벌려 보이더니 말했다.

"이상하군. 당신네들은 일본군에게는 위안부를 내놓았으면서 우리 연합군에게는 왜 내놓을 수가 없다는 것이오?"

"헤이닝 소령, 잘 들으시오. 여기 붙들려 와서 강제로 위안부가 된 여자들은 전부 속거나 납치된 것이지 자발적으로 창부로 나선 사람은 한 사람도 없소. 일본인 위안부들은 본토에서 창부로 있거나 술집에 있다가 돈을 벌기 위해 선금을 받고 왔다고 합디다. 그녀들 가운데도 속아서 온 여자들도 있지만 대부분 알고 왔소. 그렇게 돈을 벌기를 원하는 일본 여자 경우라면 타협의 여지가 있을지 모르오. 그러나 우리 여자들은 그 짓을 원하지 않는데, 잡혀 온 순진한 처녀들이었소. 나는 영국을 신사의 나라로 보았는데 실망했소이다."

"강제로 해야 된다면 우리도 가능하오."

"내 말뜻을 못 알아듣는군. 우리 조선 여자는 창녀가 아니오."

헤이닝 소령 뒤에는 두 명의 헌병 하사가 서 있었다. 그들은 헤이닝의 경호원으로 보였다.

"줄 수 없다는 것입니까?"

"줄 수 없소. 주위에 있는 조선인 청년들의 얼굴을 보십시오. 그들의 눈을 보면 아시겠지요? 당신도 나도 안전하지 못합니다. 대체로 조선인뿐만이 아니라 동양 사람들은 정조를 중요하게 여기는 민족입니다. 특히 조선인은 예절이나 정조를 중요하게 생각합니다. 내가 당신에게 "예스." 하고 대답한다면 나는 당신의 안전을 보장할 수가 없습니다."

헤이닝 소령은 주위에 서 있는 군속들을 힐끗힐끗 쳐다보더니 풀이 죽어 담배를 피워 물었다. 여자가 헤이닝 소령에게 줄 커피를 끓여 탁자 위에 올려놓았다. 그녀를 흘끗 보더니 소령이 말했다.

"아름답습니다. 이렇게 아름다운 창녀가 삼백여 명이라니……."

"창녀, 창녀 하지 마시오. 아까 말했잖소? 본인의 의사와 무관한 일이라고. 그리고 방금 차를 날라 온 여자는 간호사 출신이오. 기어코 여자들을 뺏어 가면 우리 군속 일천육백여 명은 독자적으로 항쟁

할 것이며, 제1목표를 헤이닝 소령 암살계획으로 할 것이오."

"하하하. 대단한 협박이군."

헤이닝 소령은 계면쩍게 웃었다. 그는 의심을 해서인지 커피를 마시지 않았다. 커피를 물끄러미 들여다볼 뿐 손대지 않았다. 두어 번 권해도 마시지 않자 회장은 그대로 두었다.

"그렇다면 할 수 없군. 그 대신 연합군에게 협조하시오."

"무슨 협조요?"

"매일 기백 명의 사역 노동자를 제공해 주시오."

"무슨 일이오?"

"건물 개조와 간선도로 확장과 물자 분류 등 약간 전문적인 사역이 필요하오. 당신네 군속들은 전문적인 사역을 할 수 있다고 들었소. 왜냐하면 포로들을 사역시킬 때 감시하고 감독했기 때문에 모두 나름대로 기술을 가지고 있다고."

"기술을 가지고 있는 게 아니고, 하는 걸 보았을 뿐이오. 어깨너머로 배운 게 오죽하겠소?"

"포로들의 사역을 감시했으니 직접 하면 능률이 있겠지."

헤이닝 소령의 말은 왠지 야유하는 어투였다. 감독했으니 이제는 거꾸로 당해 보라는 말과도 같았다. 그러나 그것마저 거부할 수는 없는 처지였다. 그것을 승낙하여 돌려보낸 다음 민회에서는 간부회의를 했다.

헤이닝 소령이 응접실에 왔을 때 주위에 있던 십여 명의 군속 대부분이 간부이기도 했다. 그들은 연합군이 코타 지역의 조선인 촌을 건드리는 것은 심상치 않다고 결론을 내리고 대책을 강구했다.

"여자를 내주면 사역을 면하겠지만, 절대 그럴 수는 없소. 지금 여자들은 새로운 희망에 부풀어 활기에 차 있는데, 이 사실은 입 밖에도 꺼내지 마시오. 그리고 연합군 사령부에 로비를 해야겠는데 누가 적절하오?"

회장의 말에 총무로 있는 군속이 나서며 말했다.

"연합군 로비에는 적당한 사람이 세 명 있습니다. 동맹통신사에 근무하고 있는 최호진 씨는 영어에 능숙하고 발이 넓습니다. 두 번째는 일본 군정에 영향력이 컸지만, 군정을 인수받은 연합군 사령부에도 영향력이 있는 히나쓰, 즉 허영 씨가 있고, 또 일본군 사단장의 첩이었다고 빈축을 사기도 했습니다만 유진옥 씨가 있습니다. 이 세 사람을 통해서 연합군 사령부와의 접촉을 시도하면 어떨까요?"

"물론 로비도 해야지요. 우리가 빨리 배를 타고 귀국하려고 해도 로비는 해야 합니다. 그러나 나는 이 자리에 계시는 김만수 씨를 주목하고 있습니다."

잠자코 있던 섭외 담당 군속이 말했다.

"김 형은 포로 감시자로 있을 때 포로들에게 특별히 잘해 줘서 연합군의 신망이 큽니다. 네덜란드 고관의 딸에게 먹을 것을 특별히 갖다 주고, 호주 여자 스파이와 친해져서 외부와의 연락도 해 줘서 얼마 전에 호주 정부로부터 표창장을 받기도 했습니다. 뭐, 들리는 소문으로는 그 호주 여자 스파이와 사랑하는 사이로도 진전됐다고 하지만……."

그 말에 일동은 웃음을 터뜨렸다. 김만수는 얼굴을 붉히며 뒷머리를 긁적거렸다.

"김만수 씨, 들어봅시다. 호주 여자와 연애했소?"

김만수 군속은 계속 얼굴을 붉히며 우물거리더니 입을 열었다.

"연애라기보다도, 그 여자는 금발의 미녀였지요. 나는 억류자를 위한 채소 구매를 담당했는데, 지금 얘기하는 호주 여자가 억류소에 있었습니다. 그녀가 스파이라는 것은 나중에 알았지만, 그녀는 억류자에게 외부상황을 전하면서 가능한 한 많은 급식을 배급받기 위해 노력했습니다. 연애까지는 아니지만 서로 호감을 가지고 있었고, 나는 그녀를 돕고 싶어서 중개 역할을 해 주었습니다. 그녀와 접선하는 인물은 중국인이었는데, 나는 배달하는 채소와 식량 속에 중국인으로부터 전해 받은 물건을 감추어 들여오곤 했습니다. 억류소 입구의 위병도 동료 군속이었기 때문에 통과하는 데 지장이 없었지요. 그때 나는 내용을 모르고 전달해 주곤 했지만, 여자는 군사비밀도 탐지하여 전했던 것입니다. 고마워하더군요. 잠자리는 갖지 않았습니다. 그녀는 그것조차 제공하려고 했지만 도와주면서 몸을 뺏는 듯한 기분이 들어서 사양했습니다."

군속들이 한동안 웃었다.

"김 형, 숫총각 아니야?"

누군가 물어서 다시 웃었다.

"연합군에게 좋은 인상을 준 김만수 씨를 2대 회장으로 추대합시다."

총무가 발의했다.

"재청입니다."

"찬성입니다."

"좋은 생각입니다."

회장도 찬성했다. 반대하는 사람이 없어 김만수가 회장직을 맡았다.

헤이닝 소령의 방문과 2대 회장에 김만수가 뽑혀 본격적인 연합군 사령부 로비가 시작되었다는 이야기를 진옥은 히나쓰로부터 들었다. 그리고 함께 로비를 해 달라는 요청을 받았다. 진옥은 고개를 끄덕이면서 말했다.

"허영 씨, 내 위치는 일본군이 군정을 펼 때와 달라요. 지금 그들은 나를 일본인 부대장 첩으로 취급해요."

"어쨌든 힘써 봐야지요."

"그리고 다른 소식도 가지고 왔습니다. 위안부로 있던 조선 여자 상당수가 아직도 그대로 있거나, 민가에 잠적하고 코타 지구를 회피하고 있는 것이 확실합니다."

"그녀들은 또 어떻게 될까 봐 불안해서 집단 거주하는 것을 피하는 거예요."

"그런 뜻이 아니라, 반둥 지역의 연합군 부대에서 열 명의 조선인 위안부를 데려다 놓고 위안소를 차렸다는 정보가 있습니다."

"뭐가 어째요?"

진옥이 벌떡 일어섰다. 그러한 정보는 헤이닝 소령이 코타 지구에 찾아와서 여자를 제공하라고 했던 것과 연관 있는 일이었다.

"안 되겠어요. 어떻게 손을 써야겠어요."

진옥은 응접실을 왔다 갔다 하며 초조해 했다.

"연합군 사령부 담당관이 헤이닝 소령이에요?"

"그래요."

"그 자를 만납시다."

"어렵진 않습니다."

"그 자가 전결하지 않으면 사령부의 더 높은 자를 만나지요."

"헤이닝 소령이 담당입니다. 그의 결정이 군사령관의 명령으로 하달되니까요."

"좋아요, 소령을 만나서 공갈을 쳐요. 이 사실을 해외 뉴스에 올려 연합군의 도덕성을 폭로하겠다고. 허영 씨는 동맹통신사 기자들에게 이 사실을 알리고 타전토록 해요."

"기사는 연합군의 통제를 받아 못 나갑니다."

"내보내는 방법이 있다고 공갈치는 수밖에 없군. 어쨌든 헤이닝 소령을 만나요."

진옥은 외출복으로 갈아입고 허영과 함께 집을 나섰다.

✣

진옥과 허영은 연합군 소위의 안내를 받아 문화과장으로 있는 헤이닝 소령의 집무실로 들어갔다. 집무실 천장에 선풍기를 매달아 놓아 바람이 불고 있었으나 더웠다. 헤이닝 소령은 차가운 물에다 발을 담그고 있다가 그들을 맞이했다. 발을 닦고 슬리퍼를 신은 헤이닝 소령이 두 사람을 소파에 앉히고 마주 앉았다. 면회 용건에 대해서 미리 연락을 받아서 헤이닝 소령의 태도는 냉랭했다.

"나는 코타 지구에 있는 조선인 여자들을 요구한 일밖에 없습니다. 다른 일은 없습니다."

"반둥 연합군은 이곳 사령부 산하에 있습니다."

진옥이 말했다.

"사령부 담당자가 모르면 누가 압니까?"

"열 명의 조선인 창녀를 접수했다는 보고는 못 들었습니다."

"창녀가 아니에요."

"아, 네, 조선인 여자."

"소령, 당신이 찬물에 발 담그고 더위를 식히고 있는 동안 당신이 체크해야 될 일이 허락 없이 진행되고 있어요. 군사령관을 만나 당신의 근무 태만을 농성할 수밖에 없소."

"나는 근무 태만한 일 없소. 반둥 지구 연합군이 열 명의 조선인 여자를 어떻게 했다는 문제는 처음 듣는 말이오."

"소령."

허영이 입을 열었다.

"그 일은 동맹통신사 기자가 목격한 일로 보도가 될 것입니다."

"보도는 통제될 것이오."

"그래도 하는 방법이 있지요. 외국으로 알리는 방법은 얼마든지 있습니다. 당신들은 국제적으로 비난을 받을 것입니다."

"대관절 무슨 일이 있었다고 이럽니까?"

헤이닝 소령의 태도로 보아 반둥의 그 사건을 모르고 있는 듯했다. 그러나 그것을 확인하는 일보다 열 명의 여자를 구하는 일이 급선무였다.

"헤이닝 소령, 열 명의 여자들을 우리 조선인민회에서 인수할 것입니다. 협조해 주십시오."

"어떻게 도울까요?"

협박이 먹혀들고 있는 것인지 헤이닝 소령의 태도가 온순해졌다.

"그 부대에 전문을 보내서 우리가 갈 테니 인도하라고 하십시오."

"확인하고 사실이라면 그렇게 조처하지요."

"그리고 열 명을 수송할 차량을 제공해 주십시오."

"차량 제공은 불가합니다. 자카르타와 반둥 사이 국도에 게릴라들이 운집해 있어 현재 시간 두절입니다. 당신들도 그곳으로 가는 길은 위험할 것입니다. 인도네시아 인민치안군과 민중군은 각지에서 게릴라전을 벌이고 있습니다. 곧 토벌하겠지만, 아직은 위험하니 더 기다렸다 떠나시지요. 지난 10월 15일 세마랑에서는 일본인 이백여 명이 인민치안군에게 피살되었습니다. 무기를 내놓지 않는다고 일본인을 학살한 것입니다. 당신네들도 피살됩니다. 인도네시아 반군들은 일본인을 증오하기 시작했습니다."

"우리는 일본인이 아닙니다."

허영이 말했다.

"일본인으로 보였고, 그동안 그렇게 행세했을 뿐입니다."

"어쨌든 반둥으로 향하는 길은 봉쇄되었소. 수라바야에서 영국령 인도군과 인민치안군 사이에 격전이 벌어지기도 했소."

"위험해도 우리는 가서 그 여자들을 데려와야 합니다. 일본 부대에서 인수한 트럭 한 대를 주십시오. 운전은 우리 군속이 할 것이니

기름을 넣은 트럭이나 주십시오."

"좋습니다. 위험을 무릅쓰고 가신다니 어쩔 수 없군요. 트럭을 내드리지요. 그리고 반둥 지구 연합군에 연락해서 여자들을 인도하도록 하지요. 그런 일이 있었다니 매우 유감입니다."

헤이닝 소령은 발가락에 무좀이 있는지 말을 하면서도 다른 발로 문질러 대었다.

진옥과 허영은 운전을 할 수 있는 군속 출신 조선인 청년 한 명을 불러 부대에서 내주는 차를 타고 반둥으로 향했다. 일본군이 쓰던 낡은 트럭으로 운전대 옆쪽으로 흰 깃발을 달아 게릴라의 공격을 피했다. 연합군의 차로 오인하고 인도네시아 치안군이나 민중군이 무작정 공격할 가능성이 있었기 때문이었다. 진옥의 의견으로 차량의 다른 한쪽에 태극기를 달았다.

트럭은 녹음이 우거진 숲을 달렸는데 트럭의 뒤에는 광목으로 포장을 해서 씌어져 있었다. 그러나 위쪽은 열려 있었고 광목도 찢어져 달리는 동안 펄럭이면서 바람 소리를 내었다.

"얼마나 달려야 반둥이 나와요?"

"네 시간 정도입니다."

"멀군요."

"먼 것은 문제가 아닌데……."

허영은 숲을 응시하며 말했다.

"게릴라들이 없어야 할 텐데."

"길목을 차단할 만큼 있다고 하잖아요. 연합군의 보급마저 차단할 정도면 대부대가 길을 장악하고 있다는 말이 되잖아요?"

진옥은 걱정스런 어투로 말했다.

"우리가 백기를 달고, 태극기를 달고 있으니, 공격은 안 할 거예요."

길을 가고 있는 동안 다른 차량의 통행은 전혀 없었다. 자카르타 근교에서는 차가 보였고, 이륜마차가 자주 눈에 띄었으나, 한 시간 정도 달려 완전히 외곽으로 빠지자 통행하는 사람조차 없었다. 길가로 촌락이 나오고 사람들의 모습이 이따금 보였으나 극소수였다. 조그만 소도시를 지나는데, 연합군 경비가 길을 가로막고 있었다. 헬멧을 쓴 헌병과 일반 병사들이 뒤섞여 있었다. 장교 한 사람이 트럭 쪽으로 걸어왔다. 영국군 소위로 보이는 사내는 껌을 씹으며 다가와서 차에 꽂아 놓은 백기와 태극기를 힐끗 보았다. 허영이 차에서 내렸다.

"이 깃발은 뭐요?"

소위가 영어로 말하며 태극기를 가리켰다.

"조선이란 나라의 국기요."

"조선이 어디에 있소?"

"일본 위쪽, 중국 아래쪽이오."

"모르겠는데. 그런데 당신 나라에서 여긴 왜 왔소?"

"우리나라는 일본의 식민지였다가 이제 해방이 됐소. 우리는 이곳에 끌려온 군속이오. 반둥의 여자 군속을 데리러 가는 길이오. 여기 사령부로부터 받은 통행증이 있소."

허영은 주머니에서 헤이닝 소령이 만들어 준 통행증을 보여 주었다. 그 통행증은, 이것을 소지한 일행과 트럭은 자카르타와 반둥 사이의 국도 통행을 허락하니 이를 제지하지 말라는 내용이 씌어 있었다. 사령관을 대신하여 헤이닝 소령의 사인이 있었다.

"좋습니다. 가십시오."

소위가 말하고 있는 동안 헌병 두 명이 트럭 안을 기웃거리며 보았다. 안에 두 명의 젊은 여자가 있자 휘파람을 휙 불었다. 한정숙이 같이 휘파람을 불자 두 명의 헌병이 키득키득 웃었다.

"플리즈, 컴 히어, 오케이?"

헌병 한 명이 여자들에게 말했다.

"노, 탱큐."

진옥이 말하자 헌병은 어깨를 으쓱했다.

허영이 승차하자 차는 검문소를 통과했다. 민가조차도 보이지 않는 산길을 한동안 계속 달렸다. 차량과 마차 통행은 없었고, 인도네시아 농부로 보이는 몇 사람이 하천가에 앉아 있는 모습이 보였을 뿐이었다.

허영 일행이 탄 트럭이 자카르타와 반둥의 중간지점쯤에 왔을 때 골짜기에 운집해 있는 사람들의 모습이 보였다. 수십 명의 인도네시아 청년들이 모여 있었다. 그들은 길을 지나는 차를 멍하니 바라볼 뿐이었다. 더러는 어깨에 총을 메고 있었으나, 총이 없는 청년이 더 많았다. 그 앞을 차량이 지나치며 먼지를 일으켰고, 먼지는 청년들을 뒤덮었다. 운전하는 군속은 그들이 차를 세우거나 총질을 할까 봐 겁을 먹었는지 속력을 높여 달렸다.

하천을 따라 차가 달리자 산을 돌면서 앞쪽에 검문소가 보였다. 길옆에 여러 대의 차량이 서 있고 일백여 명의 병력이 무장을 한 채 대기하고 있었다. 그 위쪽 산등성이에도 인도네시아 청년들이 보였다. 그들은 그곳을 차단한 채 완전히 장악하고 있었다. 바리케이트가 겹겹이 쳐 있고, 커다란 돌을 놓아 차는 더 이상 진행할 수 없었다. 인도네시아 청년 한 명이 총을 겨누며 차를 세웠다.

"내려라."

청년은 인도네시아 말로 소리쳤다. 그 뒤에 인민치안군 장교로 보이는 나이 든 사내가 나왔다. 그는 백기와 태극기를 번갈아 보더니 고개를 갸웃거렸다. 처음 보는 기였기 때문이었다.

"저것은 어느 부대 깃발인가?"

장교가 허영에게 물었다. 허영은 인도네시아 말을 어느 정도 할 수 있어서 사내와 대화할 수 있었다.

"저것은 부대 깃발이 아니라 조선이란 나라의 국기다."

"조선? 그게 뭐냐?"

"뭐가 아니라 나라다. 일본에게 짓밟힌 식민지였다."

허영은 또다시 설명하기 구차했지만 이해시켜야 했기 때문에 설명했다.

"당신네들이 네덜란드에게 지배를 받은 식민지였다가 이제 독립하려고 하듯 이 조선이란 나라도 일본의 식민지였다가 독립이 됐다."

"그 나라가 어디에 있는가?"

"중국과 일본을 아는가?"

"안다."

"일본 북쪽, 중국 동남쪽에 있는 반도다."

"그런가?"

인도네시아 인민치안군 장교는 냉담하게 말했다.

"우리는 독립 쟁취를 위해 모든 차량을 징발하기로 했소. 유감이지만 차를 놓고 걸어가시오."

"걸어가다니? 우리는 반둥까지 가서 같은 민족인 여자들을 싣고 자카르타로 돌아가야 하오. 여기서 육칠십 킬로미터 떨어진 곳까지 어떻게 걸어가란 말이오. 더구나 뒤에는 여자가 두 명 타고 있소."

"그건 당신네들의 사정이오. 모두 내리시오."

허영은 기가 차서 멍하니 서 있었다. 인도네시아 청년들이 여자들을 보고 내리라고 손짓했다. 진옥과 한정숙은 차에서 내렸다. 운전하던 군속도 차에서 내렸다.

"이 사람이 장교입니까?"

진옥이 허영과 장교 앞으로 다가섰다. 허영이 그렇다고 고개를 끄덕였다.

"내 말을 통역할 수 있어요?"

"하십시오."

진옥이 장교에게 말하고 허영이 통역했다.

"장교는 '민족의 혼'과 '봉화'라는 영화를 본 일이 있습니까?"

진옥의 말을 허영의 통역으로 듣던 장교가 히죽 웃으며 그렇다고 대답했다.

"그 영화를 어떻게 생각하세요?"

"좋은 영화로 생각하오. 그런데 당신은 나에게 왜 그걸 묻소?"

"그 영화를 만든 사람이 조선인민회에 소속되어 있는데, 얼마 전에 열쇠 두 개와 편지가 전달되었소. '우리들 민족 대표는 당신에의 광복을 축하드립니다. 당신네들이 결성하는 조직을 위해서 이 보잘것없는 선물을 받아 주십시오.'라는 편지에는, 인도네시아의 민족 예능과 민족주의 고양을 위한 공헌에 감사한다고 하며, 인도네시아 예술인협회가 인도네시아 지도자 핫타의 이름으로 보내왔습니다. 그 사실을 아십니까?"

"구체적인 내용은 모르나 영화 만든 사람에게 표창을 주었다는 말은 들었소."

"영화 만든 사람의 이름을 아세요?"

"알지요. 히나쓰 에이다로오〔日夏英太郎〕입니다."

"조선 이름은요? 그 사람은 조선인이잖아요?"

"조선 이름은 모르겠소."

"당신 앞에 서 있는 사람이 히나쓰 에이다로오입니다."

진옥의 말을 그대로 옮기기 쑥스러웠는지 허영은 잠깐 망설이며 씨익 웃었다. 그러자 장교가 눈치를 채고 허영의 얼굴을 바라보았다. 언젠가 그를 본 기억이 있는지 장교는 무릎을 치며 소리쳤다.

"히나쓰 에이다로오?"

허영이 웃으며 고개를 끄덕였다. 그러자 장교는 무척 반기며 허 영에게 악수를 청했다. 허영과 장교는 악수를 했다. 악수를 하고도 시원찮았는지 장교는 허영의 몸을 포옹했다. 그것을 보며 진옥은 일이 제대로 진행되는 것 같아 안도의 한숨을 내쉬며 옆에 서 있는 한정숙을 돌아보았다. 두 여자는 서로의 얼굴을 마주보며 미소 지었다.

"나는 '봉화'를 보고 한없이 울었습니다. 당신은 우리에게 위대한 영화를 만들어 주었습니다."

장교는 허영을 포옹하고 놓지 않은 채 말했다. 주위에 서 있던 인도네시아 인민치안군 사병과 장교들이 영문을 모른 채 멍하니 바라보았다. 가까이 있던 병사는 그들의 대화를 들어 알고 있는지 싱글싱글 웃었다.

"여러분, 우리는 지금 '민족의 혼'과 '봉화'를 연출하고 제작한 분을 만났습니다."

장교가 둘러서 있는 인민치안군을 향해 말했다. 그의 목소리가 약간 떨리고 있는 것으로 보아, 그들이 생각하는 그 영화의 위력을 짐작할 수 있었다.

"이분이 바로 그분 히나쓰 에이다로오입니다. 이분을 위해서 박수를 보냅시다."

장교의 말에 둘러서 있던 병사들이 박수를 쳤다. 뜻밖에 인도네시아 청년들에게 둘러싸여 박수를 받은 허영은 얼떨떨해하면서도 만족스러운 표정을 지었다. 일본군은 허영을 시켜 그 영화를 만든 후 인도네시아 전역의 학생이며 주민들에게 반강제로 관람시켰다. 반 네덜란드 식민 정책에 대한 독립정신을 심어 주려고 했던 것이 독자적 민족정신을 심어 주어 일본의 의도를 반전시켰던 것이다. 예술적으로도 성공적인 작품이었다.

"고맙습니다, 고맙습니다."

계속 박수를 보내고 있는 인도네시아 저항군들을 향해 허영은 한 손을 쳐들고 답례했다. 박수는 그치지 않고 계속되었다. 장시간 박수 소리가 계속되었다. 인도네시아 민족진영에서 허영의 인기가 어느 정도인지 짐작할 수 있었다. 이윽고 박수가 그치자 장교가 말했다.

"여기서 반둥까지는 두 시간 정도 소요됩니다. 여기서 한 시간 거리에는 우리 인민치안군이 장악하고 있고, 세 군데 정도 차단되어 있습니다. 그곳을 매번 통과하려면 우리가 그냥 보내 드려도 힘들 것입니다. 우리 독립군은 물자가 절대적으로 부족하기 때문에 차량을 그냥 보내지 않을 것이오. 그래서 제가 동승해 무사히 통과하도록 해 드리지요."

"고맙소, 장교. 장교의 이름이 무엇이오?"

"나는 코사시 중령으로 제18인민치안대 대장입니다."

"만나서 반갑습니다."

허영이 다시 손을 내밀어 악수를 했다. 그도 쇼맨십이 있었다.

"코사시 중령, 여기 두 분을 소개드리지요. 이분은 전 일본군 제84사단장 이시가와 소장의 미망인이십니다. 일본인은 아니고 조선인입니다."

"안녕하세요."

진옥은 조선말로 인사했다. 코사시 중령이 경례를 붙였다. 그러자 진옥이 손을 내밀어 그와 악수를 했다.

"옆의 분은 조선인민회 여성부 회장이신 한정숙 씨이십니다. 자카르타 조선인 촌에 있는 사백여 명의 조선 여성 대표입니다."

"안녕하세요."

한정숙이 인도네시아 말로 인사했다. 코사시 중령이 경례를 붙였다. 그리고 악수를 했다.

"저분은 군속 출신으로 조선인 청년입니다."

운전하던 군속하고는 코사시 중령이 손을 내밀어 악수만 했다. 군속은 말없이 코사시 중령의 손을 잡았다.

"코사시 중령, 대장이 자리를 비우면 안 되지 않습니까? 부하를 보내시지요?"

코사시 중령이 함께 차를 타려고 해서 허영이 말했다. 그러자 코사시는 씨익 웃으며 말했다.

"여기는 한 사람의 지휘관보다 다수의 민중 힘이 더 크고 중요합니다. 부대는 내가 없어도 잘합니다."

코사시는 부관에게 무엇인가 지시하고 사병 한 명을 운전석 옆에 태우고, 자신은 허영 일행과 함께 트럭 뒤에 올랐다. 바리케이트가 모두 쳐지고 차가 떠날 때 지켜보던 인민치안군 병사들이 "무르데카." 하고 소리치며 총을 치켜들었다. "무르데카, 무르데카." 하는 그들의 함성이 골짜기를 울렸다. 무르데카는 독립을 뜻하는 인도네시아 말이었다.

"무르데카, 무르데카!"

차가 먼지를 일으키며 떠나는 것을 바라보며 수백 명의 병사들이 외쳤다. 그것은 허영이 만든 '봉화'에 나오는 영화의 한 장면과 너무나 비슷했다. 전선으로 떠나는 일련의 저항군과 남아 있는 병사들, 안개가 자욱한 촌락, 떠나는 트럭을 향해 남아 있는 청년들이 총을 쳐들며 "무르데카, 무르데카!" 하고 함성을 지른다. 그 함성이 골짜기를 울리고, 트럭 위에 탄 청년들의 눈에 눈물이 글썽인다.

무르데카라는 말은 인도네시아 청년들에게만 해당되는 말이 아니고, 운전하는 군속과 트럭에 타고 있는 허영, 진옥, 한정숙의 가슴에도 동일한 외침이었다. 트럭은 반둥으로 향하는 도중 세 번의 저지를 받았다. 규모가 크고 작은 인민치안군들이 도로를 점거하고 있었다. 그러나 코사시 중령을 알아본 병사들은 바리케이트를 치우고 차를 통과시켰다. 마지막 통과 지점에서 사병과 코사시 중령은 차에서 내렸다.

"기다리겠습니다, 히나쓰 씨."

중령은 한 팔을 쳐들며 허영에게 말했다.

"고맙소, 중령."

트럭은 반둥 입구로 접어들면서 겹겹이 친 바리케이트에 부딪혔다. 이제는 연합군 헌병대가 가로막고 있었다. 허영이 내려서 헤이닝 소령이 준 통행증을 보여 주었다. 헌병 하사는 트럭 안을 들여다보다가 다시 허영에게 와서 말했다.

"인도네시아 폭도들이 길을 점거하고 있을 텐데 여기까지 어떻게 왔소?"

"사정해서 통과했소."

"그래요?"

헌병 하사는 트럭 안의 여자들이 마음에 들어 잡아 놓고 싶어 하는 눈치였다. 그래서 허영이 강한 어조로 말했다.

"우리의 통과는 연합군 사령부에서 내린 결정이고 중대한 일이오. 사령부의 결정을 반둥 지구 헌병대에서 막을 수 있다면 해 보시오. 책임을 지고 싶으면……."

"누가 뭐라고 했습니까?"

하사는 히죽 웃었다.

"안녕히 가십시오."

헌병 하사가 허영에게 통행증을 내밀고 경례를 붙였다. 바리케이트는 쳐지고, 트럭은 지나갔다. 십여 분 달리자 반둥 시가가 눈에 들어왔다. 반둥 지구 연합군 부대는 반둥 시가를 지나서 우중부중과 티차랭카 중간에 있었다. 우중부중에서 조금 더 들어가면 스메란 읍과 티마뉴크 강으로 향하는 길이 있고, 마쟈라로 향하는 샛길, 그리고 국도로 이어지는 티차랭카의 삼거리가 나왔다. 군부대는 그 삼거리를 끼고 철도가 있는 오른편에 위치해 있었다. 자카르타와의 사이에 국도에는 인도네시아 민병대가 차단하고 있었지만, 철로는 연합군의 수중에 있어 모든 수송은 철로를 통해서 이루어졌다. 그러나 국도 역시 연합군 주력 병력이 움직일 때는 그 상대가 되지 않았기 때문에 인도네시아 민병대는 보이지 않았다. 민병대를 피해 가려면 국도의 직선 통로를 피해 반가랭 강으로 해서 인도양 해안으로 돌든지, 렘방 쪽으로 가서 자바해 안으로 돌아야 했다. 그러면 길은 서너 배 멀었다.

그들은 반둥 지구 연합군 부대에 들어가서 담당 장교를 만났다. 연락을 받았다고 하면서 파란 눈을 가진 영국군 중위는 싱글싱글 웃었다. 중위가 안내한 곳은 부대에서 조금 떨어진 더바라이 촌락이었다. 안내하는 중위의 말로는 일본 상인이 부대 경리 장교에게 여자 열 명을 팔았다는 것이었다. 액수는 중위도 알지 못했다.

패전을 하자 일본인 용역 업자가 연합군에게 여자를 팔아넘기고 달아난 것임을 알 수 있었다.

여자들은 민가의 방을 얻어 사용하고 있었는데, 연합군도 일본군을 흉내 내듯이 아홉 명의 여자는 사병용이었고, 한 명의 여자는 장교용이었다. 입구에는 네덜란드 국기가 꽂혀 있고, 인도네시아 청년 두 명이 지키고 있었다. 그리고 연합군의 병장 한 명이 감독하고 있었다.

"아주 그대로 흉내 내는군."

진옥은 화가 치밀어 눈살을 찌푸렸다. 두 여자를 보자 연합군 병장은 중위에게 말했다.

"두 명 추가입니까? 저 여자들은 장교용인 것 같은데요? 맞습니까?"

"조용히 해."

중위는 민망한 표정을 지으며 손가락을 입에 대었다.

"모두 있나?"

하오 다섯 시가 조금 넘었다. 연합군들은 규칙이 달라서 저녁 여섯 시 이후에 외출할 수 있었고, 그 시간이 되면 한꺼번에 수십 명씩 몰리는 것이었다. 저녁 여섯 시 이후부터 밤늦게까지 병사를 받았다. 그래서 여자들은 다섯 시가 넘으면 저녁을 먹었던 것이다. 방에 쪼그리고 앉아 저녁을 먹던 여자들은 낯선 일행이 오자 먹던 것을 부지런히 치웠다. 상이 없이 방바닥에 놓고 먹다가 숟가락을 놓으면서 한쪽으로 밀었다. 그녀들은 두 팀으로 나누어 식사를 하고 있었다. 병장이 식사를 하라고 했지만 계속 먹는 여자는 없었다. 남이 보는 앞에서 밥 먹는 것을 부끄러워하는 조선 시골 여자의 습관이 몸에 배어 있었다.

"여자들의 몸값으로 무엇을 주지요?"

진옥이 중위에게 물었다. 중위가 민간 섭외를 맡고 있는 것은 그가 인도네시아 말과 일본말을 하기 때문으로 보였다. 그는 두 나라 말을 능숙하게 했다.

"군표를 줍니다."

"사령부에서 발행한 것이에요?"

"그렇습니다."

"그렇다면 사령부에 가서 바꿔도 되겠군요."

"그렇습니다."

"당신네 부대에 다시 들어가고 싶지 않습니다."

"……."

"이 애들은 우리가 데려가겠습니다."

"……."

중위는 대답 없이 히죽 웃기만 했다. 병장이 뭐라고 하자 중위가 설명했다.

진옥은 모여 있는 여자들 앞으로 갔다.

"나도 조선 여자예요. 자카르타의 코타 지역에 조선인민회가 결성되어 여러분과 같은 입장이었던 여자 삼백여 명이 와 있어요. 조선으로 돌아갈 때까지 무료로 급식해 줄 거예요. 모두 보따리를 싸요."

"조선으로 돌아갑지비?"

한 여자가 함경도 사투리로 물었다. 대부분 평안도와 함경도 말을 쓰고 있었는데 얼굴은 예뻤으나 몸이 마르고 창백했다. 모두 병색이 도는 표정이었다. 어느 여자는 앉아 있으면서도 가끔 배를 만졌다. 배가 아픈지 얼굴을 찌푸렸다.

"코타 지역으로 가면 의약품도 있어 아픈 걸 치료할 수도 있어요."

그렇게 말해도 여자들은 눈을 껌벅이면서 바라볼 뿐 몸을 움직이지 않았다. 어떻게 된 것일까. 어떻게 했으면 사람이 이렇게 무감각해졌을까 싶었다.

그녀들이 가지 않겠다고 하면 어쩌나 하고 진옥은 불안했다. 그러나 그녀들을 억지로 태워서라도 데려가야 한다고 생각했다.

"왜 그러고들 있어요? 보따리를 싸라니까."

"조선으로 갑매?"

"그래요."

"조선으로 간대."

그녀들은 조선으로 돌아가는 것이 이상하다는 표정이었다.

"왜 이래요? 조선으로 가기 싫어요?"

"그곳에 가면 양키들이 잡아 죽인다이."

"뭐라고요? 누가 그런 말을 했어요?"

"삼촌이……."

용역 업자는 거짓말을 했고, 여자들은 그 말을 사실로 알아들었던 것이다. 조선에 양키들이 진주했는데, 여자만 보면 강간하고 죽여서 피비린내가 진동한다고 했던 것이다.

"그건 그렇고, 왜 코타 지역으로 안 왔어요? 우리가 그렇게 불렀는데. 각 부대를 통해 방송도 하고 신문에도 내고 했는데 말예요."

"우리는 몰랐지비. 일본군이 망했다는 것밖에 몰랐음매."

용역 업자가 그녀들을 연합군에게 팔기 위해 코타 지역에 조선인 민회가 있다는 것을 말해 주지 않았다는 것을 알 수 있었다. 더바라이 촌락에 있는 열 명의 여자와 같이 일본이 패전했는데도 불구하고 그대로 남아 연합군의 위안부로 있는 경우도 적지 않을 것으로 생각하자 진옥은 분노가 끓어올랐다.

"어쨌든 모두 짐을 꾸려요. 그 지긋지긋한 짓은 이제 안 해도 돼요."

진옥이 악을 쓰듯이 소리쳤다. 그러자 여자들은 겁먹은 눈으로 바라보다가 몸을 일으켜 각자의 방으로 들어갔다. 열 명 가운데 눈에 띌 만큼 키가 크고 몸이 날씬한데다 세련된 여자가 있었다. 언뜻 보아 장교용이라는 것을 알았다. 진옥이 그녀에게 가서 물었다.

"조선 어디에 고향이에요?"

"신의주예요."

"뭘 하다가 왔어요."

"기생학교에 있다가 잡혀왔어요."

조선에는 경성, 평양, 그리고 신의주 세 곳에 기생학교가 있었다. 그 학교는 일제 때도 그대로 있다가 해방되기 직전에 없어졌다. 기생들 가운데 독립운동을 하는 여자가 많이 속출하자 총독부에서 없앴던 것이다.

"몇 살이에요?"

"열아홉 살……."

"언제 여기 왔어요?"

"두 해 전에……."

열일곱 살 소녀를 위안부로 쓰기 위해 잡아 왔다는 말이 되었다. 그녀는 동기로 기생학교에 들어가 공부하고 있었던 것이다. 기생이 되면 생활이 보장되었기 때문에 예쁜 딸을 가진 부모는 기생을 시키려는 사람도 적지 않았다. 물론, 생활고에 허덕여 기아선상을 헤매는 가난한 소작농의 경우였다. 그래서 소학교를 나오게 해서 열두세 살 된 아이를 기생학교에 입학시킨다. 여자는 그 학교에서 서예, 창, 시조, 악기 다루는 법, 예절, 역사 등을 골고루 배우는데, 소양을 심어주자 역사관이 생겨 민족의식을 가진 기생들이 많았다.

"이름이 뭐지?"

"매월이라고 해요."

"아니, 기녀 이름 말고 본명."

"강지숙이에요."

"지숙이, 빨리 챙겨요. 내가 도와줄까?"

"도움을 받을 만큼 짐이 많은 거 아니에요."

열 명의 여자들은 트렁크나 보따리를 들고 밖으로 나왔다. 골목에 세워둔 트럭으로 와서 여자들은 모두 승차했다. 여자들을 감독하던 병장은 아쉬워하는 표정이었다. 중위는 떠나는 차를 향해 경례를 붙이며 웃었다. 진옥이 중위를 향해 눈을 흘겼다.

"개새끼들, 모두 그놈이 그놈이야."

✣

먹을 것이 충분히 있는데다 귀국할 날짜만을 기다리는 입장이어서 재자바 조선인민회에 들어와 있는 군속들과 여자들은 특별히 할 일이 없었다. 그러나 간부들은 저마다 바쁘게 뛰었고, 더러는 자바에 남을 생각을 하며 장삿길을 트거나 가게를 차릴 준비를 하기도 했다. 그 현상은 군속 출신 청년들보다 위안부 출신 여자들에게서 더욱 두드러지게 나타났다. 서울에 가서 암본이란 제호의 카페를 내겠다고 하는 여자도 있었고, 라바울이라는 레스토랑을 차리겠다고 하기도 했다.

자카르타에 남아서 술집을 하겠다고 미리 알아보는 여자도 있었다. 다방을 차릴 자리를 미리 물색해 놓고, 귀국하기 전에 차려서 민회의 사람들을 출입시키는 여자도 있었다. 자바에서는 남고 싶으면 남고, 가고 싶으면 가라는 것이었기 때문에 본인의 의사에 따라 했다.

코타 조선인 촌에 곡식을 넣어 두었던 창고를 개조해서 만든 극장에는 일천여 명이 들어갈 수 있었다. 의자는 없지만 시멘트 바닥에 종이를 깔아 놓고 앉아 영화도 보고, 그곳 무대에서 열리는 각종 연극도 감상했다. 허영은 영화뿐만 아니라 연극도 무척 좋아해서 인도네시아인과 조선인이 섞인 극단도 가지고 있었다. 그리고 매주 금요일 저녁에 회원 각자의 예술 발표가 있었다. 예술 발표는 노래, 무용, 기악 등이었지만, 위안부와 간호사 출신 여자들의 독무대였다. 박애자는 소프라노로 사범학교 때 배운 가곡을 불렀고, 군속 김현재는 작곡을 해서 신곡을 발표했으며, 한맹순은 시를 지어 낭독하고, 반둥 지역에 남았다가 뒤늦게 민회에 들어온 기생 출신 강지숙은 여러 가지 장기를 보여 줘 남자 군속들의 인기를 독차지했다.

강지숙은 한복을 입고 무대에 나와서 가야금을 켜면서 창을 하고, 검무복을 입고 양손에 칼을 들고 검무를 추는가 하면, 부채춤이랑 아리랑 춤을 추고, 장구를 메고 춤추며 장구타령을 했다. 기생학교에서 배웠던 기본기였지만, 고국을 떠나온 지 오래였던 남자 군속이나 여자들에게는 정겨운 것들이었다. 강지숙이 무대에 오르면 사방에서 휘파람 소리가 울리고, 남자 군속들이 소리쳐 불렀다. "매월아, 나하고 살자." 하고 어느 군속이 소리치자, 무대에 나와 춤을 추려고 하던 강지숙이 "아니 되오. 저에게는 김중배 동생이 있어요." 하고 대답해서 군속들이며 여자들이 한동안 배를 잡고 웃었다.

그 웃음에 착안해서 히나쓰, 즉 허영은 희극공연을 했다. 허영이 직접 각본을 썼는데, 희극은 짧으면서도 세태를 무섭게 풍자해 배를 잡고 웃으면서도 가슴이 찡하게 울렸다.

희극에 대한 내용이 주간신문《조선인민회보》에 평이 나가기도 했다. 모든 정보소통은 그 신문을 통해서 하기도 했다. 이를테면 '수라바야에서 일했던 우명희는 자카르타 동구 거리에 카페 자리를 사서 곧 개업 예정'이라는 기사가 실리는 것이었다.

《조선인민회보》에는 대학을 졸업한 군속들의 투고가 많았고, '조국의 군상'이라는 제목의 민족운동사가 연재되었고, '상해 임시정부 인물개요'라고 해서 소개되기도 했으며, 한맹순 편집장의 시라든지, 논단, 수필, 특히 목포 출신 군속이 '목포 삼학도의 전설'이라는 제목으로 연재해서 인기를 얻었다. 문학평론을 하겠다는 와세다 대학 출신 군속은 어려운 예술론을 썼고, 니체에 대한 반론이 나오는가 하면 순수이성비판이 튀어나왔다.

이천여 명의 조그만 사회 속에서도 커다란 한 국가의 사회와 다름없이 문화 예술이 형성되었다. 무대에서 기생 출신 강지숙이 인기를 끌어 밖에 나와서도 그녀를 보면 누구나 반기며 알아보았으니, 그 사회에서 강지숙은 인기 연예인이 된 것이다.

진옥은 연합군 사령부의 배려로 다른 일본인 관리 가족과 함께 일본으로 건너갈 수 있는 기회가 왔다. 1946년 3월 10일 출국할 수송선이 대기하고 있었다. 그러나 진옥은 조선인민회의 여자들을 남겨 놓고 떠날 수 없다는 이유로 승선을 거부했다. 그녀가 사령부로 보낸 승선 거부 내용은, '나는 일본군 부대장과 결혼하여 아내로 있었지만, 근본은 조선인이기에 남편이 죽은 현재, 조선인들과 행동을 같이 한다.'였다. 승선 거부 소식을 듣고 허영이 찾아왔다.

두 사람은 이륜마차를 타고, 저녁 햇살이 비치는 야자수 숲을 달렸다. 해가 질 무렵에 그들은 해안에 닿았고, 해풍이 부는 바닷가를 나란히 산책했다. 오늘따라 허영은 말없이 계속 침묵했다. 해안의 모래사장이 저녁노을로 빨갛게 물들었다. 마치 모래 위에 자주색 물감을 뿌려 놓은 듯했다.

"일본으로 안 갈 거요?"

허영이 불쑥 물었다.

"글쎄요."

"조선으로 갈 것입니까?"

"글쎄요."

"글쎄라니요?"

"일본이 패전하기 전에는 여자들을 데리고 조선으로 탈출하려고 했고, 가능하다면 일본으로 가서 대학에 진학을 할까도 생각했죠. 그러나 지금은 생각이 바뀌었어요. 나는 일본을 용서 못해요."

"왜 승선하지 않았어요? 일본을 용서 못하는 것과 관계있습니까?"

"내 동료들, 민회 여자들이 있잖아요."

"그녀들은 진옥 씨 보호 없이도 괜찮습니다. 이제 귀국이 시작되었으니 조선인들도 한 달 후면 귀국하게 될 것입니다. 예정이 그래요."

"여자들을 두고 혼자 훌쩍 떠날 수 없어요. 모두 떠나고, 나는 천천히…….”

진옥은 그러한 내용을 묻는 허영이 의식되어 그의 얼굴을 힐끗 보았다. 긴장하고 있는 허영의 모습은 전에 없던 일이었다.

“허영 씨는 언제 떠나세요?”

“글쎄요.”

진옥이 말했던 어투로 대답했다.

“조선으로 가실 것인가요?”

“뻔뻔스런 느낌이 들어 못 갈 것 같습니다.”

“뻔뻔스런? ‘너와 나’라는 영화 때문인가요? 너무 그렇게 죄의식을 갖지 말아요. 잘 모르고 친일한 것인데. 친일한 사람들이 어디 한둘이에요. 엄격하게 따지면 일본군 부대장의 아내였던 나도 친일한 것이지요.”

“어쨌든 나는 여기 남고 싶습니다.”

“자바에?”

“네.”

그는 한숨을 내쉬었다.

“자바에 남아 영화사나 계속할까 합니다.”

“허긴, 허영 씨는 자바의 신화적 인물이니까. 인도네시아 민족은 당신을 환영할 거예요.”

“그래서가 아니라, 이곳에 정이 들었습니다.”

“그렇다면 남으셔야겠네요.”

“진옥 씨.”

“네?”

"우리가 결혼을 하면 안 될까요?"

"어머……."

걸음을 멈추고 바라보는 허영의 눈이 빛났다. 진옥이 당황해 하자 허영이 말을 이었다.

"이곳에 함께 남기를 부탁드립니다. 결혼해요, 나하고…."

"……."

진옥은 몸을 돌려 바다를 바라보았다. 바다는 더욱 어두운 색깔로 물들어 가고 있었다. 몇 마리의 새가 바다 위를 날며 원을 그렸다. 새는 하나의 점으로 보였다.

"지금 대답 안 해도 좋습니다. 자카르타에 남으신다면 나의 청을 받아들이는 것으로 생각하겠습니다."

"……."

허영이 결혼하자고 할지는 꿈에도 생각해 보지 못했던 진옥은 몹시 당황했다. 그는 서른여덟 살로 진옥보다 열다섯 살 많았다. 서른여덟 살이 되도록 미혼으로 있다가 갑자기 진옥에게 청혼을 한 것이다. 한때 종군 위안부였고, 일본군 부대장과 살았던 진옥으로서는 그의 청혼을 어떻게 받아들여야 할지 알 수 없었다.

"그렇게 말씀하니 갑자기 어색해지는 것 같네요. 나는 더 이상 결혼이니 사랑이니 그러한 일을 생각하지 않기로 했어요. 나는 일본에 가서 악착스럽게 돈을 벌 거예요. 그리고 나와 친구들이 받았던 사무치는 원한을 내 식으로 복수할 거예요."

"어떻게 복수한다는 것입니까? 지나간 역사는 잊히게 마련입니다."

"잊어서는 안 돼요. 용서해서도 안 되고……."

두 사람은 말없이 걸었다. 바닷바람이 진옥의 머리카락을 날렸다. 해가 지자 열기가 식으면서 기온이 급히 내려갔다. 그들은 이륜마차를 세워 놓은 곳으로 돌아가서 마차에 올랐다. 마부가 담배를 피우며 한쪽에 앉아 있다가 급히 올라 채찍을 때렸다.

그들은 시가로 들어가 밤거리를 지나갔다. 불빛이 현란한 시가는 군용차량과 마차로 가득했다. 사람들은 새로운 활기에 차서 바쁘게 움직였다. 일단의 인도네시아 저항군과 영국군과의 전투는 계속되었으나, 도시의 밤은 전쟁과는 먼 곳에 있었다. 두 사람은 레스토랑에서 저녁 식사를 하고 헤어졌다.

진옥은 민회에 들어갔다. 애자는 책을 펴놓고 읽고 있었다. 일본 서적인데, 언뜻 보니 경제이론 서적이었다. 그녀가 왜 그것을 읽고 있는지는 알 수 없었다. 진옥이 들어서자 애자는 책을 덮으며 일어서서 반갑게 맞이했다.

"늦게 웬일이에요?"

"잠이 오지 않아 얘기나 나눌까 하고 들렀어요."

"잘 왔어요. 술이 있는데 한잔하겠어요?"

"그래요? 조금만 마실까?"

애자는 조그만 장식 찬장 안에서 위스키 병을 꺼냈다. 그것을 조그만 컵과 함께 가져왔다.

"칵테일을 할 것은 없으니 조금씩 마셔요."

"들어오다가 보니 경제이론 서적을 보던데 그쪽으로 관심이 큰 가봐요?"

"아, 저 책요?"

애자는 쑥스럽다는 듯 웃으며 술을 따랐다. 두 여자는 위스키 잔을 들어 건배했다.

"잘 마시겠어요."

"저 책은요, 그이가 준 거예요."

"그이라니?"

"아이, 참."

애자에게 어떤 변화가 오고 있다는 것을 알 수 있었다. 최근에 와서 그녀가 외모에 신경을 쓰는 것을 느끼고 있었다.

"그이? 누구 사랑하나 봐요?"

"아이, 참……."

애자가 얼굴을 붉혔다. 그녀는 감추기는 싫고, 밝히려고 했으나, 말하자니 쑥스러워 망설였다.

"누구예요?"

진옥은 호기심으로 눈을 빛내며 물었다. 진옥도 허영으로부터 청혼을 받았기 때문에 애자의 일에 관심이 갔다.

"인도네시아 사람이에요."

"자카르타에 살아요?"

"네, 경제학을 전공하는 대학교 선생이에요."

"어머, 그래요?"

"마흔다섯 살로 나보다 스물두 살이 많지만……."

"나이가 무슨 상관이에요."

"결혼했는데 부인이 전쟁 때 죽었대요."

"그래요?"

"참 좋은 분이에요. 내가 조선으로 간다고 하니까 따라가겠다고 해요."

"하하하……. 그 사람이 애자 씨를 많이 사랑하나 봐요."

"그러나 결정은 못했어요."

"결정해요. 여자는 역시 결혼을 해야 해요."

"그럴까요? 그러나 난 짓밟힌 몸인데……."

"그 사람도 그건 알잖아요."

"알기는 하지만……."

"결혼하세요."

"그럴까요?"

"그게 좋아요. 얘기 들으니 믿을 수 있는 신분이니까 잘될 거예요."

"……."

진옥은 자신의 얘기를 하려다가 그녀가 먼저 결혼 말을 꺼내자 입을 열지 못했다. 애자는 그 남자에 대한 이야기를 계속했다. 진옥이 입을 열 틈도 주지 않았다. 애자는 경제학 교수 이야기를 하면서 불안해하는 표정이었다. 그녀로서는 남자로부터 사랑을 받는다는 것은 감격스러운 일이었으나, 지난날 자신이 처했던 수렁을 뒤돌아보면 끔찍했고, 그러한 기억을 떨칠지 의문이었던 것이다. 기쁘면서도 남자의 청혼을 받아들이기 힘들었다. 진옥은 자신의 이야기는 못하고 애자의 이야기만 들었다.

❖

1946년 4월 13일, 재자바 조선인민회는 해산되었다. 그날 아침 조선인 이천여 명은 탄정프리옥 항으로 집결하여 귀국선을 탔던 것이다. 군속들은 보다 큰 다른 배에 타고 자바 거주 조선 민간인, 간호사, 그리고 위안부들은 한배에 탔다. 위안부 삼백여 명 가운데 쉰두 명이 승선하지 않았다. 승선하지 않은 것은 진옥도 마찬가지였지만, 자바에 남는 여자들이 많은 것을 보고 놀랐다. 고향이 그립지만, 이 몸으로 어떻게 갈 것인가 하는 생각을 하는 여자도 있었고, 애자처럼 인도네시아 남자의 청혼을 받아 결혼 때문에 남는 여자도 있었다. 대부분 남는 여자들은 가게를 차려 독신으로 살아갈 생각을 하고 있었다. 진옥은 다음에 떠날 일본행 배를 타기 위해 기다렸다. 어쩌면 아직도 히나쓰의 청혼에 대한 답을 내리지 못하고 있는지 모를 일이었다.

진옥은 탄정프리옥 항에 서서 손을 흔들며 배를 타고 떠나는 수백 명의 여자들을 바라보다가 죽은 밤골 여자들이 떠올라 눈물을 흘렸다. 어린 영희, 춘자와 금순이, 그리고 그렇게 살려고 발버둥 쳤던 옥경이가 떠올라 진옥은 눈물이 마구 쏟아졌다. 떠나는 여자들과의 이별도 슬펐으나, 동향의 네 여자들 얼굴이 눈앞을 가로막았다. 순박한 눈에 안경을 쓰고 껌벅이며 항상 겁을 먹던 영희, 두려움 때문에 진옥의 치맛자락을 잡고 놓지 않던 모습이 떠올랐다. 입술이 두툼하고 아버지 없이 어머니 슬하에서 자란 춘자, 글씨를 몰라 이름만 겨우 썼지만 무척 착했다. 금순이와 옥경이는 유별나게 친해서 잠시도 떨어지지 않으려고 했다. 살아도 같이 살고 죽어도 같이 죽자고 했던 두 여자는 이제 저세상으로 떠났던 것이다.

배가 멀리 떠나는 것을 부두에서 지켜보는 남은 여자들은 저마다 다른 이유로 울었다. 이별이 슬퍼 울었고, 운명이 기구해서 울었다. 그러나 그녀들은 살아남았고, 생존했다는 그 자체는 하나의 승리였다.

에필로그

"이렇게 갑자기 찾아뵈어서 당황하셨지요?"

조심스러우면서도 당돌한 어조로 말하며 그는 유진옥 할머니의 표정을 살폈다. 유진옥은 가급적 무표정한 얼굴로 앉아 있었지만, 실제 당황하고 있었던 것은 사실이었다. 그의 입에서 종군위안부라는 말이 나오는 순간부터 그녀는 당혹을 금치 못했다. 악몽 같은 그 낱말은 자신과 무관한 것으로 믿고 있었다. 그 말이 신문지상이나 방송에 나와도 그녀는 애써 외면하면서 가까이 다가가지 않으려고 했다. 그것은 역사의 상처로부터 자신을 방어하려고 하는 개인적인 이기주의였겠지만, 그녀로서는 어쩔 수 없었다. 그런데 어느 날 한 소설가가 그녀를 찾아온 것이다. 그는 다짜고짜 그녀에게 종군위안부를 아느냐고 물었다. 그 오랜 세월, 그 악몽으로부터 피하려고 애썼지만,

그녀가 완벽하게 숨을 곳은 없었던 것이다.

만나기를 몇 번씩 거절했음에도 불구하고 결국 그는 유진옥을 찾아왔다. 지금은 달라지고 있지만, 조금 전까지만 하여도, 그가 아파트 현관으로 들어서는 모습이 저승사자처럼 끔찍해 보였다. 누렇게 색이 바랜 바바리코트를 걸친 그는 손이 하얗게 야위었다. 창문으로 들어온 빛에 그녀를 응시하는 그의 눈이 유난히 반짝거렸다. 무엇인가를 탐색하는 눈빛이 기분 나쁘게 하고 있지만, 그는 얼굴 가득히 미소를 머금으면서 매우 조용한 모습으로 나타났다. 사십 대 중반으로 보이는 이 사내는 그의 직업이 소설가라는 선입관 때문인지 도전적인 눈길에도 불구하고 친숙감을 주었다.

"저는 종군위안부를 주제로 소설을 쓰기 위해서 십여 년 전부터 자료를 수집하고 있었습니다. 그동안 여러 소설에서 이 문제를 다루기도 했습니다. 그러나 총체적으로 완벽한 소설을 만들지는 못했습니다. 이제 그것을 다시 정리하여 내려고 합니다. 그래서 최근에 중국과 남방 여러 나라를 다녀왔습니다. 제가 할머니를 찾아뵌 것은 그 여행 도중에 만난 할머니들의 이야기를 통해 유진옥 할머니의 사연을 들었기 때문입니다."

그는 그녀의 이름을 말할 때 힘을 주었다. 그가 그녀의 이름을 힘주어 말하는 순간 그녀는 마치 맷돌에 갈리는 것 같은 느낌을 받았다. 그것은 일종의 공포감을 몰고 왔다.

"할머니를 찾으려고 여러 날을 애썼으나 허사였습니다. 할머니께서는 종군위안부 출신록에 등록을 하지 않았더군요. 충분히 이해하고 있습니다. 조용히 숨어 계시는 것을 제가 찾아와서 방해를 한 듯해서 죄송합니다."

"내가 죄를 지은 것도 없는데 왜 숨겠어요. 다만 내가 등록을 하지 않은 것은 자식들 때문이요."

그의 시선이 거실 벽에 걸려 있는 가족사진 쪽으로 옮겨졌다.

"가족들은 모르고 있나요?"

"모르지요. 말할 필요가 없어서 말하지 않았을 뿐이요."

"가족들이 많군요. 한 식구인가요?"

"아들 가족과 딸 가족이에요."

그 사진틀 안에는 그녀의 전부라고 할 수 있는 모든 가족이 있었다. 사진의 앞줄에 앉아 있는 사람들은 아들 가족이고, 그 뒤에 서 있는 사람은 딸 가족이었다. 유진옥은 한가운데 앉아 있었는데, 이십여 년 전에 초등학교 교장직을 떠나면서 은퇴기념으로 찍은 가족사진이었다. 고등학교에서 과학을 가르치는 교원으로 있는 아들과 고등학교에서 생물을 가르치는 교원으로 있는 며느리, 그리고 초등학생으로 보이는 손자와 손녀였다. 뒷줄의 딸도 초등학교 선생이고, 사위 역시 중학교 교원으로 나가고 있을 때, 외손녀와 외손자는 모두 고등학교에 다니고 있었을 때 사진이다. 유진옥이 그렇게 소개하자 그는 감탄하면서 말했다.

"교육자 집안이군요. 참으로 대단합니다."

그녀는 그가 말하는 대단하다는 것이 무엇을 말하는 것인지 알 수 없었다.

"그런데 선생께서 나를 찾아온 것은 잘못하신 것 같군요. 나는 별로 들려 드릴 이야기가 없어요. 칠십 년 전에 종군위안부로 끌려갔던 것은 사실이지만, 회상하고 싶지 않아요. 인터뷰에 응할 수 없으니 다른 사람을 찾아가 봐요."

"충분히 이해합니다. 인터뷰를 하려는 것이 아니라 이분을 확인해 주셨으면 합니다. 이 할머니의 이름은……."

그는 호주머니에서 엽서봉투를 꺼내 낡은 흑백 사진 하나를 빼내었다. 그것을 보기도 전에 그녀는 가슴이 철렁하고 내려앉았다. 할머니 유진옥은 사진을 받아들고 들여다보았다. 손이 떨리는 것을 억제하지 못했고, 소설가라는 사내는 날카로운 시선으로 그녀의 그 모습을 놓치지 않고 응시했다. 사진 속에는 젊은 두 여자가 서 있었다. 머리를 단발로 짧게 자르고, 일본 기모노 옷을 입고 있었다. 두 여자는 서로의 손을 꼭 잡고 웃었다. 군 막사와 버드나무 숲이 여자의 뒤로 보였다.

"그 사진의 인물을 아시겠습니까, 할머니?"

"……."

그녀는 모르겠다고 말하려고 했지만 입이 떨어지지 않았다. 그것을 어떻게 모른다고 할 수 있겠는가. 한 명은 바로 자신이었던 것이다. 그녀가 고집스럽게 침묵하고 있자 그가 말했다.

"다른 한 분은 니시다 하나코입니다. 조선 이름은 서옥경이라고 하지요."

서옥경이라는 말에 그녀는 그 사진을 다시 들여다보았다. 자신을 알아보기는 했지만 옆의 여자는 누구인지 몰랐던 것이다. 그러자 얽힌 실타래가 풀리듯이 잊었던 기억이 떠올랐다. 그 사진은 만주 하이라얼의 일본 관동군 제25사단의 일본군 위안부 때 찍은 것이었다. 군속으로 일하던 중국인 사진사가 찍어 준 것이었다.

"이 사진을 어떻게 구했어요?"

그녀는 자신도 모르게 목소리가 떨리고 있었다.

"서옥경 할머니에게서 받았습니다."

"옥경이가 살아 있다고요? 그녀는 지금 어디 있어요?"

그녀는 가슴이 메어지는 것을 진정시키려고 노력했다.

"인도네시아 팔렘방에 있습니다."

"선생이 만났나요?"

"네, 만났습니다."

"아, 옥경이가 살아 있군. 그 애는 나하고 함께 지냈어요. 같은 밤골 마을 출신이고 친구였어요. 나는 지주의 딸이고, 그 애는 소작인의 딸이었지만 가까이 지냈던 친구였어요."

그녀는 이제 감추려고 하지 않았다. 옥경을 회상하는 순간 방어하려고 했던 그것이 얼마나 자신을 위선되게 하고 있는가를 깨달았다.

"옥경이를 만나서 얘기를 했나요? 무슨 말을 하던가요? 건강하던가요? 그 애는 몸이 불구일 텐데?"

한꺼번에 너무 많은 것을 물어서인지 그가 미소를 지으면서 머뭇거렸다. 그리고 조용한 어조로 입을 열었다.

"인도네시아에 상당수의 일본군 위안부 출신 할머니들이 남아 있다는 말을 듣고 탐문을 했습니다. 서옥경 할머니는 그 할머니들 중의 한 분이었습니다. 그분은 저를 만나자 유진옥 할머니에 대해서 이야기했습니다. 중국 하얼빈에 갔을 때도 저는 어느 일본군 위안부 출신 할머니를 통해 유진옥 할머니에 대한 이야기를 들었습니다. 유진옥 할머니는 당시 전설 같은 분이었다는 것을 알았습니다. 그리고 마지막에 유진옥 할머니가 인도네시아에서 귀국했다는 것도 알았지요. 만약 생존한다면 꼭 만나야 하겠다고 결심했습니다. 할머니를 찾는 데 한 달이 걸렸습니다."

"선생이 나를 찾아왔지만 만족할 만한 이야기를 들려 드릴 수가 없어 미안해요. 내가 전설 같은 인물이었다는 말은 과장된 말이고, 다만 다른 여자들보다 색다르게 지낼 수 있었던 것은 부대장의 첩이 되었기 때문일 거예요."

"위안소를 경영한 일도 있다면서요?"

그의 질문은 약간 도전적인 데가 있었다.

"내가 경영한 것이 아니라 부대장이 경영했기 때문에 내가 개입을 하게 되었던 것이에요. 선생은 나를 가해자로 보고 있어요?"

"위안소를 경영한 것이 사실이라면 가해자의 입장에 섰다고 봐야겠지요?"

그녀는 약간 불쾌한 기분이 들면서 가슴이 철렁하고 내려앉았다. 하지만 그것이 사실임에는 틀림없고, 자신의 분노는 이기주의적인 감정에 불과했다.

"위안소를 경영했다는 사실 때문에 나를 찾아온 것인가요, 선생은?"

"그것만이 전부는 아닙니다만, 왜 그랬는지 알고 싶어섭니다."

"방금 말했잖아요, 부대장 첩이 되었기 때문이라고."

"그런데 부대장이 직접 위안소를 경영한 예도 있었습니까?"

"다른 곳의 경우는 모르지만, 제25사단은 부대장이 직접 경영했어요. 결국 내가 위안소를 경영한 꼴이 되었지요. 나를 포주로 생각하는 여자도 있었으니까."

"위안소를 경영했다면 결국 포주라는 말을 들을 수밖에 없지 않겠습니까? 어떠한 동기였던 간에 말입니다."

할머니 유진옥은 얼굴이 붉어졌다. 어떻게 설명해야 할지 알 수 없었다.

"선생은 나한테 무슨 이야기를 듣고 싶다는 것이에요?"

"당시의 이야기를 해 주십시오. 할머니께서 가해자의 입장이 되었든 아니든 진실을 밝혀 주십시오."

"우리는 그때 그럴 수밖에 없었어요. 살아남기 위해서 그것이 최선이었지요. 선생은 살아남기 위해 인간이 취할 수 있는 최악의 경우를 경험해 보았나요? 그런 경험이 없이 종군위안부를 안다고 하지는 말았으면 해요."

"유진옥 할머니는 아름답게 늙으셨습니다. 지금도 이 정도인데 젊었던 시절에는 무척 아름다웠을 것으로 생각됩니다. 사진으로 보아서 알고 있었지만, 대단한 미인이었습니다."

그는 화제를 다른 방향으로 돌렸다.

"나에게 젊었던 시절이 있었다고 생각하나요? 나의 젊음과 아름다움은 한 시대의 역사 속에 짓밟혀서 날아가 버렸습니다. 내 인생에서 젊은 시절이나 아름다운 추억은 없어요. 나는 사범학교를 졸업하고 동경에 유학을 가려고 준비하다가 납치를 당해서 만주로 갔어요. 귀국 후에 초등학교 교원이 되었고, 다행히 결혼까지 해서 아들과 딸을 낳았지만, 내 의식은 과거의 악몽에서 헤어나지 못하고 있었어요."

그녀는 계속 그를 경계하지 않을 수 없지만 자신도 모르게 과거의 일들이 구체적으로 떠오르고 있었다. 그리고 어떤 마력 같은 힘으로 모든 것을 털어놓고 싶은 충동이 일어나고 있었다. 그것은 칠십년 간 막혔던 체증을 풀고 싶은 욕구와 같았다. 젊고 아름다운 시절이 있었느냐고 묻고 있지만, 그녀에게 그런 시절이 있었다면 사범학교를 졸업하고 유학을 준비하려고 하던 때였을 것이다. 그때 그녀는 꿈에 부풀어 있었고, 모든 것은 아름답고 희망에 차 있었다. 그러나 어느 날 갑자기 그녀는 악몽 같은 일을 겪게 되고, 인생은 곤두박질을 쳤다. 그렇게 보면 그녀의 젊고 아름다운 시절은 없었다고 보아야 할 것이다. 그것은 조선이 식민지가 되는 순간 젊음과 아름다움도 송두리째 빼앗긴 것이나 다름없고, 개인의 젊음과 아름다운을 찬양하기에는 너무나 각박했다.

"역사의 진실은 부정할 수 없습니다. 할머니의 과거가 아무리 아프고 쓰라려도 우리는 이야기해야 합니다. 나가이 비키코는 죽었습니다. 그러나 진실마저 죽일 수는 없습니다."

그는 그녀의 일본식 이름을 들먹이면서 입을 열기를 바랐다. 일본 이름을 언급하는 것을 보면 그녀에 대해서 상당 부분 알고 있을 것이라는 생각도 들었다. 아마도 옥경이에게 들었거나, 중국에 남아 있는 다른 위안부 출신 할머니들에게서 들었을 것이다. 그녀들은 유진옥을 기억할 것이다. 부대장 첩으로 있으면서 만주 관동군 부대에 널리 소문이 퍼질 정도로 화제를 불러일으킨 것이 사실이었기 때문이다. 그것도 살아남기 위해서 그랬는가 하고 자문해 보지만, 반드시 그런 것은 아니었다. 어느 시기가 지나면서 그 타성에 젖었고, 자신의 존

재를 부정하기 시작했는지 모른다. 나가이 비키코는 악명 높은 위안소 주인 역할을 하기도 했다. 여자들이 갖는 그녀에 대한 애증이 있다면 바로 그와 같은 것에 원인이 있을 것이다. 하지만 그녀는 악명을 떨치거나 한순간도 그녀들을 착취했다고 생각하지는 않았다.

"말씀해 주시겠습니까, 할머니?"

"못합니다. 할 말이 없어요."

"유진옥 할머니께서는 이야기해야 할 의무가 있습니다."

"내게 의무가 있다고요? 그런 억지가 어디 있어요? 왜 그런 의무를 져야 하지요?"

"할머니는 종군 위안부 출신 가운데 드물게 배우신 분이고, 본의가 아니었다고 하지만 위안소를 경영했습니다. 실례되는 말씀이지만 포주 노릇을 했다는 뜻이 아닌가요? 혹시 해방이 되면서 돈을 챙기지는 않았나요?"

그의 말에 그녀는 자리에서 벌떡 일어섰다. 온몸이 떨리는 것을 억제하면서 그녀는 그에게 말했다.

"선생, 나가 주시겠어요?"

"죄송합니다. 제가 너무 심한 말을 했군요. 용서하십시오."

"선생의 말이 틀린 말은 아니니 나에게 용서를 구할 필요는 없어요. 그러나 말하고 싶지 않으니 나에게 더 이상 알려고 하지 말아요."

그녀의 단호한 대답에 그는 낭패한 표정을 지으면서 허공을 바라보았다.

"선생의 뜻은 충분히 알았지만 나는 말하고 싶지 않아요. 그러니 나가 주시겠어요?"

그는 자리에서 일어나 바바리코트의 깃을 세우고 꾸부정한 모습으로 조용히 나갔다. 박대하여 보내는 것 같아 그녀는 현관의 문을 닫으려는 그에게 나직한 목소리로 변명했다.

"선생, 나는 말할 수 없어요. 침묵을 해야 하는 내 입장을 생각해 줘요."

"할머니, 그것은 잘못 생각하신 것입니다. 진실을 위해 침묵하셔서는 안 됩니다."

그는 현관을 닫고 사라졌다. 그의 말이 비수가 되어 그녀의 가슴을 파헤치는 것을 느꼈다. 그의 말이 주는 불쾌감보다 어휘의 상징성이 더 강렬하게 그녀를 자극했다. 그녀는 화를 낼 수 없었다. 그가 떠나버리자 무엇인가 중요한 것을 놓친 것 같은 미묘한 기분을 느끼면서 그녀는 현관문의 손잡이를 잡았다. 다음에 다시 연락을 하라고 말하고 싶었다. 마음을 정리해 보겠다는 말도 덧붙이면서 말이다. 그래서 문을 열고 그를 뒤쫓아 나가서 그 말을 전하고 싶었다. 그렇지만 그녀의 손은 문손잡이를 잡은 채 더 이상 움직이지 않았다. 석고처럼 굳은 채 한동안 서 있다가 그녀는 가까스로 정신을 차리고 거실 창문으로 가서 아파트 아래를 내려다보았다.

땅에는 노란 은행잎이 떨어져 쌓여 있는 것이 보였다. 그것은 어제 오늘 떨어진 것이 아니고, 며칠 동안 쌓인 것임에도 불구하고 지금 처음 보는 것이었다. 아마도 무관심하게 지나치면서 눈에 보이지 않았는지도 모르겠다. 무관심한 것은 보이지 않는다. 역사의 인식도 무관심 속에서는 망각의 숲에 버려진다.

나는 가해자였는가? 그녀는 자문해 보지 않을 수 없었다. 지난날 일본군 위안부 문제가 거론되면 가슴이 뛰었던 것이 가해자로서의 자책감 때문일까? 그렇지 않았다. 그녀를 긴장시킨 것은 가족들로부터 그 사실을 숨기려는 이유 때문이었다. 그렇지만 방금 그녀를 찾아온 소설가는 분명한 어조로 가해자라고 말했다. 그리고 실제로, 그녀가 모르는 순간에 그 어떤 여자에게, 또는 가까이 있었던 일본군 위안부에게 가해자로서의 일을 했는지 알 수 없는 일이었다.

아파트 아래로 그 소설가가 걸어가는 모습이 보였다. 은행잎이 수북이 쌓인 길을 그는 휘적휘적 걸어갔다. 그는 한쪽에 세워 놓은 승용차를 탔다. 그는 차를 타면서 고개를 쳐들어 아파트를 올려다보았다. 그녀는 그와 시선이 마주치기 싫어서 뒤로 물러섰다.

✣

이제 곧 자카르타 공항에 도착한다는 기장의 목소리가 들렸다. 할머니 유진옥은 창을 통해 아래를 내려다보았지만 구름에 가려 잘 보이지 않았다. 기내에 있는 사람들은 안전벨트를 매었고, 젖힌 의자를 바로 했다. 스튜어디스가 지나다니면서 승객들을 살폈고, 안전벨트를 매라고 했다. 비행기는 원을 그리면서 선회하는 느낌을 주었다. 기류의 변화인지 심한 요동을 일으켰다. 비행기는 좀처럼 착륙을 하지 못하고 계속 선회했다. 아래는 안개가 자욱하게 끼어 있었다. 일부 승객들이 두려워하는 눈치가 보였다. 기도를 하는 서양인 여자의 모습도 눈에 띄었다. 옆에 앉아 있는 소설가는 잡지를 읽다가 창 쪽으로 고개를 돌려 밖으로 시선을 보냈다.

"기류가 나쁘군요."

그가 할머니에게 말하면서 미소 지었다.

"칠십년 전에 그렇게도 악착같이 살아남았는데 여기서 비행기 추락으로 죽지는 않겠지요?"

"그럼요. 당시 살아남으신 것은 승리한 것입니다."

"그러나 그것은 너무나 끔찍한 일이었어요."

비행기는 곧 착륙했다. 밖으로 나오자 후덥지근한 기온이 피부를 압박했다. 그녀는 칠십년 전으로 소급해 올라가 그 기온의 추억을 더듬어 보았다. 그러나 그 시절이 너무나 각박했던 삶과 죽음의 뒤안길이어서인지 기후의 감각은 회상되지 않았다. 회상되는 것이 있다면 수백 명의 여자들과 그녀들의 슬픈 얼굴뿐이었다. 입국 비자 검열을 받기 위해 줄을 서고 있을 때 그가 뒤에서 물었다.

"할머니, 여쭤 봐도 되겠습니까?"

"내 얘기를 다 들어 놓고 새삼스레 뭘 그래요. 물어봐요."

"그때 왜 히나쓰라는 영화감독과 결혼을 하지 않았나요?"

"용기 부족이었지."

"그래서 일본으로 가셨나요?"

"일본으로 갔다가 아무래도 안 되겠어서 다시 조선으로 돌아왔지. 고향으로 갔더니 집안이 엉망이었어. 부모님은 돌아가시고, 친척들도 흩어지고, 그 많던 재산도 없어진 거예요. 나는 사범학교를 졸업했던 학력이 있어 초등학교 선생으로 들어갔지. 그리고 과거를 잊고 결혼도 하고. 학교 선생으로 있으면서 결혼 생활을 하자 나는 완벽하리만큼 그 과거를 감추며 살았어요. 자기 자신에게 철저한 위선을 저지른 것이지."

"그것은 위선이라고 할 수 없습니다. 할머니는 그 정도 방어할 권리가 있습니다. 아픈 상처를 드러내어 보일 필요는 없었을 것입니다."

"그 사실을 감추고 산다는 것이, 그 오랜 세월 동안 얼마나 위선이었는지 몰라요. 선생을 만나면서 그 가식을 벗어던지게 된 셈이에요."

입국 절차를 마치고 공항 밖으로 나왔을 때 열대의 기후와 야자수의 모습이 남방에 왔다는 사실을 깨닫게 해 주었다. 더운 기온 속에서 바나나에서 풍기는 것 같은 녹즙 냄새가 끊임없이 후각을 자극했다. 공항 일대는 안개에 덮여 있었고, 비가 올 듯이 하늘이 낮았다. 그들은 택시를 타고 탄중그리앙 항구로 향했다. 그녀가 배를 타고 인도네시아를 떠났던 항구였다.

자카르타는 칠십년 전과는 많이 달라져 있었다. 야자수 나무가 줄을 지어 서 있는 도로를 한동안 달려가면서 양옆으로 펼쳐져 있는 평야를 보았다. 길가의 숲 속에 커다란 간판이 있었고, 이따금 주택촌이 있었다. 집들이 있는 곳에는 허름한 상점도 눈에 띄었다. 차는 곧 시가지로 접어들었다. 시가지는 전과 많이 달라 보였다. 그때만 해도 식민지였던 이 나라는 이제 독립을 했고, 거리는 활기가 넘쳐 있었다. 건물은 높게 솟아 있고, 차량은 거리를 가득 메웠다. 종전(終戰)이 되었을 때 자카르타에 일 년 정도 남아서 거주했기 때문에 나름대로 거리가 눈에 익을 것으로 생각했지만 모두 달라져서 알아볼 수 없었다.

해안으로 다가가면서 빈민촌이 눈에 띄었다. 널빤지로 이어서 만든 판잣집과 움막이 눈에 띄었고, 누더기를 걸친 사람들이 길가의 나무 밑에 앉아 있었다. 부두 부근의 광장에 한 무리의 아이들이 공을 차고 있는 것이 보였다. 자전거를 탄 소녀가 치마를 펄럭이면서 옆을 지나갔다. 한쪽으로 정박한 배들이 보이는 해안이 있었고, 그 너머로 바다가 보였다. 부두에서는 안개가 걷히고 햇빛이 비쳤다. 반짝이는 바다의 수면이 눈부셨고, 커다란 화물선이 지나가면서 고동을 울렸다. 우리는 그곳에서 차에서 내려 항구의 광장으로 걸어갔다. 그녀는 광장을 둘러보면서 그에게 말했다.

"이곳은 크게 달라지지 않았네요. 이 광장을 지나면 저곳에 부두가 있고, 그곳에서 우리는 떠나는 사람과 남는 사람이 서로 부둥켜안고 마지막 인사를 나누었지요. 이곳에 남는 여자들은 크게 두 부류였는데, 조선으로 돌아가야 반길 사람도 없고, 부모를 볼 면목도 없어 그대로 주저앉는 사람과 다른 한 부류는 이곳에서 인도네시아 남자를 만나 결혼했거나 나름대로 살길을 개척한 여자들이었지. 그러니까 자포자기해서 남은 사람과 희망을 가지고 남는 상반된 부류들이 있었지요. 그런데 서옥경은 그 당시 종적을 감춰서 죽은 것으로 알고 있었어요. 떠나는 날도 그녀의 모습은 보이지 않았어요."

"……."

"앞에서도 말한 것처럼, 필리핀에서 야전병원 간호사로 있다가 밀매 사건에 연루되어 쫓겨 나서 다시 온 곳이 바로 자카르타였어요.

처음에는 성당을 개조해서 만든 위안소에서 위안부 노릇을 했지만, 일부 여자들은 부대가 옮겨 가면서 섬으로 나갔고, 그녀들은 모두 죽었어요. 일본군은 패전 막바지였고, 병사들은 언제 죽을지 모른다는 비장감에 젖어 여자를 탐했지. 그렇지만 곧 일본이 패전했고, 우리는 모였어요."

"조선인민회 결성에 대해서는 저도 잘 알고 있습니다."

"나는 그때도 그렇고 지금도 의아하게 생각하는 것이 있는데, 당시 민회에 모인 위안부 출신 여자들이 삼백여 명 되었는데, 실제 자카르타와 반둥 지역에 조선인 위안부 여자들이 일만여 명이 있었다고 해요. 그런데 그들은 모두 어디로 갔을까요?"

"민회 모임에 오지 않은 것이 아닐까요?"

"민회에 모이지 않으면 의식주가 해결되지 않았을 텐데 오지 않을 수가 없었지요. 일본군은 패전하면서 대부분의 조선인 위안부들을 죽였던 거예요. 옥쇄라는 명분으로 죽였어요. 살려 보내면 그들이 했던 짓이 세상에 알려진다고 염려해서 죽였던 거예요."

그 생각을 하면 분노가 치밀어 올랐다. 그들은 부두로 들어가려고 했지만 정문을 지키는 수위가 출입을 막았다. 그래서 광장으로 나가서 왔던 길을 걸어갔다.

"이제 그녀를 찾아가 봐야지요? 여기서 팔렘방까지는 서울과 부산 거리보다 멀어요. 국내 여객기를 타고 날아가는 것이 좋아요."

✣

팔렘방에 도착했을 때는 해가 지고 있었다. 공항 옆의 해안은 노을로 붉게 물들고 하늘은 점차 잿빛으로 변해 갔다. 한줄기의 스콜이 지나갔는지 아스팔트 위는 축축이 젖어 있었고, 그것은 더욱 후덥지근한 열기를 몰고 왔다. 승려 몇 명이 탁발을 하면서 다니는 모습이 보였고, 사람들이 걸어가고 있는 너머로 뾰족탑이 있는 절이 눈에 띄었다. 그 옆에 있는 시장에는 사람들로 붐비었다. 오래된 사찰이 많은 이 고장에는 승려들의 모습도 많이 눈에 띈다. 그 당시에는 이 사찰들의 대부분이 군대 숙소라든지 위안소로 사용되었다. 어느 사찰은 술을 비롯한 군수품 창고로 사용되기도 했다.

할머니 유진옥과 함께 동행하고 있는 소설가는 주머니에서 주소가 적혀 있는 종이쪽지를 꺼내어 지나가는 젊은이에게 보였다. 서옥경은 팔렘방 시장에서 식당을 경영하고 있었다. 그녀가 적어 준 인도네시아 글씨의 주소지였다. 그녀는 조선말을 하고 있지만 한글을 모두 잊었다고 했다. 그래서 인도네시아 글을 써 놓았다. 그러나 조선말을 잊지 않은 것만도 다행이었다.

옥경을 먼저 만났던 소설가의 입을 통해서 들은 말이지만, 그녀는 당시에 야전병원에서 나와 낯선 해안에 가서 바다에 빠져 죽으려고 했다. 그러나 그곳의 원주민에게 구출되어 계속 치료를 받았다. 외부의 소식을 들을 수 없었던 그녀는 코타 지역에 있는 조선인 자치지구

한인회의 결성을 알지 못했다. 어차피 고국으로 돌아갈 생각이 없었기 때문에 알았다고 해도 나타날 생각을 하지 않았을 것이다.

종이쪽지를 보던 청년이 고개를 갸웃하면서 모른다고 했다. 그때 바로 옆에 이륜마차를 끌고 있는 사람이 지나갔다. 그 인도네시아인은 그들이 외국인이라는 것을 알고 재빨리 옆으로 와서 멈추었다. 종이쪽지를 그에게 보이자 그들에게 타라고 했다. 자전거 뒷좌석에는 두 사람이 탈 수 있도록 만들어 놓은 자리가 있었다. 그래서 그들은 자전거를 타고 옥경이 있다는 식당으로 향했다. 그러나 자전거를 운전하는 사람은 종이쪽지에 적힌 주소지를 잘 몰랐다. 지나가는 사람이나 상점 주인에게 종이쪽지를 보이면서 찾아가는 것이었다. 그래서 그들은 시장을 한 바퀴 돌아야 했다. 이리저리 찾아 헤매다가 겨우 주소지를 찾아내었다. 그 부근에 이르자 한 번 와 본 일이 있는 소설가 선생은 그제야 알겠다고 하면서 미소를 지었다.

옥경의 식당은 시장 한 모퉁이 골목 입구에 있었다. 간판은 인도네시아 글씨로 쓰여 있었는데, 간판 귀퉁이에 서툰 한글로 아리랑 식당이라는 글씨가 보였다. 시장 골목은 지저분하고, 바로 옆에는 악취를 풍기는 수채가 있었고, 쓰레기가 아무 곳이나 널려 있었다. 식당도 별로 깨끗하지 않은 허름한 것이었다.

저녁 무렵이어서 그런지 식당 안에는 여러 사람들이 식사를 하고 있었다. 그들이 안으로 들어서자 인도네시아인 젊은 여자가 맞이하면서 자리를 권했다. 외국인이 들어서자 식사를 하는 사람들이 힐끗거리고 쳐다보았다. 동행한 소설가 선생이 젊은 여자에게 영어로 서옥경 할머니를 찾는다고 했다. 여자는 잘 알아듣지 못하고 멍하니 서 있었다. 그러나 코리아라는 말이 나오자 그녀는 고개를 끄덕이면서 환하게 웃었다. 여자가 안으로 뛰어 들어가더니 조금 있자 늙은이 한 명이 나왔다. 그녀는 목발을 짚으면서 걸었다. 다가오는 노인의 시선은 유진옥에게서 떨어지지 않았다. 그녀의 얼굴은 둥그스름하고 눈은 옆으로 찢어진 모습으로 작았다. 많이 늙기는 했지만, 젊었을 때의 모습 그대로였다.

"나가이 비키코?"

그녀는 다시 생각해 보더니 말을 고쳐 불렀다.

"유진옥이?"

목발을 짚은 할머니는 유진옥에게 물었다. 질문이라기보다 다짐을 하는 어투였다. 유진옥이 고개를 끄덕이자 거의 동시에 그녀는 목발을 놓고 그녀에게 쓰러졌다.

유진옥은 서옥경을 끌어안고 아무 말을 하지 못한 채 울기만 했다. 두 여자는 그 식당 안에서 울었다. 그녀들은 아무 말도 할 수 없었다. 한동안의 시간이 지나서야 할머니 유진옥은 서옥경에게 겨우 이렇게 말했을 뿐이다.

"그대 아직도 여기에 있는가?"

일본군 위안부 ❸

초판 1쇄 인쇄 2015년 1월 5일
초판 1쇄 발행 2015년 1월 15일

지 은 이 정현웅
펴 낸 이 신원영
펴 낸 곳 (주)신원문화사

주 소 서울시 영등포구 당산동 121-245 신원빌딩 3층
전 화 3664 - 2131~4 **팩 스** 3664 - 2130
이 메 일 bookii7@nate.com **트 위 터** @shinwonhouse
출판등록 1976년 9월 16일 제5 - 68호

ISBN 978-89-359-1676-4 04810
ISBN 978-89-359-1670-2 (세트)